»Ach, es sind des Haifischs Flossen
Rot, wenn dieser Blut vergießt!
Mackie Messer trägt 'nen Handschuh
Drauf man keine Untat liest.«

aus: Bertolt Brecht,
Die Moritat von Mackie Messer

PROLOG:

Das Ende

Edeltraut Dost versuchte, ein Lid zu heben. Es gelang ihr kaum. Sie blickte durch die mascaraverschmierten Wimpern auf die im Grunde scheußliche und geschmacklose samtene Barocktapete, die sie in ihrer Wut und Verzweiflung mit den bloßen Fingernägeln zerkratzt hatte. Der einzige Erfolg war, dass wie zum Hohn darunter bloß das nackte Metall ihres stählernen Gefängnisses zum Vorschein kam. Sie hatte ihre Finger in den metallenen Türspalt gekrallt. Vergebens. Fast alle ihre Nägel hatte sie sich dabei abgebrochen. Die schönen Nägel, die ihr die stets freundliche Frau Nguyen vom Nagelstudio in der Mühlenstraße gerade frisch gemacht hatte. Eine Virtuosin auf ihrem Gebiet. Und stets so ausgesprochen freundlich. Bestimmt war die nur wegen des Geldes freundlich, das sie in regelmäßigen Abständen dort ließ. Alle waren sie nur freundlich wegen des Geldes. War die Nagelkünstlerin nun eigentlich Vietnamesin oder Chinesin? Egal. Wegen des Geldes. Es war alles immer nur wegen des Geldes.

Edeltraut Dost war völlig entkräftet und dehydiert. Sie hatte seit Tagen nichts mehr getrunken. Seit wie viel Tagen? Sie wusste es nicht. Das nutzlose Handy hatte sie vor Wut so oft gegen die Stahlwände geworfen, bis es mit zerschmettertem Display schwieg. Sie hatte geweint, sich die Haare zerrauft, sie hatte getobt. Am allermeisten ärgerte es sie, dass es hier nicht nach ihrem Willen ging. Sie hatte hysterisch gelacht und gekichert. Das kam davon, wenn man auf andere Leute hörte! Sie hätte dieses verfluchte Ding nie wieder betreten dürfen. Nun war sie am Ende und kauerte kraftlos in der Ecke ihres Kerkers. Niemand war da, der sie bemerken, der sie retten konnte. Es war vorbei.

Mit der wird es kein gutes Ende nehmen. Hatte ihre Großmutter schon früh über sie gesagt. Böse Worte einer bösen alten Frau. Neid und Missgunst. Und doch. Edeltraut hatte die Anfänge stets mehr geliebt als die Enden. Und das war jetzt das Ende. Und ihre Großmutter, die alte Hexe, hatte recht behalten mit ihrer Prophezeiung.

Edeltraut konnte das Lid nicht mehr offen halten und wandte ihren Blick nach innen. Sie versuchte, ihre Großmutter aus ihren Gedanken zu vertreiben: Die Genugtuung würde sie ihr nicht verschaffen! Edeltraut, rief sie sich mit letzter Kraft zur Ordnung, denk an etwas anderes. – Das Erste, was ihr einfiel war »Der Große Preis« mit Wim Thoelke. Die ZDF-Sendung hatte sie geliebt. Mit Wum, dem Hund. Und der Elefant hieß Wendelin. Wim, Wum und Wendelin. Alles mit W! Edeltraut, denk an etwas Erhabenes! Reiß dich zusammen. Edeltraut! Ihr Gehirn wollte nicht gehorchen und spielte ihr Streiche. Gottlieb Wendehals in seinem albernen schwarz-weiß karierten Sakko hatte stets so einen Gummihahn in seiner Aktentasche mit dabei gehabt. Polonäse Blankenese. Wir ziehen los mit ganz großen Schritten … Das Leben war komisch!

EIN TAG
IM SPÄTEN SEPTEMBER

I

Janina Kiekbusch hat etwas im Zahn

Janina Kiekbusch hatte etwas im Zahn. »Das macht mich waaahnsinnig!« Mit dem Nagel des rechten Zeigefingers polkte sie zwischen ihren Zähnen nach dem widerspenstigen Kochschinken-Fädchen aus ihrem Hawaii-Brötchen vom *Turbo-Backshop* in der Ossenreyerstraße hinter dem Ostkreuz. »Ey, sachma, ich werd' hier gleich noch verrückt!«

»Kann man was werden, was man schon is?«, gab ihre Kollegin Cindy Bigalke zum Besten.

»Ha-ha. Das sagste jedes Mal. Und verstehen tu ich's immer noch nich. Wieso *werden, was man schon is*? Das is doch Quatsch, jetzt mal ernsthaft.«

Cindy Bigalke verdrehte genervt die Augen. Janina war echt nicht die hellste Kerze auf der Torte, das war klar, aber manchmal …

»Na, da hammwers ja!« Janina Kiekbusch hatte das glitschige Kochschinken-Fädchen doch noch zu fassen bekommen und strich es mit spitzem Finger in eine der pinkfarbenen Papierservietten vom *Turbo-Backshop*.

Janina Kiekbusch und Cindy Bigalke liebten die heißen fettigen Teilchen vom *Turbo-Backshop* am Ostkreuz. Auf die ließen sie nichts kommen. Bestes Hüftgold: je heißer und fettiger, desto besser. Darin waren sie sich – wie im Grunde stets und immer – einig. Wenn man sie ein *wahres Dreamteam* nannte, nahmen sie das reinen Herzens als Kompliment. Dass zuweilen Ironie, Sarkasmus oder schiere Verzweiflung dahinterstecken mochten, kam ihnen nicht in den Kopf.

Aktuell war das Hawaii-Brötchen mit Käse, Ananas und Kochschinken ihr Favorit. Aber der Sinn stand ihnen eigentlich schon nach den »Verführungen der mediterranen Küche« aus der aktuellen *Turbo-Backshop*-Werbung. Da war auch keine triefend-heiße Ananas drin, an der frau sich erst die Zunge verbrannte und dann die blauen Latzhosen volltropfte. Und sowieso: Abwechslung war das halbe Leben! Das hatten sie beide schon immer so gehandhabt. Und Vorfreude war die schönste Freude. Eben. Ein heißes fettiges Teilchen, ein großer Cappuccino dazu und der Tag konnte beginnen. Verbrannte pelzige Zunge hin oder her. Aber vor dem Tagwerk noch eine Selbstgedrehte! Die musste sein.

Janina Kiekbusch und Cindy Bigalke waren beide das, was man gemeinhin als *kräftig gebaut* bezeichnet. Nicht zuletzt dank besagter heißer fettiger Teilchen. Janina, als die Größere von beiden, betonte ihre Einmetervierundachtzig mit zur Palme hochgebundenen, rot gefärbten Haaren, bei denen am Ansatz ihr Straßenköterblond stets deutlich sichtbar blieb. Wie sie das immer wieder hinbekam, war ihr Geheimnis. Sie hatte da ihre *Methode* beim Haarefärben. Cindy Bigalke war mit ihrem abgezirkelten Bürstenhaarschnitt die Burschikose im Team. Sie hatte diesen elektrischen Haarschneider zu Hause, der ihr den Friseur ersparte. Für Leute, die Geld beim Friseur rauswarfen, hatten Janina und Cindy nur Verachtung übrig. Auch darin waren sie sich einig. Selbst war die Frau! Fertig. Noch Fragen?

Das Gesparte wurde bevorzugt in neue Tattoos investiert. Davor waren es neue Ohrlöcher und dann die üblichen Piercings gewesen: Frau entwickelte sich halt weiter und Stillstand war Rückschritt. Bei Janina hatten die Tätowierungen mit Katzenpfoten angefangen, die sie sich auf den linken Fußrücken hatte stechen lassen. Weil sie eben Katzen mochte. Dann hatte sie eine Phase mit asiatischen Schriftzeichen gehabt. Zwischendurch war sie *mehr so blumenmäßig* drauf gewesen. Aktuell war sie ein wenig *gothic*. Cindy stand dagegen von Anfang an vor allem auf Comic-Figuren: Donald und Daisy Duck, Goofy und Mickey Mouse, Popeye & Co. So 50er-Jahre-mäßig eben. Schön bunt und richtig knallig, damit die Tattoos sommers auf gebräunter Haut gut zur Geltung kamen. Da briet Cindy dann in jeder freien Minute auf dem Dänholm am »Strand« von der *Schwemmi* zwischen den durchgerösteten Rentnern in der Sonne und erfreute sich bei jedem Einölen mit Sonnenschutz an ihrer Sammlung. Die *Schwemmi* war klasse und schon immer ihr Revier gewesen. OK, es war der Sund und der »Strand« steinig. OK, und es gab auch mal Scherben und zerschlagene Fliesen mit spitzen Kanten, da musste man schon aufpassen mit den

Füßen. Vor Jahren hatte sie sich im flachen Wasser an einem besonders heißen Tag gehörig die Unterseite vom rechten großen Zeh aufgeschlitzt, das hatte geblutet wie Hulle und das ganze T-Shirt durchgesuppt, das sie für den Nachhauseweg auf ihrem Klapperrad drumgebunden hatte. Die Narbe hatte sie immer noch. Aber deswegen mit *Badeschuhen* ins Wasser? Nä, so was kam ihr nicht in die Tüte. Das war nur was für Leute mit Schiss vor Fibronen. Fibonen? Na, solche Bakterienviren, die es früher nicht gegeben hatte und die wunderwas gefährlich sein sollten. Egal. Hatte sie noch nie gehabt und sie kannte auch keinen, der so welche gehabt hatte. Was gab es Besseres für die Haut, als ein Bad im Meer? Reinstes *Talasso*. Hatte sie sich gemerkt aus der Werbung vom *Rossmann*. *Talasso* mit *Lasso* wie *Cowboy*. OK, es war der Sund und nicht wirklich das Meer, aber immerhin. Auf alle Fälle besser als die *Talasso-Cowboy*-Creme vom *Rossmann*. Gab doch nichts Besseres als ein erfrischendes Bad nach ausgiebigem Braten in der Sonne. Das war auch das Geniale an Stralsund, dass man hier gleich hinter der Stadt nackig ins Wasser hüppen konnte. Ohne das Gehampel mit nassen Badesachen und womöglich Sand im Schritt. Sie verstand da die Wessi-Fuzzis und die ganzen verklemmten jungen Leute von heute nicht, die da ein Problem mit hatten, nackig im Meer zu baden und sich das Gekliere mit den nassen Klamotten freiwillig antaten. Als ob ihnen einer was weggucken konnte. OK, es war der Sund. Vor Jahren war da mal eine Damenbinde an ihr vorbeigedümpelt, da war sie dann ganz schnell raus und erst einmal eine Weile nicht wieder rein. Sund eben. Aber der war in den letzten Jahren doch sauberer geworden. Echt kein Vergleich mit Vorwendezeiten. Immer noch trafen sich hier die richtigen, die echten Stralsunder. Die, die sich vom Verkehrslärm von Rügendamm und -brücke nicht irritieren ließen. Und von den Leuten mit Hunden am Strand. Und vom bunten Treiben im Wäldchen hintendran schon gar nicht. Jeder, wie er mochte. Das war ja heutzutage geradezu modern. *Die echten Stralsunder*, die, die sich auskannten mit dem Brückenzug der Ziegelgrabenbrücke, kamen hier raus auf den Dänholm. Manche kamen seit Jahrzehnten hierher zum Sonnen und Baden, brachten inzwischen ihre Enkel mit und schleppten Liegen, Schirme und Kühlboxen mit Fressage runter ans Wasser. Wer's braucht. Man konnte das alles auch übertreiben. Die paar Touris, die sich in der mittäglichen Sommerhitze hierher verirrten, durch den heißen Sand stolperten, um hochkünstlerisch mit ihren Handys Stralsund von seiner besten Seite zu fotografieren, konnte man ignorieren, solange man nicht womöglich selbst unvorteilhaft mit aufs Bild geriet. Denen würde sie Beine machen!

Inzwischen fuhr Cindy bis nach Hamburg für ein neues Kunstwerk, das dann umgehend mit dem Smartphone geknipst und aus allen Perspektiven bei Instagram und weiß der Schinder wo sonst der weltweiten Internet-Öffentlichkeit präsentiert wurde. Weltweit, das musste man sich einmal vorstellen! Cindy hatte 57 *Follower* und es gab sogar Leute in Australien, die sich ihre Tattoos ansahen! Cindy ärgerte sich, dass sie mit ihren Tattoos nicht von Anfang an zu den richtigen Profis gegangen war. Die Qualität der ersten Versuche bei dem »Studio« hier in Stralsund war nicht so überragend gewesen. Den Laden gab es schon längst nicht mehr. Schon die verspiegelten, abgedunkelten Schaufensterscheiben hätten ihr zu denken geben müssen. Und auch der leichte Hanfgeruch, der nach jedem Besuch in ihren Klamotten hing. War echt ein komischer Typ gewesen. Aber seine Tattoos blieben. Jugendsünden. Man konnte es mit dem Lokalpatriotismus auch übertreiben. Aber egal. Ein leicht schielender Donald und eine Daisy mit Knickebein und mit ungesunder Gesichtsfarbe … Wenigstens keine Katzenpfoten oder irgendwelche chinesischen Buchstaben, wo man nicht wusste, was sie bedeuteten … Was ein *echter Stralsunder* ist, der steht zu seiner Stadt.

Cindy zündete sich beim gewohnheitsmäßigen Griff zum Handy mit ihrem verchromten Benzin-Feuerzeug genüsslich die verdiente Frühstückspausen-Zigarette an. Multitasking. Sie blies den Rauch mit Blick in eine unbestimmte Ferne und Gedanken an die grenzenlose Freiheit der weiten amerikanischen Prärie in die morgenkühle Ossenreyerstraße, den erstbesten Passanten ins Gesicht. Dabei pfriemelte sie sich den nächsten Glimmstengel zurecht und klemmte ihn sich hinter das linke Ohr: Wie gesagt, Cindy Bigalke war die eher Burschikose im Team Nummer 5 des Stralsunder Reinigungsunternehmens *Stubenrein*. Schweigend pafften die beiden Gebäudereinigungsfachkräfte ihre Morgenzigarette, die robusten schwarzen Arbeitsschuhe zum Abstützen wechselweise lässig gegen den vor gar nicht allzu langer Zeit zartrosa gestrichenen Putz der Hauswand des *Turbo-*

Backshops gestemmt. Dass dies ihr allmorgendlicher Stammplatz war, sah man der Wand inzwischen nur allzu deutlich an: Reinigungsunternehmen kamen und gingen in ihrer beider Leben, der *Turbo-Backshop* aber blieb. Auf Arbeitgeber und Kunden war kein Verlass, auf heiße fettige Teilchen mit Cappuccino und Zigarette danach schon: Gewohnheiten hielten das Leben zusammen. Hatte schon ihre Oma gesagt.

Oma hatte immer solche Weisheiten drauf. Die hatte ebenfalls den Spruch geprägt: »Auch für die Ratte geht die Sonne auf.« Was immer das bedeuten mochte, Cindy Bigalke wusste es nicht. Da war die Gute aber auch schon nicht mehr ganz sie selbst gewesen. Kein Wunder, bei einer Flasche Jägermeister zum Frühstück. Woraufhin Cindy sich, weil sie den Spruch cool fand, in der Zoohandlung in der Altstadt vom Taschengeld eine Ratte gekauft hatte. So eine weiße mit roten Augen. Gab es alle nicht mehr. Die Oma nicht, die Zoohandlung nicht und die Ratte schon gar nicht. Die hatte ihre Mutter umgehend »freigelassen«, als Cindy den nächsten Tag zur Schule war. Die Mutter gab es noch und gleichfalls deren Plattenbauwohnung in Grünhufe. Und bestimmt auch noch den Schuhkarton von der armen Ratte. Besser verdrängen. Aber an dem Spruch war etwas Wahres dran. Cindy versuchte sich an einem Rauchkringel, der ihr nicht wirklich gelang und dachte dabei an nichts Bestimmtes.

II

Ines Hübner mag keine Möwen

Ines Hübner liebte diese frühen Spätsommermorgende, wenn es bereits merklich später hell wurde und auf dem Weg von ihrer Wohnung im Martinsgarten zum Büro in der Kronlastadie am Hafen der Frühnebel auf dem Knieperteich beidseits der Weißen Brücken über dem glatten Wasser aufstieg und im Hintergrund vergnügt die Enten schnatterten. Ines mochte Enten. Und Schwäne. Und Haubentaucher. Möwen dagegen konnte sie nicht ausstehen. Sie hatte auch kein Verständnis dafür, wenn Touristen oder gar Einwohner der Stadt – dann waren es sicher Zugezogene – diese *Ratten der Lüfte* und ihr Geschrei »maritim« oder »so schön meeresmäßig« fanden. Wenn Ines Hübner beobachtete, wie sich Touris gar daran ergötzten, diese dreisten Viecher aus der Hand zu füttern, überkam sie stets der kaum zu unterdrückende Impuls, solcherlei Gäste der Stadt über die Kaikante ins Hafenbecken zu schubsen. Schubs und erledigt. Die kamen nie wieder. Also die Touris jetzt. Möwen kamen immer wieder, die konnte man so oft verjagen, wie man wollte.

Diese üblen Viecher und deren Geschrei waren schlicht lästig. Wer einmal die Freuden eines Möwennestes in unmittelbarer Nachbarschaft genossen hatte, konnte diesen Flugsauriern mit dem stechenden Blick aus kalten Augen nicht mehr viel Gutes abgewinnen. Die waren noch schlimmer als Tauben mit ihrem nervtötenden Gurren, ihren Exkrementen und ihrem Gestank. Morgens um halb vier begannen die Möwenküken in den heißen Sommernächten durchdringend zu schreien und hörten den Tag über nicht mehr auf. Da war es dann Essig mit dem erholsamen Nachtschlaf bei geöffnetem Fenster. Schloss man das Fenster, half das auch nicht wirklich, man warf sich nun vor Hitze und Luftmangel ruhelos von einer Seite auf die andere und entwickelte alsbald einen ebenso unbändigen wie gerechtfertigten Möwenhass. Ganz besonders schlimm wurde es, wenn die Möweneltern ihr flügge werdendes feistes Küken schließlich aus dem Nest haben wollten, das feiste Küken seinerseits aber partout nicht aus dem bequemen Nest raus wollte. Dann fiepte das Küken tagelang vor Hunger aus Leibeskräften und die Möweneltern lockten lautstark von den Nachbardächern. Plumpste der Nachwuchs nach Tagen irgendwann zu guter Letzt doch noch aus dem vermaledeiten Möwenhorst, setzte sich die Szene in den Innenhöfen oder gar auf dem Fußweg und der Straße fort.

Die Möwen hatten sich in den vergangenen Jahren regelrecht den Stadtraum erobert. Es gab keine Ruinen mehr in der Altstadt und somit keine streunenden Katzen und kaum noch Marder. Die meist dann nicht mehr zugänglichen Ecken und Winkel der schick sanierten Giebelhäuser – früher hatten hier die Leute etwa ihre Wäsche zum Trocknen aufgehängt und Kinder gespielt – boten den Viechern ideale störungsfreie Nistplätze. Die waren ja nicht dumm und hatten das schnell rausgefunden. Die Möwen wurden in ihrem lauten Treiben höchstens von ein paar lästigen Krähen gestört, gegen die sie sich jedoch ebenso geräuschvoll wie energisch zur Wehr setzten. Die Krähen zogen ihrerseits weiter und plünderten mit erstaunlicher Geschicklichkeit die während der Saison vom Müll der Touristen überquellenden städtischen Papierkörbe oder die Gelben Säcke, die manche Zeitgenossen bereits Tage vor der Abfuhr an die Straße möhlten. Oder die von irgendwelchen Mietern bis über den Rand befüllten Restmülltonnen. Wie oft hatte Ines Hübner denen gepredigt, dass Mülltonnen einen Deckel hatten und das nicht ohne Absicht. Im Grunde war es hoffnungslos. Wie beim richtigen Lüften. Das konnte man Mietern auch nicht beibiegen. Eigentümer bekamen das in den allermeisten Fällen problemlos geregelt. Mieter nicht. Die mussten das regelmäßige vollständige Öffnen der Fenster und Querlüften irgendwie als Bedrohung sehen, das die feindliche Außenwelt in ihre vier Wände eindringen ließ. Die kam gewiss eher, wenn die Mieter die Haustür nicht geschlossen hielten. Auch so eine üble Angewohnheit. Oder in der Gestalt von Ratten aus der Kanalisation, wenn man aus Bequemlichkeit Essenreste über die Toilette entsorgte, um den Gang zur Speckitonne zu sparen. Gab es alles, hatte sie alles schon erlebt. Polternde Marder, die horrendes Zerstörungswerk auf Dachböden anrichteten und im Nu die effektivste Wärmedämmung ganzer Blocks zerlegten. Ratten, die aus irgendwelchen nicht ordentlich abgedichteten Abflussrohren in Altstadtkellern krochen und empfindliche Mieter auf dem Weg zu ihrem Verschlag verschreckten. Wespen- und Hornissennester in Ecken und Winkeln, die hysterische Mütter bei ihr anrufen ließen, die dann zur Beseitigung mindestens den sofortigen Einsatz der US-amerikanischen Nationalgarde forderten. Flöhe. Eine vollkommen flohverseuchte Wohnung hatte sie auch mal gehabt. Der Tierliebhaber war ausgezogen und hatte in der Zeit bis zur Übergabe der leeren Wohnung den kleinen Biestern reichlich Muße zur Vermehrung gelassen. Völlig ausgehungert hatten sich die schwarzen Heerscharen auf sie gestürzt. Sie durfte nicht dran denken, schon musste sie sich kratzen. Marder, Wespen und Flöhe waren indes auf gewisse Weise berechenbar: Die folgten ihrem von der Natur vorgegebenen Überlebensinstinkt. Was ihren Beruf wirklich anstrengend machte, waren die menschlichen Zeitgenossen. Eigentümer*innen, Bauherren*innen, Mieter*innen, Nachbarn*innen, Architekten*innen, Handwerker*innen, Hausmeister*innen, Ämter*innen (war ein Scherz) und Behörden … Die kamen auf Ideen, das spottete mitunter jeder Beschreibung, da kam man mit gesundem Menschenverstand gar nicht drauf. Wie auch immer, es war ein Kampf gegen Windmühlen. Das war eben ihr Job. Ines Hübner tröstete es mitunter nicht wirklich, dass sie für diesen steten Kampf gegen ignoranten Widerstand als Kauffrau der Immobilienwirtschaft, Immobilienmaklerin und eben Wohnungsverwalterin bezahlt wurde. Dass das Ganze sich so entwickeln würde, war nicht abzusehen gewesen: Eigentlich hatte sie sich ihr weiteres Leben damals – also in ihrem *alten Land*, der untergegangenen DDR – ganz anders vorgestellt. Aber so was von anders. Eigentlich war alles ganz klar gewesen. Aber *eigentlich* war eben doch eine Einschränkung.

1966 in Stralsund geboren, hatte Ines Hübner 1984 Abitur am Hansa-Gymnasium gemacht. Ihr Vater war Offizier bei der Marine auf der Schwedenschanze und die Familie bewohnte eine Armee-Wohnung aus den 30er-Jahren in der Mariakronstraße in unmittelbarer Nähe des Moorteichs. Da sie keine Geschwister hatte, war die Wohnung für die kleine Familie ausreichend groß und dank des handwerklichen Talents ihres Vaters und seiner *Beziehungen* auch gut in Schuss. Zum Abitur hin hatte Ines Hübner jedoch – wie so viele andere ihrer Generation auch – nur den einen Wunsch: weg aus Stralsund, weg aus dieser verfallenden Stadt. Auch dank ihres sehr guten Mathematik-Abiturs bekam sie einen Studienplatz in Leipzig und studierte dort erfolgreich Statistik. Die Welt der Zahlen war schon immer *ihr Ding* gewesen, darin konnte sie völlig aufgehen und alles andere ausblenden. Hier war alles so wunderbar logisch und folgerichtig. Die mathematischen Gesetze galten überall auf der Welt gleich, boten Sicherheit und Verlässlichkeit, machten die komplexe Realität buchstäblich berechenbar. Half die Mathematik nicht weiter, konnte man es immer noch mit Wegschalten versuchen. So war sie dann mit den politischen Veränderungen im Lande verfahren. Natürlich hatte auch sie gespürt, dass sich allerorten etwas zusammenbraute, die Leute unzufriedener wurden, Berichterstattung in den Medien und der Alltag immer weniger in Einklang zu bringen waren. Sie galt als politisch zuverlässig, war pro forma in die SED eingetreten und widmete sich ansonsten ganz der Welt der Zahlen. Wenn man nur konsequent und richtig dachte, konnte man jedes Problem lösen. Sie vermisste nichts, war mit sich völlig im Reinen und für ihre Umwelt bestimmt eine der langweiligsten Personen, die sich denken ließ. Späterhin hatte sie ihre Stasi-Akte eingesehen. Sie wusste heute nicht mehr wirklich, was sie dazu getrieben hatte. Wahrscheinlich wollte sie Klarheit über Robert haben. Der war mit ihr in einer Seminargruppe gewesen und sozusagen einer ihrer – nunja – Freunde, die sie – auch mehr pro forma, um von den anderen nicht schräg angeguckt oder bemitleidet zu werden – gehabt hatte. Da war auch nicht wirklich was gewesen zwischen ihnen. Nur das eine Mal vielleicht unter dem Einfluss von reichlich Pfefferminzlikör ihrer- und Weinbrand seinerseits. Alle hatten irgendwie gewusst, dass Robert schwul war, nur er nicht. Und sie. Das Leben war komisch. Ines Hübner hatte es denn auch enttäuscht, wie langweilig ihre Stasi-Akte war. Zum Glück war Robert Robert und sonst nichts weiter. Und der IM, von dem jeder am Institut wusste, dass er ein IM war, hatte über sie im Grunde nichts zu berichten gewusst. Außer, dass sie wohl politisch zuverlässig sei, wenig Umgang pflege und im Grunde ganz der Statistik lebe. Robert, mein Gott... Was wohl aus dem geworden war?

Jedenfalls war es nur konsequent, dass sie in die Wissenschaft ging und als Forschungsstudentin eine Promotion auf ihrem Fachgebiet anstrebte. Alles

Weitere würde sich finden. Davon war Ines Hübner überzeugt gewesen. Hatte sich dann ja auch gefunden. Aber ganz anders, als sie es sich je hatte vorstellen können und mögen. Plötzlich war alles, aber auch wirklich alles, anders gewesen. Das ganze bisherige Leben perdu, alle Gewissheiten hinfort, das eigene Leben, die eigene Vergangenheit komplett infrage gestellt. Für sie konkret bedeutete dies vor allem, dass es nach bundesdeutschem Recht keine Forschungsstudenten gab. Sie brachte damit das Kunststück fertig, zwischen tatsächlich alle Raster zu fallen und wurde sogar noch eher abgewickelt als ihr Institut, für das es ebenfalls alsbald keinen Bedarf mehr gab. So hieß es zumindest. Wer auch immer das entschieden haben mochte.

Zurück nach Hause zu den Eltern zu ziehen, war keine vorstellbare Option für Ines. Die wohnten inzwischen in einer Zweiraumwohnung in Knieper-West. Der Vater war wegen diverser Folgeerkrankungen seiner jahrzehntelangen Raucherei noch kurz vor der Wende invalidisiert worden und hatte sich seither hinter Tag und Nacht zugezogenen Vorhängen verschanzt. Und starrte auf den Fernseher, der ihm eine Welt ins Wohnzimmer brachte, die er nicht mehr verstand. Die Mutter versorgte ihn – duld- und folgsam wie stets – nach Kräften und versuchte bemüht, Normalität zur Schau zu tragen. Dabei steigerte sie sich in einen Gnatz, der sich bald auf alles und jeden richtete und nur schwer zu ertragen war. Im Grunde gab sie weiterhin die pflichtbewusste Offiziersfrau. Nur hatte sich die dazugehörige Armee quasi über Nacht in Luft aufgelöst und war wie das ganze Land, das sie bisher gekannt hatten, binnen kurzer Zeit in der Vergangenheit versunken. Eigentlich war alles noch da. Die Häuser, die Straßen, die Menschen. Andererseits war alles anders und nichts mehr, wie es gerade eben noch gewesen war. Und es gab nicht einmal einen Vulkanausbruch oder eine andere Naturkatastrophe, auf die man es hätte schieben können. Es fühlte sich irreal an. Und es half auch nicht, dass man sich selber in den Arm kniff... Da ging es Ines wie ihren Eltern. Jeder strampelte nach Kräften auf seine Weise, um wie der Frosch, der in die Milchkanne gefallen war, irgendwie wieder einen Boden unter die Füße zu bekommen.

Im Rückblick war das eine Erfahrung, die viele Ossis den Menschen aus den alten Bundesländern voraushatten. So konnte man das auch sehen, wenn man dem Ganzen denn etwas Positives abgewinnen wollte. Da hätte sie die Bayern oder die Schwaben mal erleben mögen, wenn denen Vergleichbares widerfahren wäre. Marx/Engels/Lenin statt Bibel und Gesangbuch, Plan- statt Marktwirtschaft, Jugendweihe statt Kommunion, Trabant und Wartburg statt VW-Golf und Mercedes. Bulgarien statt Balearen und Bali. Die Liste ließe sich beliebig fortsetzen. Natürlich war das Quatsch, aber die Vorstellung zauberte Ines stets ein Grinsen mit einem leichten Anflug von Häme ins Gesicht. Darüber müsste mal jemand, der so was konnte, ein Buch schreiben. Wenn alles andersherum gekommen wäre und die Deutschen jetzt quasi in einer großen DDR lebten. Was Ines allerdings immer noch an manchen Eigentümern *aus dem Westen* – und auch dreißig Jahre nach der Wende kam ein Gutteil ihrer Eigentümerklientel immer noch von dort, und sie war immer noch verblüfft, wie viel Geld dort in gewissen Kreisen unterwegs war – störte, war die Einstellung dieser Leute. Die schwärmten von Stralsund und davon, wie schön es hier sei. Um dann im Nachsatz anzumerken, dass es sie freue, ihren Solidaritätszuschlag so gut angelegt zu wissen... Patsch, da hast du!

Früher hatte sie ihre Empörung über solche verbalen Ohrfeigen nicht bremsen können und sich im Sinne der Seelenhygiene bemüßigt gesehen, einzuhaken und den Sachverhalt argumentativ zurechtzurücken. Inzwischen ging sie da mit einem schiefen Lächeln drüber hinweg und ließ die Leute reden. Hatte eh keinen Zweck und regelte sich irgendwann biologisch. Die so redeten, merkten ohnehin nichts. Was sie allerdings nach wie vor wütend machte, war, wie leicht es diese Herrschaften im Leben gehabt hatten, wie ihnen alles buchstäblich zugefallen war. Die hatten keine wirklichen Brüche in den Biographien, von privat-persönlichen Befindlichkeiten, die es hüben wie drüben gab, einmal abgesehen. Wenn sie an die reich geschiedenen Damen aus Hamburg, Wiesbaden oder München dachte, die Stralsund *schick* fanden und sich als Alterssitz auserkoren hatten und die dann zu allem Überfluss noch anfingen, über ihre Ex-Gatten und ihr hartes Schicksal als solches zu lamentieren und ein unendliches Gewese bei der Bemusterung ihrer mit leichter Hand bar bezahlten 200-Quadratmeter-Penthouse-Wohnung mit Rügenblick machten, musste sie an sich halten. Sie hatte Leute in ihrem Alter aus dem Westen erlebt, die hatten links und rechts so reichlich geerbt, dass sie ihr Leben lang nie zu arbeiten brauchten. Und es auch nicht taten. Die hatten nie was gemacht, nie irgendeinen tatsächlichen Beitrag zur Gemeinschaft geleistet und lebten trotzdem bestens, hatten riesige Wohnungen, reisten kreuz und quer durch die Weltgeschichte. Geld war da und spielte keine Rolle. Die sollten ihr mal am Hafen an der Kaikante begegnen und am besten auch noch die Möwen mit den Resten ihrer Fischbrötchen füttern!

Was sie eigentlich an diesen Leuten störte, war, dass die sich ihr gutes, sorgenfreies Leben nicht in irgendeiner Weise verdient hatten. Sie verlangte ja nicht einmal ein schlechtes Gewissen, aber zumindest doch so etwas wie eine gewisse Dankbarkeit. Demut. Aber das kannten diese Herrschaften nicht. Da gab es nur diese mit der Muttermilch eingesogene Anspruchshaltung, völlig selbstverständlich zur Schau getragen und geltend gemacht. Bei denen musste es eben dieser – und nur dieser und sonst keiner – Designertisch aus Italien sein. *Gebackene Eiche*. Wie immer das auch ging, Eiche zu *backen*. Und wenn der Farbton dann doch nicht hundertprozentig zum *bemehlten Parkett* passte, wurde das Ding eben zurückgeschickt nach Italien. Irgendwelche dienstbaren Geister nahmen sich der Sache schon an. Und das gegebenenfalls mehrmals, bis der Farbton schließlich genehm war. Da kannten die nichts. Da mussten Malerfirmen ganze Hauswände wieder und wieder überstreichen. So lange, bis das Resultat endlich den ganz speziellen Farbvorstellungen der Eigentümer entsprach. Da wurden frisch verlegte Küchenspiegel wieder rausgerissen, weil die Käufer plötzlich doch lieber eine

Küche in orange statt in pistaziengrün wollten. Für solche Grillen fehlte Ines Hübner jedes Verständnis. Diese Leute lebten buchstäblich in einer anderen Welt. Denen hatte nie jemand von einem Tag auf den anderen ihr bisheriges Leben und alle Gewissheit genommen. Die hätte sie mal sehen mögen nach der Wende. Bei einer Freundin in Berlin war sie schließlich untergekrochen. Prenzlauer Berg, Hiddenseer Straße, 3.Hinterhof. Morgens als Erste raus zum U-Bahnhof, um bei den Job-Anzeigen in den Zeitungen rechtzeitig mit dabei zu sein, womöglich nicht die eine Chance, die sich einem unwahrscheinlicherweise doch vielleicht einmal bot, zu verpassen. Und in der Tat, auch ein blindes Huhn fand mal ein Korn. Eigentlich war es mehr ihre Freundin gewesen, die die Annonce mit Kugelschreiber umkringelt und ihr unter die Nase gehalten hatte: »Du, die suchen hier jemanden, *der keine Angst vor Zahlen hat.* Klingt doch launig, oder?«

Ines sah sich die Anzeige näher an: Sie war von einer Immobilienfirma aus Rheinland-Pfalz, die Mitarbeiter für die neu zu gründende Zweigstelle in Berlin suchte. Und die sollten eben nach Möglichkeit *keine Angst vor Zahlen* haben, von wegen »Finanzierung«, »Projektierung« und »Optimierung«.

»Ich weiß nicht...« Ines Hübner war skeptisch. Mit den Worthülsen konnte sie umgehen, derlei Platzhalter kannte sie aus dem real existierenden Sozialismus. Was ihr nicht wirklich gefiel, war der saloppe Ton der Anzeige.

»Schadet doch nichts, wenn du dich da mal bewirbst. Ich kenne keine Zweite, die weniger Angst vor Zahlen hat als du.«

Damit hatte ihre Freundin natürlich recht: Kam es auf eine vierunddreißigste oder fünfunddreißigste Bewerbung noch an? Also war sie wieder mit der U-Bahn zum Alex und hatte Nachschub an Passbildern – Gott, wenn ihr da heute mal eines davon in die Hände fiel, allein die Frisur … und die Klamotten! – besorgt und eine weitere Bewerbung verfasst und ohne viel Hoffnung zusammen mit drei, vier anderen in den Postkasten um die Ecke gesteckt.

Drei Wochen später fand sie sich im hochsommerlich schwül-stickigen Ludwigshafen am Rhein wieder. Sie irrte mit ihrem Handkoffer durch die fremde heiße Stadt, verstand die pfälzische Mundart der Passanten, die sie nach dem Weg fragen wollte, kaum. Sie kam sich vor wie eine Außerirdische, die im bundesdeutschen Pendant von Bitterfeld gelandet war: *Bitterfeld, wo der Dreck vom Himmel fällt.* Nur war hier selbst der Dreck irgendwie *bunter*, ihr fiel kein besseres Wort dafür ein. Nach einer guten Dreiviertelstunde Weges hatte sie ihr Ziel, das »Top-Center-Kongress-Hotel-Stella-Mar« am Rheinufer, erreicht. Der Rhein roch nach Kanalisation und war in Ludwigshafen keine Spur von romantisch. Durchgeschwitzt betrat sie die Lobby. Und wieder war es da, dieses Gefühl, dass man sie auf den ersten Blick als Ostdeutsche erkennen und abqualifizieren würde. Wahrscheinlich hatte sie keine Chance bei dem »Assessment-Center«, das hier und heute für besagte Immobilienfirma stattfinden sollte, um geeignete Bewerber für die neuen Zweigstellen in Berlin und anderen Städten der neuen Bundesländer auszuwählen. Andererseits fragte sie sich, warum die Manager dann Anzeigen in Ost-Zeitungen geschaltet hatten. Und hatte sie nicht alle Fragen des ihr übersandten Fragebogens – nach all den Absagen der vergangenen Wochen und Monate war das schon mal was – so beantwortet, dass sie immerhin diese Einladung nach Ludwigshafen – für sie noch vor gar nicht allzu langer Zeit und doch schon in einem anderen Leben so exotisch wie Paris oder Florida – erhalten hatte? Nun stand sie hier an der Rezeption und erkundigte sich nach dem auf ihren Namen reservierten Zimmer. Würde ihr die Firma Bahnfahrt und Hotelzimmer bezahlen, wenn sie sich nichts von ihr versprachen? Der solariumsgebräunte Rezeptionist in seiner bordeauxroten Uniform und mit dem nach hinten gegelten schwarzen Haupthaar musterte sie genau diesen einen Augenblick, der ihm verriet, wen er da vor sich hatte, schob ihr die Anmeldeformulare über den Tresen, wartete mit hochgezogener Augenbraue, bis sie mit unter dessen Argusaugen fahrigen Fingern die vorgeschriebenen Felder ausgefüllt hatte, warf einen kurzen Kontrollblick auf ihre Eintragungen und reichte Ines mit diesem speziellen Ausdruck im Gesicht – eine ganz eigene Mischung aus Überheblichkeit, Mitleid und Argwohn – den Schlüssel für ihr *Einzelzimmer mit Waldblick* im elften Stock. Ines Hübner hatte gerade einmal zwanzig Minuten, bis die Bewerber-Auswahl im Saal »Beethoven« des »Top-Center-Kongress-Hotels-Stella-Mar« beginnen sollte. Wenn sie etwas hasste, dann war das Unpünktlichkeit. Sie eilte zum Fahrstuhl und versuchte, an den anderen Leuten in der Lobby vorbeizusehen, jeden Blickkontakt tunlichst zu vermeiden.

Den Wald, nach dem Ines Hübner bei einem kurzen Blick aus dem leicht blinden Fenster von Zimmer 1117 mit der Zahnbürste in der Hand Ausschau hielt, gab es nicht wirklich. Vielleicht meinten sie damit die paar kümmerlichen vertrockneten Birken, die den rückwärtigen Parkplatz säumten. Zwischen den ganzen West-Autos standen auch ein paar Trabants und Wartburgs. Sie war also nicht allein. Das machte ihr Mut, obwohl gerade bei den Autos der ganze Unterschied zwischen Bundesrepublik und DDR so gnadenlos offensichtlich wurde. Da brauchte man nur einen Mercedes neben einen Trabi zu stellen, das erklärte im Grunde alles und ließ sich auch nicht wegdiskutieren. Ines Hübner wandte sich vom *Waldblick* ab und versuchte, dem Mechanismus beizukommen, die Klimaanlage ein wenig auszubremsen, sonst würde sie sich unweigerlich noch erkälten. Jetzt bloß nicht noch die Bluse mit Zahnpasta bekleckern. Frisch gestylt und im neuen West-Outfit, in das sie ihre letzten Ersparnisse investiert hatte, drückte sie den Knopf für den Fahrstuhl. In der engen Kabine hing noch der intensive Rasierwassergeruch des vorherigen Benutzers. Das war wohl einer von der Sorte gewesen, die sich das Zeug förmlich ins Gesicht schüttete. Ihr kam die Katze von ihrer Freundin in den Sinn, die auf der Stelle rollig wurde, wenn einer von diesen Rasierwasserschüttern auch nur die Wohnung betrat. Ihre Freundin schwor ja, dass das erst mit den West-Rasierwassern angefangen habe. Ines Hübner schüttelte sich. Auf sie hatte das eher gegenteilige Wirkung. Der Aufzug verlangsamte und hielt auf Stockwerk sieben. Zwei nickelbebrillte Herren in dunklen Anzügen und mit schwarzen kunstledernen Aktenkoffern stiegen zu und verbreiteten augenblicklich neuen Raumduft. Ines fragte sich, ob sie vielleicht Zwillinge waren, so ähnlich waren sie sich. Sie räusperten sich sogar gleichzeitig. Sie starrte auf die messingfarbenen Zahlenschlösser auf den schwarzen Aktenkoffern. Das mussten wichtige Leute sein. In Stockwerk 5 stoppte der Aufzug erneut, die Türen schoben sich ruckelnd auf und ein kleinerer Mann von schwer zu bestimmenden Alter zwängte sich zu ihnen mit hinein: von ersten grauen Strähnen durchzogene schwarze Locken, ziemlich dicke Hornbrille mit kleinen, beinahe punktförmigen Insektenaugen dahinter, ein Sakko aus dunkelblauem Samt, hellgraue Stoffhose zu dunkelbraunen Lederschuhen, braune Lederaktentasche und Rasierwasserschütter der Extraklasse. *Old Spice*, das kannte Ines aus dem Supermarkt. Das war Harald. Und Harald würde ihr den Tag über nicht mehr von der Seite weichen.

Vor dem Saal »Beethoven« hatte sich eine Menschentraube gebildet. Die beiden Anzugträger mit den schwarzen Aktenkoffern bahnten sich zielsicher einen Weg durch die Gruppe der auf Einlass wartenden Kandidaten, nickten kurz den beiden Dämchen zu, die vor der Tür an einem Tisch saßen und die Daten der Teilnehmer überprüften, und verschwanden im Saal. Ines versuchte, das Ende der Schlange ausfindig zu machen. Sie war spät dran, aber nicht zu spät, bemühte sie sich zu beruhigen. Der Kerl aus dem Aufzug stand dicht hinter ihr. Und bei jedem Schritt vorwärts folgte er ihr auf dem Fuß. Als sie endlich ihre Einladung vorgelegt, die beiden Dämchen in ihren grauen

Kostümen, mit ihren albernen Halstüchlein und einem ebenso strahlendweißen wie falschen Lächeln, die mit all dem aussahen wie auf den Werbeanzeigen in einschlägigen Wirtschaftsmagazinen, ihre Namen auf den Listen gefunden und abgestrichen hatten, kamen sie gerade noch rechtzeitig in den Saal, um den Beginn der Veranstaltung zur Personalauswahl für die Immobilienfirma nicht zu verpassen. Harald im Schlepptau schob sie sich in die Reihe mit den letzten freien Plätzen. So einer wie dieser Heini mit seinem albernen Samtsakko hatte ihr gerade noch gefehlt. Einer der beiden Anzugzwillinge begrüßte die Kandidaten und stellte sich als »Unternehmensberater« vor. Was es nicht alles gab. Es folgten noch viele neue Wörter, die Ines Hübner sich pflichtbewusst in ihr Notizbuch notierte, während die meisten der smarten Herrschaften – Männlein wie Weiblein – um sie herum stets nur wissend nickten. Personalentwicklung, Arbeitssimulationen, Kompetenzraster, Stressresistenz, Potentialanalyse. Bei den englischen Begriffen wurde es für sie dann kryptisch: Was bitte war ein *Management-Audit*? Ein *Development-Center*? Oder ein *Trainee-Programm*? Sie war hier offensichtlich fehl am Platz. Sie verstand ja nicht einmal die Sprache, die hier gesprochen wurde. Die redeten hier zwar irgendwie zwischendrin auch Hochdeutsch, aber sie verstand es nicht. Genauso gut hätte sie sich für ein Raumfahrt-Programm bewerben können. Sie war drauf und dran zu gehen. Was sie hinderte, war Harald, den sie hätte bitten müssen aufzustehen und ihr Platz zu machen. Aus den Augenwinkeln hatte sie mitbekommen, wie der sie anschaute. Wahrscheinlich war das schon zu viel gewesen. Das war wie mit streunenden Hunden oder Katzen. Nur nicht in die Augen sehen oder sonst irgendwie beachten, die wurde man dann garantiert nicht wieder los. Um Gottes willen, was machte sie hier nur? Was hatte sie in *Ludwigshafen* zu suchen? Ines Hübner steckte resigniert Kugelschreiber und Heft in die Handtasche, straffte sich und ließ den Anzugträger reden. Was sollte sie sich hier unnötig Stress machen? Wo sollte sie auch hin? Im eiskalten Zimmer 1117 den *Waldblick* genießen? Oder ohne Ziel durch die gesichtlose fremde Stadt irren, wo sie diese unverständliche Mundart brabbelten, schlimmer als das übelste Sächsisch? Da konnte man sich nur seinem Schicksal ergeben.

Wider Erwarten wurde es ein wirklich netter Nachmittag und Abend. Fast wie ein Pioniernachmittag für Erwachsene. Mit »Interview« und einer Art Quiz, mit Rollenspielchen (»Kritische Vorgesetzte-Mitarbeiter-Gespräche«, »Kollegengespräche«, »Verkaufsgespräche«), mit Gruppenarbeit und gemeinsamer Präsentation. Und ebenfalls wider Erwarten erwies sich Harald als durchaus charmanter Teampartner, mit dem man sich gut die Bälle zuspielen konnte. Als dann am späteren Abend nach Abschluss der Tests für die erschöpften Teilnehmer vor dem Saal »Beethoven« die silbernen Kästen aufgefahren wurden, war Ines Hübner guter Dinge und ganz mit sich im Reinen. Systematisch arbeitete sie sich mit Harald an ihrer Seite das Buffet entlang. Sie hatte Spaß auf Firmenkosten und neue nette Leute kennengelernt, was wollte sie mehr? Die Zukunft konnte warten. Es war der Augenblick, der zählte.

Ganz in diesem Sinne fand sie sich nach einem langen anstrengenden Tag noch später am Abend mit Harald und ein paar anderen an der »Sundowner«-Bar des »Top-Center-Kongress-Hotels-Stella-Mar« wieder. Barmann Roberto servierte der flotten Runde einen bunten Cocktail nach dem anderen. Im Hintergrund lief »Verdammt, ich lieb´ dich« von Matthias Reim. Daran konnte sie sich später noch erinnern. Irgendwann saßen sie dann allein auf den verchromten Drehhockern vor der Bar und Harald machte den Vorschlag, jetzt doch auf die Zimmer raufzufahren. Sie stiegen kichernd im fünften Stock aus, Harald hatte versprochen, ihr den Mechanismus der Klimaanlage zu erklären …

Der Gute war bestimmt kein Adonis. Als sie ihm schließlich vom Bett aus zusah, wie er versuchte, sich von seinen Beinkleidern zu befreien und damit auf einem Bein hüpfend durchs Zimmer hopste, musste sie eben doch kichern. Verdammt, Sex war etwas für ernsthafte Leute! Harald sah tadelnd zu ihr hinüber. Da half nur noch eines: Augen zu und durch. Ines Hübner versuchte, hinter geschlossenen Lidern erotische Mannsbilder heraufzubeschwören. Von Manfred Krug über Armin Mueller-Stahl bis Winfried Glatzeder. An dieser Stelle wurde es wieder kritisch. Als Ines Hübner die Augen öffnete und Harald im Schein der Nachttischlampe mit einer Palette farbiger Kondome hantieren sah, musste sie wieder unmotiviert kichern. Die Dinger boten tatsächlich zu den unterschiedlichen Farben passende verschiedene Geschmacksrichtungen: Was es nicht alles gab! Es folgte ein unsägliches Geschnirpse und Geflipse mit den *gefühlsechten* und *geschmacksintensiven* Gummidingern. Ines gab sich alle nur erdenkliche Mühe, aber Sex war eben tatsächlich nur etwas für ernsthafte Leute. Harald geriet schließlich doch gerade gut in Schwung, da kam ihr völlig unpassend ihr erster Besuch in einem West-Supermarkt in den Sinn: Fünfunddreißig Sorten Joghurt hatte sie gezählt. Fünfunddreißig! Wozu brauchte man fünfunddreißig Sorten Joghurt? Und dazu so exotische Sachen wie Kiwi: In der DDR hatten sie Stachelbeeren gehabt. Und erst Maracuja ... Bei dem Gedanken an Maracuja und dem Odeur der Geschmackskondome in der stickigen Hotelzimmerluft wurde ihr schlecht. Mit Mühe und Not erreichte sie die Schüssel in Haralds Bad. Sie sah schlimm aus, als sie sich im Spiegel betrachtete, nachdem sie die Spuren des Malheurs beseitigt hatte. Auf der Ablage neben dem Zahnputzbecher lag ein goldener Ehering.

Ines Hübner verbrachte eine unruhige restliche Nacht in ihrem Zimmer im 11. Stock, wo die Klimaanlage unverändert Amok lief und konstant einen mächtigen Schwall eisige Luft in das schmale Kabuff mit Waldblick pustete. Sie schwitzte und fror gleichzeitig, zog sich die dünne Bettdecke bis über beide Ohren. Suchte im Schrank nach einer Wolldecke, fand aber keine, behalf sich mit Klamotten aus dem Koffer. Warf sich unruhig hin und her und phantasierte von ihrem Rücktransport nach Berlin im Zinksarg. Bei den Temperaturen würden sie schon einen Zinksarg benötigen. Oder würden sie sie gleich nach Stralsund bringen? Trauerfeier und Urnengrab auf dem Zentralfriedhof. Wer würde die Rede halten?

Und was gab es über ihr Leben zu sagen? Wer würde sie vermissen? Sie wollte keine Trauerfeier und auch kein Urnengrab auf dem Zentralfriedhof. Sie sah ihren kettenrauchenden Vater und die vergnatzte Mutter vor sich, wie sie pflichtschuldigst – um sich nichts nachsagen zu lassen – zu besonderen Anlässen Blumen über ihren eingetupperten krümeligen Resten abwarfen, obwohl sie sich inzwischen einander egal waren wie nur irgendwas. Wenn die sich umdrehten, hätten sie sie wieder vergessen und wären mit den Gedanken wieder ganz bei der geheiligten Datsche in Devin und überlegten, mit welchen der neuen Errungenschaften aus der westdeutschen Konsumwelt man diese noch vollstopfen konnte. Im Grunde war die Datsche ihr Kind, nicht sie. Nein. Sie wollte eine Seebestattung. Sich mit der Asche wie Badesalz auflösen im Meer und Schluss.

Bei Devin kamen ihr Stachelbeeren und Stachelbeerkuchen in den Sinn. Von Stachelbeeren kam sie auf Kiwi. Und von Kiwi auf Maracuja. Da merkte sie, wie es in ihr bereits wieder aufstieg. So schnell es eben ging, erhob sie sich und taumelte ins winzige Bad, um sich zu übergeben. Wieder bibbernd unter der Bettdecke angelangt, fragte sie sich, ob denn nun Passionsfrucht und Maracuja dasselbe waren oder das Gleiche, wo man bei Seebestattungen mit den Blumen blieb und wo man hier in Ludwigshafen einen Zinksarg herbekam mitten in der Nacht …

Am nächsten Morgen weckte Ines Hübner im 11.Stock des »Top-Center-Kongress-Hotels-Stella-Mar« das erbarmungslose Fiepen ihres Reiseweckers. Sie hatte mörderische Kopfschmerzen. Mit umgeschlüchteter Bettdecke trante sie ins Bad, fahndete in der Kulturtasche nach den Schmerztabletten und vermied mit Bedacht jeden Blick in den Spiegel. Der *Waldblick* aus dem Fenster erschien ihr diesen Morgen noch trostloser als gestern. Harald kam ihr in den Sinn, die bunten Kondome, der Ehering, die Kloschlüssel. Sie wollte nur noch weg aus Ludwigshafen und zurück in den Osten. Auf alle Fälle wollte sie Harald nicht wieder begegnen. Sie musste nur noch das Frühstück und den Abschluss des Assessment-Centers irgendwie hinter sich bringen. Dann würde sie sich von der letzten Reserve ein Taxi nehmen und dann nur noch nichts wie weg.

Im Frühstücksraum klaubte sie ein trockenes Brötchen vom Buffet, suchte sich einen Fensterplatz, kramte die Sonnenbrille aus der Handtasche und goss sich aus der bereitgestellten Thermoskanne schwarzen Filterkaffee ein. Sie richtete den Blick auf den träge dahinfließenden schlammbraunen Rhein, der bereits deutlich Niedrigwasser führte. Das Leben war ein langer, ruhiger Fluss … Nein, das Leben war komisch. Als Harald mit einem gut gefüllten Tablett in den Händen sich räuspernd zu ihr an den Tisch trat, ignorierte sie ihn so lange, bis er sich trollte. In dem Fall hatte die deutsch-deutsche Vereinigung nicht funktioniert. Haha. Was nicht zusammengehörte, musste auch nicht zusammenwachsen.

Ines Hübner trug noch im Saal »Beethoven« ihre Sonnenbrille, als sie während der Abschlussveranstaltung der Personalauswahl nach vorne gerufen wurde und sich auf einer improvisierten Bühne unvermittelt neben fünf anderen Kandidaten wiederfand, um von den beiden Anzug- und Kofferträger-Zwillingen sowie einem leutseligen beleibten Herrn mit Schnauzbart, der sich als Geschäftsführer der Immobilienfirma vorstellte, überschwänglich und mit warmem Händedruck als neues Mitglied im Team derselben begrüßt wurde. Sie realisierte erst später im Zug, was eigentlich passiert war. Auf der Bühne war sie mit Sonnenbrille, Umhängetasche, Blumen und Urkunde reichlich überfordert gewesen.

Von da an war es aufwärtsgegangen im Leben der Ines Hübner. Keine zwei Wochen später trat sie ihren neuen Job in der neuen Niederlassung der Immobilienfirma in der neuen Bundeshauptstadt an. Selbst in den neu angemieteten Büroräumen war alles neu. Und vom Feinsten. Zunächst von all dem Neuen eingeschüchtert, bemerkte sie schnell, dass die anderen Neuen ebenfalls nur mit Wasser kochten. Mit Engagement und Fleiß arbeitete sie sich rasch in die Materie ein. Beim Thema Zahlen machte ihr ohnehin so schnell keiner etwas vor. Die Zahlen und deren Gesetzmäßigkeiten hatten tatsächlich sogar die Wende unbeschadet überstanden und galten weiterhin. Praxistest bestanden. Im Gegensatz zu ihren neuen Vorgesetzten aus dem Westen der Republik war sie in der Stadt – zumindest in deren Ostteil – nicht neu. Sie kannte sich aus in der Topographie des neuen Geschäftsfeldes der Firma, wusste um die Erfahrungen und Befindlichkeiten der Leute, mit denen sie dort zu tun hatten, traf stets den richtigen Ton, wenn es um Verhandlungen oder Genehmigungen ging. Den Rest eignete sie sich über Weiterbildungen an. Was das Fachliche betraf. Oder ganz platt durch aufmerksames Zuhören bei Kollegen und Vorgesetzten. Manchmal musste man die Leute einfach nur reden lassen. Oder durch das Lesen einschlägiger Zeitungen und Zeitschriften. Was den Jargon und die Selbstdarstellung anbelangte. Ihre Freundin aus der Hiddenseer Straße hatte sie alsbald hinter sich gelassen. Sie hätte Ines auch kaum wiedererkannt. Ines war angekommen in ihrem neuen Leben.

Mit der gleichen Konsequenz, mit der sie seinerzeit ihr Statistik-Studium angegangen war, verschrieb sich Ines Hübner nun dem hauptstädtischen Immobilienwesen. Bald schon stieg sie im Getriebe der Berliner Zweigstelle zur rechten Hand des Niederlassungsleiters auf. Bernhard von Pfuhlendorff stammte aus altem mecklenburgischen Landadel, der allerdings bei Kriegsende mit Sack und Pack nach Hamburg übergesiedelt – auf gut Deutsch: abgehauen – war. Als drittes Kind seiner Eltern waren ihm nur der Name, ein bisschen Silber-Nippes mit dem eindrucksvollen Familienwappen drauf und die alten Verbindungen seiner Familie geblieben. Diese hatten dem Adelsspross mit Hang zum leichten Leben den Weg durch die Lehre in einer Hamburger Privatbank und das anschließende Wirtschaftsstudium geebnet. Zum Repräsentieren eignete sich Bernhard von Pfuhlendorff famos. Sein herrschaftlicher Name zierte prominent das hochglanzpolierte goldglänzende Messing-Firmenschild der Zweigstelle. Und wenn er mit Siegelring und Maßanzug auftauchte, verbreitete er die über Jahrhunderte adeliger Familiengeschichte erworbene Selbstgewissheit und Souveränität, die von der ersten Sekunde an das nötige Vertrauen schufen, das bei diffizilen werthaltigen Grundstücksgeschäften unentbehrlich war. Gut, mit Details hatte er es nicht so. Dafür waren andere zuständig. Solche wie Ines zum Beispiel, die insgeheim schon für ihren Chef schwärmte. Mit welcher Selbstverständlichkeit er seine Garderobe auswählte. Da passte alles! Was für ein Gegensatz zu den vielen neureichen Prolls, die vom Immobiliengeschäft angezogen wurden wie die Motten vom Licht. Ihr Chef fuhr Jaguar und nicht Mercedes oder BMW. Oder gar Porsche. Heerscharen von Bankern in schlecht sitzenden Anzügen – am besten in bordeauxrot und mit breiten Schulterpolstern – und mit billigen Kunstfaserkrawatten über bügelfreien Hemden begegneten ihr mittlerweile in Berlin. Und allesamt schütteten sie sich morgens billiges Rasierwasser ins Gesicht. Und wenn es nicht billiges Rasierwasser war, dann eben teures, das aber nicht minder aufdringlich roch. Da brauchte sie morgens nur in Begleitung ihres Chef in Tempelhof die Maschine nach Frankfurt zu besteigen. Von den Rasierwassern der Herren wurde ihr regelmäßig übel.

Bernhard benutzte ein feines englisches Wässerchen, das schon sein Vater und dessen Vater benutzt hatten und das er extra aus London kommen ließ. Das hatte einen ganz anderen Stil. Bernhard machte auf dem gesellschaftlichen Parkett der Goldgräber-Hauptstadt eine blendende Figur. Konnte aber auch mit einfachen Leute gut. Denen begegnete er wie ein Gutsherr den ihm anvertrauten Seelen. So musste das damals auf den Gütern gewesen sein. Wie bei Hedwig Courths-Mahler, deren Hefte ihre Mutter nach der Wende angefangen hatte zu verschlingen. Nie und nimmer durfte sie aber bei ihren seltenen Besuchen *zuhause* in Stralsund bei ihren Eltern auch noch von Bernhard erzählen. Die missbilligten allein schon ihre Tätigkeit für den kapitalistischen Klassenfeind. Und dann auch noch Bernhard ... Seines Zeichens ein von Pfuhlendorff ...

Ja, sie überlegte ernstlich, zu Bernhard nach Charlottenburg in seine repräsentative Altbauwohnung zu ziehen. Und ja, sie hatte sich wohl in ihn verliebt. Ines ließ sich das alles wohl gefallen. Sie war die unentbehrliche Frau an seiner Seite. Meetings, Kongresse, Hotels: Bernhard zeigte ihr die große weite Welt und sie sog das alles mit Inbrunst auf. Wenn sie auf den Fluren irgendwelcher gehobenen Hotels stand und sich häppchenweise an den Köstlichkeiten in den Rechauds delektierte oder im Schummerlicht einer hochklassigen Bar einen Cocktail schlürfte, kam ihr unpassenderweise mitunter Harald in den Sinn und verdarb ihr die Stimmung. Damals in Ludwigshafen am Rhein, als ihr neues Leben begonnen hatte. Harald mit den farbigen Kondomen. Und nach Harald tauchte regelmäßig SIE störend in ihren Gedanken auf. SIE, das war Adelheid von Pfuhlendorff-Rottensteiner. Adelheid von Pfuhlendorff-Rottensteiner war Bernhards Gattin. Sie hatte das Geld mit in die Familie gebracht und im Gegenzug den Titel bekommen. Adelheids Vater Manfred Rottensteiner war überdies der Eigentümer der Immobilienfirma, für die sie beide arbeiteten. Ein Bilderbuch-Selfmade-Wirtschaftswunder-Tycoon, der nicht nur im Immobiliengeschäft aktiv war, um es möglichst neutral zu formulieren. Im gesellschaftlichen Umgang konnte er seine Herkunft aus einfachen Verhältnissen nur schwer verleugnen. Ines hatte den Patriarchen anlässlich der Eröffnung der Berliner Filiale live und in Farbe und in Begleitung seiner vierten Ehegattin – einer vollbusigen Blondine, die wahrscheinlich jünger war als sie – erlebt. Es war unsäglich gewesen, aber Bernhard lächelte tapfer und ungerührt über jede Peinlichkeit, die das Duo produzierte, hinweg. Die Gattinnen des Alten kamen und gingen, seine Tochter Adelheid blieb. Die hatte mit Bernhard für standesgemäßen Nachwuchs gesorgt und drei weitere Bernhards in die Welt gesetzt. Ines konnte sich deren Namen nicht merken. Irgendwas mit Ludwig, Wilhelm und August oder so. Als Doppelnamen und in wechselnder Reihenfolge. Sie konnte die drei Adelssprösslinge auf Fotos auch nicht auseinanderhalten. Die Jungen kamen alle sehr nach dem Vater und waren in irgendwelchen international aufgestellten Internaten in England und der Schweiz untergebracht.

Seinem *Augenstern* Adelheid hatte der Alte als künftigen standesgemäßen Familiensitz dank seiner *connections* für wohlfeiles Geld ein Gestüt mit herrschaftlichem Anwesen im Brandenburgischen vor den Toren Berlins gekauft. Adelheid brauchte nämlich stets ein »Projekt«, sonst wurde sie unleidlich. Das Herrenhaus war zwar noch mehr oder weniger eine Ruine, wennqleich Adelheid bereits heftig mit Einrichten und Dekorieren beschäftigt war. Und das

»Gestüt« bestand derzeit aus ihren drei Pferden, die sie aus der Pfalz mitgebracht und in einer notdürftig improvisierten Stallung untergebracht hatte. Als Pferdemädchen machte es ihr nichts aus, nebenan in einem – zugegeben sehr komfortablen – Wohnmobil zu logieren. Hauptsache, ihren Pferden ging es gut und sie hatte ihren täglichen Ausritt. Erst hoch zu Ross fühlte sie sich wie eine wirkliche Herrschaft. Eines Sonntagmorgens stand Adelheid von Pfuhlendorff-Rottensteiner – in wattierter Reiterweste und mit vom Galopp auf *El Diablo* durch den kühlen Herbstnebel der brandenburgischen Kiefernschonungen geröteten Wangen und noch mit Reitgerte in der Hand – ebenso unverhofft wie unangekündigt im Schlafgemach der Charlottenburger Altbauwohnung, um mit ihrem Gatten die eigene Begeisterung über ihre neuesten Einrichtungsideen bezüglich des Herrenhauses zu teilen.

Adelheid begriff sofort und nur zu gut. Sie und Ines waren sich nur ein paar Mal begegnet, aber schon da hatte Adelheid in ihr als *rechte Hand des Chefs* eine mögliche Konkurrentin gewittert. Bernhard sprang notdürftig bekleidet aus dem Bett, tastete kurzsichtig und fahrig nach seiner Brille und barmte, während seine Frau mit der Gerte in seine Richtung fuchtelte und fluchte wie ein Pferdeknecht. Bernhard war aber auch ein armes Würstchen. Der lohnte im Grunde keinen weiteren Aufwand. Ines nutzte die Gelegenheit, als Adelheid nunmehr unartikuliert schreiend und mit wild in alle Himmelsrichtungen wehender kupferrot gefärbter und mit Extensions tüchtig aufgepüschelter Lockenpracht ihre Wut zunächst am

Wäschepuff ausließ, raffte ihre Sachen zusammen und verschwand diskret aus der Wohnung.

Nun hatte Ines Hübner allerdings ein Problem. Von einer beruflichen Perspektive auch im erweiterten Umfeld eines Bernhard von Pfuhlendorff konnte sie nicht mehr ausgehen. Und wenn man die Sache realistisch betrachtete, war Berlin für sie ebenfalls gegessen. Die Rottensteinerin hatte ihr einen unmissverständlichen Blick zugeworfen, bevor sie sich mit der Reitgerte über Bernhard hergemacht hatte, die würde ihr hier in Berlin die Hölle heiß machen, wo immer sie ihrer habhaft wurde. Das war so die Sorte Frau. Die Gute hatte Verbindungen. Und Geld. Die würde einen Privatdetektiv auf sie ansetzen und dafür sorgen, dass sie in der Hauptstadt nie wieder einen Fuß auf den Boden bekäme. Ines ging davon aus, was sie in so einem Fall tun würde. Was hatte sie sich bloß auf den Kerl eingelassen, sie dummes Schaf. Männer waren eben doch Schweine. Und solch erbärmliche obendrein.

Bei ihrer nächsten Begegnung auf Arbeit ergriff Ines die Initiative. Bernhard von Pfuhlendorff vermied den Blickkontakt mit seiner Angestellten, mit der ihm bis vor gut einem Tag so viel mehr verbunden hatte als ein Arbeitsverhältnis. Mit der Rechten notierte er sich die Wünsche, die Ines ihm diktierte, mit der Linken versuchte er vergeblich, die beiden eindrucksvollen Striemen auf seinem Gesicht zu verbergen. Der Feigling war sichtlich erleichtert, wie sich das Problem löste. Ines bekam zur einvernehmlichen Aufhebung des Arbeitsvertrages ein ansprechendes Zeugnis und sogar noch eine erkleckliche Abfindung, die der Gute wohl aus eigener Tasche bezahlen und tunlichst seiner Gattin verschweigen würde. Da hatte es gereicht, anzudeuten, dass sie doch vielleicht noch einmal mit Adelheid … Ihm im Gegenzug zu versichern, ein für alle Mal aus seinem Leben zu verschwinden, fiel ihr leicht. Ines Hübner feierte ihre neue Freiheit mit einem Glas rosa Champagner in der Feinschmecker-Etage vom KaDeWe. Danach gönnte sie sich in der nächsten Abteilung eine richtige Portion guten russischen Kaviar. Ines Hübner liebte Kaviar. Als sie damals mit der Russisch-Klasse an der Hansa von Schönefeld nach Leningrad geflogen waren, gab es an Bord der Aeroflot-Maschinen russischen Stör-Kaviar für die Passagiere. Sie war die Einzige von ihren Schulfreunden, die diese *glibschigen Fischeier* aß. Unvergesslich: Kaviar zum Sattessen, also richtiger, echter Kaviar jetzt. Ines schwelgte nun seit Jahren wieder einmal in Kaviar, den sie in großzügigen Portionen zu den herrlichen Blinis verzehrte. Sie genoss die Blicke der anderen Gäste, die in ihr mindestens eine Millionärsgattin sahen. Und sie freute sich der Erinnerungen an vergangene Zeiten, in denen gewiss nicht alles schlechter gewesen war. Schon seltsam, wohin das Leben einen so trieb. Man bzw. frau durfte sich eben nur nicht unterkriegen lassen. Wo eine Tür zugeschlagen wurde, öffnete sich eine neue. Bernhard, Adelheid, Harald und noch ein paar andere Konsorten, die ihr übel mitgespielt hatten, würde ihre gerechte Strafe schon noch ereilen. Da fand das Leben bestimmt einen Weg.

Ines tändelte weiter durch die kühle geflieste Dämmerung der Feinschmecker-Etage, erfreute sich an den mit Kennerschaft hergerichteten Auslagen und überlegte, wie sie sich ihren Anteil am Leben, der ihr zustand und für den sie wahrlich hart gearbeitet hatte, holen konnte. Bei einem richtig guten Kaffee und einem richtig guten Stück Torte fasste sie einen Entschluss: Sie wusste, was sie konnte. Sie würde fortan ihr Leben in die eigene Hand nehmen. Auf alle anderen war ohnehin kein Verlass. Auf irgendwelche Männer schon gar nicht. Und sie würde sich nehmen, was ihr zustand. Warum sollte ihr nicht zukommen, was andere auch hatten? Mit welchem Recht wollte man ihr das vorenthalten? Allerdings war es das eine, einen Entschluss zu fassen, das andere, ihn auch in die Tat umzusetzen. Sie hatte keinen reichen Vater wie Adelheid von Pfuhlendorff-Rottensteiner, der ihr mit seinem Geld und seinem Einfluss jeden Weg ebnete. Sie hatte nur ihre Eltern in Stralsund: einen alten Offizier, der Krankheiten sammelte wie andere Leute Briefmarken, der die Welt um ihn herum buchstäblich nicht mehr verstand und allmählich in der Demenz versank. Und eine Mutter, deren mitunter manische Fürsorge für den Vater wohl weniger dem verinnerlichten Pflichtgefühl der Offiziersgattin geschuldet war, als vielmehr mittlerweile der boshaften Freude daran, sich und ihren Vater anderen aufzubürden. Ines vermutete, ihre Mutter fand nur noch Gefallen am Leben, wenn sie sich und den Vater anderen zumuten konnte. Ja, ihre Eltern waren eine einzige personifizierte Zumutung, das brachte es gut auf den Punkt. Immer, wenn Ines einen Vorschlag machte, wie sie beider Leben erleichtern konnten – sei es, endlich die Datsche in Devin aufzugeben und zu verkaufen oder auch nur zuhause eine Mikrowelle anzuschaffen, um das Essen einfacher und schneller aufzuwärmen, bekam sie als Antwort: »Da musst du warten, bis wir tot sind.« Dabei hatte Ines die dauernde Klage ihrer Mutter im Ohr, sie müsse ständig auf den Vater aufpassen, dass der nicht den Herd anlasse oder einfach so anschalte ... Wahrscheinlich taugte der Vorschlag schon allein deswegen nicht, weil er von der Tochter kam. Von der Tochter, die immer noch keinen Mann hatte. Stattdessen irgendwelche Flausen im Kopf. Erst hatte es unbedingt *Statistik* sein müssen. Und dann *Immobilien*! Ines hatte die ständige Missbilligung ihrer Mutter gründlich satt. Nur, wenn es ihr gelang, ihrem Gnatz Futter zu geben und andere gehörig vor den Kopf zu stoßen, blühte ihre Mutter förmlich auf. Das höchste der Gefühle war für ihre Mutter, anderen den Telefonhörer ins Gesicht zu knallen. Dann schmollte sie wochenlang, schimpfte auf den Undank der Welt und maulte mit ihrem Mann, der gar nicht wusste, wie ihm geschah. – Und das konnte noch Jahrzehnte so weitergehen. Die beiden waren noch keine siebzig. Ines hatte eine Idee! Sie machte sich über den Kanten eines köstlichen Stücks Linzer Torte her und leerte den Rest Kaffee mit einem großen Schluck. Sie suchte die – wie stets pikobello sauberen – Feuchträume des KaDeWe auf und machte sich frisch. Im Spiegel erblickte sie eine Frau, die wusste, was sie wollte. Und das gefiel ihr.

III

Hin und zurück mit zwei Katzen

Ines Hübner kehrte zurück nach Stralsund. Warum sollte das, was in Berlin funktioniert hatte, nicht auch in ihrer Geburtsstadt funktionieren? Inzwischen war sie vom Fach. Und sie kannte sich – im Gegensatz zu den allermeisten Anlegern, Investoren oder Glücksrittern aus dem Westen – aus mit Land und Leuten in Vorpommern. Stralsund lag zwar jottwede, nicht nur die Altstadt war arg zerfallen, die jungen Leute zogen unverändert weg, aber es hatte Potential. Das hatten viele nur noch nicht erkannt: die Ostsee mit den Stränden von Rügen, Fischland-Darß-Zingst vor der Tür, Usedom auch nicht weit weg. Saubere Luft, hoher Himmel … Mit einer gehörigen Portion Phantasie konnte da was draus werden. Und hatte der Bundeskanzler nicht *blühende Landschaften* versprochen? Allemal lieber Stralsund als Ludwigshafen! Als Ines Hübner das nächste Mal zu ihren Eltern an die Küste fuhr, betrachtete sie die Stadt mit ganz neuen Augen.

Ines fiel es erstaunlicherweise nicht einmal sonderlich schwer, ihre Eltern zu ertragen. Besonders herzlich war ihr Verhältnis nie gewesen. Aber das mochte auch an ihr liegen. Da waren die Zahlen viel eher ihre Welt, in der sie sich zuhause fühlte. Zahlen waren überall auf der Welt gleich, sie waren verlässlich und ließen sich – ein wenig Talent, Kenntnis und Übung vorausgesetzt – beherrschen. Zahlen täuschten nie. Zahlen brachten das komplizierte Leben mit all seinen Halb- und Unentschiedenheiten auf einen Nenner, mit dem man arbeiten konnte. Was gab es Schöneres, als wenn am Ende eine Gleichung aufging?

Ines Hübner bemühte sich, ob ihrer Umzugspläne in die alte Heimat nicht in Euphorie zu geraten, da sich die Variablen so wunderbar fügten. Beinahe hätte sie sogar in Gedanken ohne Widerworte die grässlichen, mit Apfel und Zwiebeln in der Pfanne gebratenen Tollatschen heruntergewürgt, die ihr Vater so liebte und die sie noch nie hatte ausstehen können. Nur das Lungenhaschee in der Schulspeisung war noch schlimmer gewesen. Und Milchreis vielleicht. Aus dem Milchreis auf ihrem Teller hatte sie mal den Kopf einer Flaschenbürste rausgezogen. Und es mit vorgehaltener Hand gerade noch bis aufs Schulklo geschafft.

Während des Mittagsschlafes ihrer Eltern machte Ines einen Spaziergang durch Knieper-West. Das würde hier sicher nie ein Eldorado der High-Society werden und die Feinschmecker-Etage vom KaDeWe war so weit weg wie Uranus, Saturn oder Pluto. Aber Berlin blieb einem ja hin und wieder fürs Wochenende. Das war dann so wie früher: Wenn es etwas Besonderes sein sollte, fuhr man in die Hauptstadt. Ines Hübner gelangte auf Umwegen bis zum gerade eröffneten »Strela-Park« am Grünhufer Bogen. Na bitte, das war doch ein Angebot, das sich sehen lassen konnte. Und alles auf kurzem Wege und nicht diese stets elend weiten Strecken wie in Berlin, wenn man mal etwas zu erledigen hatte.

Das gleichmäßige Schnarchen ihrer Eltern war selbst durch die Tür deutlich zu vernehmen, als sie vorsichtig wieder die auch jetzt im Mai noch überheizte elterliche Wohnung betrat. Sie ging im Wohnzimmer an die Anbauwand *Sassnitz*, besah mit Unverständnis den Nippes aus sozialistischen Bruderstaaten, der sich dort über Jahre und Jahrzehnte angesammelt hatte: ausgeblichene Matroschkas aus der SU, bunte Kristallpokale aus der Tschechei, Keramikvasen aus Bulgarien. All das Zeug, das sie als Hintergrund durch Kindheit und Jugend begleitet hatte. Damals noch in der alten Wohnung und in schöneren Schränken. Die waren aber in der Mariakron-Straße geblieben. Wie wahrscheinlich auch die ganzen guten Bücher ihres Vaters. Er verstand sie nicht mehr und die Mutter las Courths-Mahler. Ines starrte irritiert auf die Relikte. Es war sogar eine kleine Marx-Büste aus Bronze-Imitat darunter. Und ein Lenin-Relief. Du meine Güte, warum hatte das nicht längst jemand entsorgt? Schrecklich, was für ein Plunder! Sie kam sich vor wie in einem Museum, wo die übriggebliebenen Gegenstände eines ausgestorbenen Volkes präsentiert wurden.

In der Schublade mit den Papieren fand sie dann alles, um sich einen Überblick über die Finanzen der Eltern zu verschaffen. Die Zahlen stimmten, ihr Plan fügte sich. Sorgfältig legte sie die Unterlagen zurück an Ort und Stelle, atmete tief durch, nahm auf dem neuen beigen Couchsessel Platz und wartete, dass die Eltern ihre Mittagsruhe beendeten.

Für den Nachmittag war ein Kaffeetrinken in der Datsche in Devin geplant. Ines hatte frischen Kuchen aus dem Strela-Park mitgebracht. Die mürrische Mutter schurigelte den lustlosen Vater und nahm ihn bei der Hand. Gemeinsam fuhren sie im Wagen der Tochter raus nach Devin. Das ließen sie sich gefallen, rumpelte der West-Wagen doch deutlich geschmeidiger über die weitgehend noch immer schlechten Straßen der Hansestadt als ihr eigener alter Wartburg, den sie praktisch ausschließlich für die Fahrten zur geheiligten Datsche vorhielten. Ein ungewohnter Komfort, der die Mutter nicht davon abhielt, unvermittelt zu fragen, wofür denn eine junge Frau ohne Anhang so ein großes und teures Auto brauche. Du meine Güte, ein VW-Golf! »Naja, du hast ja sonst nichts im Leben«, war die Antwort auf ihre selbst gestellte Frage. Spätestens an dieser Stelle sah sich Ines in ihrem Plan bestätigt, nach Stralsund zurückzukehren.

Der gemeinsame Kaffeenachmittag auf der Terrasse der Datsche ihrer Eltern in Devin verlief wider Erwarten erstaunlich harmonisch. Ines gab sich auch alle Mühe, der Mutter keine Angriffspunkte zu liefern. Sie erkannte das Wochenend-Häuschen ihrer Kindheit und Jugend nicht wieder. In den wenigen Nachwendejahren war es ihren Eltern gelungen, ihm allen Charme auszutreiben, den es damals noch besessen hatte. Neben der Einfahrt baumelte an einem

Fahnenmast aus Aluminium lustlos eine Stralsund-Flagge. So lange es nur die Stralsund-Flagge war … Aber trotzdem: ein Fahnenmast! Wozu ein Fahnenmast? Hatten sie nicht wahrlich genug Fahnen in ihrem Leben gehabt? Und was hatte es genützt? Der Bungalow kam ihr auch kleiner vor als früher. Lag das an ihr? Oder lag das an ihren Eltern? Die beiden mussten in einem wahren Furor in ihrem alten Wartburg alles aus den Bau- und Heimwerkermärkten, die sich an den Stralsunder Ausfallstraßen angesiedelt hatten, was die Rente nur hergab, hierher geschleppt haben: Hollywood-Schaukel, Liegestühle aus Tropenholz, die zusammengekettet am Schuppen lehnten. Ein Aufsitzmäher – Vaters ganzer Stolz –, den er allerdings nicht bedient bekam und der dortdrin deshalb seit Jahr und Tag einstaubte. Hier plätscherte es und da plätscherte es, hier drehte sich was im Wind und da rotierte was. Hier ein Palim-Palim und da ein Palim-Palim. Gelb-weiß gestreifte Markisen rundherum, Vorhänge, bunte Fliegengitter, Sonnenschirme. Ein kleiner Teich mit lebensgroßem Plastikreiher und Plastikstorch und einem überlebensgroßen Frosch mit goldener Krone, der in hohem Bogen grünliches Wasser spuckte. Der Vater wurde extra geheißen, den im Teich verbauten Springbrunnen einzuschalten. Umständlich machte er sich ans Werk und erzielte ein recht mageres Ergebnis, weil die Düsen sich in dem stehenden Wasser so leicht vollsetzten. »Aber«, meinte die Mutter, »da kannst du dich denn ja drum kümmern, Kind, wenn du wieder in Stralsund bist.« Ines sagte dazu nichts und beobachtete ihren Vater, wie der erfolglos daran werkelte, das spärliche Geblubber im Teich wieder abzustellen, bis die Mutter ihm unwirsch Schalter und Kabelage entwand und an sich rackte, um dem Gehampel ein Ende zu bereiten. Als Nächstes wollten sie das Gewässer mit einer Unterwasserbeleuchtung versehen: Das sei *gerade an Sommerabenden sehr stimmungsvoll*. An Beleuchtungskörpern jedweder Art und Größe herrschte kein Mangel. Draußen nicht. Und drinnen ebenfalls nicht. Ines mochte sich das Sommer-Idyll mit unterwasserbeleuchtetem Tümpel, Lampions, Lichterketten und Windlichtern nicht wirklich vorstellen. Allein die Mücken, die das ganze Licht anzog! Aber da gab es dann bestimmt auch was Technisches dagegen.

Zum hunderttausendsten Mal ließ sie sich von ihrer Mutter die Geschichte erzählen, wie sie damals zu der Datsche und dem Grundstück gekommen waren. Eine Geschichte, die in ihrer ganzen Absurdität wahrscheinlich nur gelernte DDR-Bürger nachvollziehen konnten. Die Pointe war, dass ihre Eltern nun – Wunder über Wunder – bei all dem Hin und Her und Vor und Zurück nach geltendem bundesdeutschem Recht tatsächlich als Eigentümer ihres Refugiums eingetragen waren. Folglich waren sie auch die Einzigen in der Reihe, die seither in Größenordnungen investiert hatten, während man den anderen Häusern die Zurückhaltung beim Geldausgeben aufgrund der ungeklärten Eigentumsverhältnisse deutlich ansah. Ines empfand deren Schlichtheit und verblichenen Charme jedoch als durchaus angenehm. Was hatte dieses Häuschen nur verbrochen, dass ihre Eltern ihm das antaten? War das nun das Ergebnis der Wende? Wenn man dem nicht Einhalt gebot, würde es hier in nicht allzu langer Zeit überall so aussehen? Nein, es wurde Zeit, dass sie nach Stralsund zurückkehrte. Schon aus ästhetischen Gründen …

Ines brauchte Luft und Weite. Ihr kam es nur recht, dass ein paar andere ältere Herrschaften aus der weiteren Nachbarschaft angewackelt kamen, um sich mit ihren Eltern über die Ungerechtigkeit der Welt auszutauschen. Nun gut, um sich mit ihrer Mutter auszutauschen. Der Vater saß zumeist stumm dabei und wenn er auch mal einen Kommentar gab, passte dieser nicht wirklich zum Gespräch und wurde von den anderen überhört. Ines wollte allein sein und entschuldigte sich höflich, räumte – ganz vorbildliche Tochter – das Geschirr ab, bevor sie ging. Entgegen ihrer sonstigen Art drückte sie der Mutter noch ein Küsschen auf. Diese reagierte entsprechend irritiert und hätte sich bestimmt am liebsten mit dem Handrücken die Stelle trocken gewischt, wollte sich aber vor den Nachbarn keine Blöße geben. Beschwingt, aber vorsichtig kraxelte Ines die Uferböschung hinab. Sie genoss den Blick über den Sund: die Kirchtürme, die Volkswerft, Rügendamm, Dänholm, die ein paar Meter weiter im Wasser dümpelnden Boote … Hier unten war alles wie früher. Hier unten war alles so schön, so friedlich. Genau wie damals, als sie endlich den Kommandos des Vaters und dem Gezeter der Mutter entkommen war. Abermals überprüfte sie ihren Entschluss, spürte dem nach, wie er sich anfühlte. Gut fühlte er sich an!

Ines Hübner nahm sich Zeit für die Rückfahrt nach Berlin. In Demmin rumpelte sie mit ihrem VW-Golf über die Peene-Brücke. Zwanzig Jahre zuvor hatte sie im Fond vom Wartburg – nein, damals war es noch der Armee-Moskwitsch vom Vater – mitbekommen, wie die Eltern sich über den Mai 1945 in Demmin unterhielten. Auf jeder Fahrt nach Berlin beim Überqueren der Peene der gleiche Dialog der Eltern:

»Und hier schwammen die ganzen Leichen.«

»Psst, das Kind!«

Ines hatte lange nicht gewusst, wovon die Rede war. War ja auch der Waffenbruder aus dem Osten, da durfte man solche Vorkommnisse nicht ruchbar werden lassen. Und doch ahnte jeder, dass da etwas gewesen war, wenn die Jungen auch nicht wussten, was genau. Das namenlose Grauen eben, das für Kinder eine schreckliche Anziehungskraft besaß. Erst nach der Wende hatte sie sich getraut zu fragen, was denn da für Leichen in Demmin in der Peene geschwommen hatten und warum. Da hatte ihr der Vater noch Auskunft geben können. Und die Mutter hatte ihn – wie üblich – missbilligend abgewürgt, als es interessant wurde.

Wie kam sie jetzt nur darauf? Es war doch alles gut und richtig. Oder würde gut und richtig werden. Ines schaltete das Autoradio ein und versuchte, einen Sender reinzubekommen, der ihr gefiel. Als ihr dies nicht gelang, schob sie eine Cassette in den Schlitz. Aus den Lautsprechern röhrte Tina Turner ihre größten Hits, als Ines im Licht der letzten Abenddämmerung durch die schier endlosen Wälder der Schorfheide fuhr. Sie war auf die Umleitung bei Templin geraten, was sie aber nicht wirklich störte. Es hetzte sie schließlich niemand. Jetzt bloß nicht noch einen Wildunfall riskieren! Ines verlangsamte das Tempo und drehte Tina Turner etwas runter. Als sie aus Groß Schönebeck herausbeschleunigte, aufblendete und ein Lichttunnel den Wald links und rechts erhellte, kam ihr das Picknick mit Bernhard von Pfuhlendorff in den Sinn. Hier musste es irgendwo gewesen sein, links rein in den Wald und dann noch eine Weile weiter. Ein richtiges englisches Picknick mit Jaguar und Picknickkorb. Mit Scones, Clotted Cream und englischer Marmelade. Mit Tee und einem Gläschen Champagner. Bernhard von Pfuhlendorff liebte diesen Platz am See. Schön war es dort schon gewesen. Aber auch ein wenig gruselig. Diese Gruft oder was auch immer das gewesen war … Bernhard hatte sie begeistert herumgeführt und ihr die zumeist von Bäumen und Kraut überwucherten Relikte von Hermann Görings Anwesen *Carinhall* gezeigt. Es gab sogar noch ein paar teilverschüttete Bunker, in die sie hineingeklettert waren und Fledermäuse aufgescheucht hatten. Bernhard kannte sich offenbar bestens aus und hatte an alles gedacht, inklusive Taschenlampen. *Carinhall* war für ihn ein besonderer Ort und so etwas wie Teil der eigenen Familiengeschichte, sein Großvater habe viel davon erzählt. Gott sei Dank sei dieses besondere Fleckchen Erde seit der Wende für alle Deutschen wieder zugänglich!

Ines hatte nicht recht gewusst, was sie davon halten sollte. Die Natur hier war schon schön. Und das Picknick lecker. Und die alten Zeiten, mein Gott. Wenn Bernhard das hier Spaß machte, sich hier und da Fundstückchen und Steinreste aufzuklauben, sollte er doch. Andere sammelten Briefmarken. Oder Schnupftabaksdosen. Er hatte da extra diese Vitrine in der Charlottenburger Wohnung. Sah ganz hübsch aus zwischen all den anderen Antiquitäten und den Designermöbeln und der modernen Kunst. Hätte auch was Altägyptisches sein können. Gab dem Ganzen auf gewisse Weise eine persönliche Note.

Heute konnte Ines sich schütteln, wenn sie an Bernhard dachte. Sie brauchte das alles nicht. Was sie brauchte, war ein Platz im Leben und die Kontrolle darüber. Das reichte.

Das Glück war ihr hold. Trotz der späten Stunde fand sie einen Parkplatz in unmittelbarer Nähe ihrer Berliner Wohnung. Geschickt zirkelte sie den VW-Golf in die enge Lücke unter der Straßenlaterne. *Großes Auto*! Pah. Da brauchte sie sich nur einmal die anderen Fahrzeuge in ihrer Straße anzuschauen, *das* waren *große Autos*. Und dabei war dies hier ein ganz normales Wohnviertel. Ines hievte die schwere Reisetasche aus dem Kofferraum, verschloss ihren Wagen sorgfältig. Im Wohnzimmerfenster im ersten Stock strichen ihre beiden Katzen bereits in freudiger Erwartung um die Topfpflanzen, als sie unten noch den Briefkasten leerte. Die Nachbarin, die sich in ihrer Abwesenheit um die beiden kümmerte, war denn doch nicht dasselbe wie Frauchen … Ines begrüßte erst die beiden Racker und gab ihnen Futter, bevor sie ihre Sachen auspackte und sortierte. Dann nahm sie eine ausgiebige heiße Dusche, zog sich ihre Haussachen über und machte sich eine Knäckebrotstulle mit einem Glas Milch zum Abendbrot. Mit Bedacht kaute sie auf dem Knäckebrot herum. Gutes Kauen war wichtig. Und Sorgfalt in kleinen Dingen sowieso.

Nun wurde es allmählich Zeit fürs Telefon. Der Anrufbeantworter blinkte rot. Drei Anrufe in der letzten Stunde. Jetzt galt es.

Ines Hübner hörte sich die Nachrichten an. Sie rief zurück. Sie verfuhr nach Plan.

»Oh, mein Gott!« Sie fand, sie klang genau richtig.

»Aber wie? Wie kann das sein?«

Fassungsloses Entsetzen, Verstörtheit. Ines Hübner sprach mit der Polizei in Stralsund, die ihr soeben mitgeteilt hatte, dass ihre Eltern Opfer eines tragischen Unglücks geworden seien. Sie waren mitsamt ihrer Datsche in Devin buchstäblich in die Luft geflogen. Vermutlich der Propan-Gasherd in der Küche. Genaueres könne man noch nicht sagen, das müssten erst die Untersuchungen ergeben. Es war wie in einem Film, in dem sie sich selber zusah. Und alles lief nach Drehbuch. Nach ihrem Drehbuch. Wenn man sich erst einmal entschieden hatte, war es gut. Sie forschte nach irgendwelchen Emotionen, während sie mit dem Polizisten in Stralsund sprach und der Kater um ihre Beine strich. Aber da war nichts außer Erleichterung und Zufriedenheit, dass alles auf Anhieb geklappt hatte. Sie gab die treusorgende Tochter und sagte zu, sich – nach einer kurzen Erholung, an Schlaf sei ohnehin nicht zu denken –, wieder auf den Weg nach Stralsund zu machen, wo sie gebraucht wurde. Sie habe einen Schlüssel zur Wohnung der Eltern in Knieper-West und somit eine Unterkunft. Da könne sie sich dann eine Weile hinlegen. Nein, sie schaffe das schon. Sie habe einen erholsamen und schönen Tag mit ihren Eltern …

An dieser Stelle verstieg Ines sich in ein Schluchzen, das sie selber überraschte. Aber es passte. Nur nicht übertreiben. Sie gab der Polizei die Nummer ihrer Eltern in Stralsund, nahm die abermalige Beileidsbekundung des Beamten entgegen und legte den Hörer auf. Sie holte die Reisetasche wieder aus dem Einbauschrank hervor – sie hatte mit dem allen nichts zu tun. Hätte sie ahnen können, dass sie die Tasche schon so bald wieder brauchen würde? Immer schön in der Rolle bleiben. Sie war zum Zeitpunkt der Explosion nicht in Stralsund gewesen, sondern in ihrem VW-Golf irgendwo zwischen Demmin und Groß Schönebeck unterwegs und dazu hatte Tina Turner nach Leibeskräften gesungen. Wer sollte ihr was können? Sie hatte ein Alibi. Und hatte sie ein Motiv? Nein. Also. Das Einzige, was sie getan hatte, war, das Kaffeegeschirr reinzutragen. Und bei der Gelegenheit das genaue Gegenteil von dem zu machen, was ihr bereits als Kind stets gepredigt worden war: wie mit dem Propan-Gasherd in der Wohnküche der Datsche zu verfahren sei. »Damit nicht die ganze Hütte in die Luft fliegt.« Damals hatte sie regelmäßig die Augen verdreht. Als ob man sie für etwas blöd hielt.

Heute war sie dankbar gewesen für die ständigen Wiederholungen. Sie hatte sich an alles erinnern können. Wer konnte ahnen, was der Vater in seiner Verkalktheit so alles anstellen würde? Sie wusste nur, dass er sich aus Gewohnheit immer eine Zigarette anzündete, während die Mutter am Herd das Abendessen zubereitete. Die halbvollen Aschenbecher deuteten darauf hin, dass er von dieser Angewohnheit nicht abgelassen hatte. Selber schuld. Und das bei seinen ganzen Krankheiten. Und die Mutter hatte in ihren unvermeidlichen Tupper-Dosen für sie beide extra was zum Aufwärmen mit nach Devin genommen. Sie wollten über Nacht draußen bleiben und dann am nächsten Morgen nach einem Frühstück im Markt in Andershof mit dem Bus zurück. Was hatten die beiden eigentlich immer mit diesem *Frühstück im Markt*? *Frühstück im Markt* hätten sie auch im Strela-Park haben können. Wozu hatten die beiden eigentlich die Datsche gebraucht? Ach ja, stimmt, *sie hatten ja sonst nichts anderes im Leben*. Gehabt. Ines musste grinsen. Das Leben fand seinen Weg.

Sie beschloss, dieses Mal die Katzen gleich mitzunehmen und holte die Katzenkörbe aus dem Abstellraum im Keller. Und den Rollkoffer dann auch noch. Was sollte der Geiz, sie konnte doch gleich ein paar Sachen mehr mitnehmen. Sie würde eine Weile zu tun haben in Stralsund. Sie brauchte was Dunkles für die Beerdigung. Genau. Und was für den Strand. Sie brauchte schließlich Ablenkung. Trost in der Natur. Den Windschutz noch schnell aus dem Keller holen? Ines musste kichern. Besser nicht. Was sollten die Nachbarn denken ... Die würden sie ohnehin für verrückt halten, wenn sie jetzt gleich wieder das Auto beladen ging. Da gab es ein paar Herrschaften hier in der Siedlung, die hatten nichts Besseres zu tun, als den ganzen Tag hinter der Gardine am Fenster zu hängen und Leute zu beobachten. So hatte die alte Hexe Bagusat von gegenüber rausgefunden, dass das Fräulein Ilona Süßmilch, das bei ihnen im Haus vorvergangenes Jahr im dritten Stock eingezogen war, gar nicht so hieß. Also Ilona schon, aber nicht Süßmilch. Und auch nicht mit dem Herrn Udo Stange, der mit auf dem Klingelschild stand, verheiratet war. Der hieß richtig ebenfalls Udo, aber nicht Stange. Zum Schluss hatte die Alte gegenüber einen richtigen Beobachtungsposten eingerichtet und lehnte von morgens bis abends auf ihrem weißen Federkissen in ihrem Badfenster, notierte die Kennzeichen der verdächtig zahlreichen und verdächtig wechselnden Besucher der vorgeblichen Eheleute Süßmilch und Stange. Dann kam der Feldstecher hinzu, den ihr verstorbener Gatte aus Rumänien aus dem Krieg mitgebracht hatte. Jede verdächtige Einzelheit wurde offensiv protokolliert. Bis Herrn Stange der Kragen platzte und Frau Torkler über ihr – also jetzt im zweiten Stock von dem Haus, in dem Ines Hübner wohnte – die Polizei anrief, weil sie ihrerseits beobachtet hatte, wie der Herr Stange versuchte, über das Ziergitter in das Badfenster der alten Hexe Bagusat zu gelangen und bereits besagtes Federkissen zu fassen hatte, um das ein heftiges Gerangel entstanden war. Jagdszenen aus Wilmersdorf.

Ines riss sich zusammen. Alles lief wie am Schnürchen. Jetzt nur nicht übermütig werden. Sie hatte eben vom tragischen Unfalltod ihrer geliebten Eltern erfahren. Also bitte, ja.

Sie packte zu Ende und zog sich um. Nicht gleich ganz in schwarz, das kam ihr übertrieben vor. Grau passte gut. Immer schön unauffällig. Grau war ihre Lieblingsfarbe. War bestimmt bei nicht allzu vielen so. Sie schaffte Koffer und Reisetasche ins Auto. Dazu das gründlich geschrubbte Katzenklo, einen großen Sack mit diesem wunderbaren Klumpstreu – was hatten sie zu DDR-Zeiten für einen Umstand damit gemacht, sich Sand vom Strand und damit die Strandflöhe ins Haus geholt –, einen Vorrat an Dosenfutter und Leckerlis sowie eine Tüte mit dem Lieblingsspielzeug. Bevor sie die Katzen einfing, die bereits neugierig und mit dem Argwohn von Tierarzt ihre Körbe umschlichen, schminkte sie sich im Bad und schnitt so lange in der Küche Zwiebeln, bis der Mascara ausreichend, aber auch nicht zu sehr, verschmiert war. Sie wusch sich gründlich mit der guten Seife die Hände und machte sich auf zum Besuch bei Frau Torkler in der Wohnung über ihr. Ines hatte vorhin aus dem Augenwinkel mitbekommen, wie in der ansonsten bereits dunklen Wohnung die Gardine gegangen war. Die Gute war also noch wach und lauerte bestimmt schon auf sie. Und in der Tat: Gleich mit dem ersten Klingeln öffnete sie ihrer Hausgenossin. Ines Hübner begann mit einem Schluchzen, wurde in den Flur hereingebeten. Sie fand sich richtig gut und überzeugend. Frau Torkler sagte zu, sich selbstverständlich um die Wohnung zu kümmern, bedauerte die *armen Katzen* und überlegte dabei schon, in welcher Reihenfolge sie nach der Abfahrt vom Fräulein Hübner mit den Neuigkeiten hausieren gehen wollte. Sie raffte die Schlüssel der Nachbarin förmlich an sich und konnte es kaum erwarten.

Ines verstaute die Katzen in ihren Körben auf der Rückbank ihres VWs und fuhr ab. Sie ließ Frau Torkler hinter sich. Sie ließ ihre Wohnung hinter sich. Um die würde sich dann ein Umzugsunternehmen kümmern. Sie ließ Berlin und ihr bisheriges Leben hinter sich.

Die nächtliche Fahrt zurück nach Stralsund durch die finsteren brandenburgischen, mecklenburgischen und schließlich vorpommerschen Weiten zog sich. Zum Glück fingen die Katzen in ihren Körben auf der Rückbank an zu schreien, als sie die Großstadtlichter Berlins hinter sich ließen. Das Jaulen und Barmen hielten Ines Hübner davon ab, am Steuer einzuschlafen. Das Adrenalin ließ allmählich nach, alles lief nach Plan. Zum Glück hatte sie daran gedacht, sich eine Thermoskanne mit Kaffee zu brühen. Sie musste ohnehin mehrere Pausen an spärlich beleuchteten Bushaltestellen in nächtlich verwaisten Ortschaften einlegen, um die Katzen zu beschmusen und zu beruhigen. Es dämmerte bereits, als ihre Fuhre auf Stralsund zuhielt, sie überholte den ersten Milch-Laster, ein Fuchs huschte vom Fahrbahnrand ins Gebüsch. Über den Wiesen hingen Nebelschwaden. Eine spektakuläre Morgenröte versprach einen schönen Tag.

Im Aufgang des Blocks der elterlichen Wohnung begegneten Ines die ersten Leute, die zur Arbeit gingen und schauten ihr nach, wie sie mit Sack und Pack und Katzen Einzug hielt. Als Ines alles in die Wohnung geschleppt hatte, richtete sie noch schnell den Futterplatz und das Katzenklo ein und putzte sich die Zähne, bevor sie die Tiere erst einmal sich selbst überließ – hier gab es schließlich nichts, was sie kaputtmachen konnten –, die Gardinen zuzog und sich unter einer karierten Wolldecke aus DDR-Zeiten auf dem Sofa endlich ihrer Erschöpfung ergab. Das war einer der längsten, aber auch befriedigendsten Tage ihres bisherigen Lebens gewesen!

Am späteren Vormittag wurde sie vom Klingeln des Telefons geweckt. Es war die Polizei, die sie bat, in der Greifswalder Gerichtsmedizin ihre Eltern zu identifizieren. Ines ließ sich die Adresse geben und sagte zu, am frühen Nachmittag dort zu erscheinen. Übernächtigt, ungeschminkt und in dezenter dunkler Kleidung fuhr sie rüber nach Greifswald, wurde vor dem Eingang des Gebäudes von den ermittelnden Polizisten begrüßt, die ihr abermals ihr Beileid aussprachen. Was Ines abermals irritierte und für einen winzigen Moment, was allerdings niemand außer ihr bemerkte, versteifen ließ. Dann folgte das Unvermeidliche: Pflichtschuldig identifizierte sie ihre Eltern. Ihre Leichen. Oder das, was von Ihnen übrig war. Sie war selber erstaunt, wie unberührt sie von dem Anblick blieb. Für sie waren das nicht ihre *Eltern*, das waren bestenfalls *diese Leute.* Kein Wehmut, als die Tücher wieder über sie geschlagen wurden. Erleichterung. Einmal zu oft hatte sie die Lachspangen einsetzen müssen, einmal zu oft sich grundlos schurigeln lassen. Nun abschließend noch ein reinigendes Feuer und dann war gut. Sie wusste von dem gemeinsamen Urnengrab, das die Eltern in vorauseilender Planung angeschafft hatten. Da konnte sie nicht dran rühren, wollte sie ihr Image als trauernde Tochter nicht gefährden. Eine Seebestattung wäre natürlich auf Dauer einfacher und kostengünstiger gekommen. Zumindest konnte sie die Grabpflege abdelegieren. Und die schlichteste Variante wählen.

Mit solcherlei Überlegungen war Ines Hübner nebenbei beschäftigt, als sie mit den beiden Polizeibeamten im Besprechungszimmer der Pathologie saß und deren Fragen zum gestrigen Tag beantwortete. War das erst gestern gewesen? Ihre Welt hatte sich seither mehr als einmal gedreht. Trotz des schon frühsommerlich warmen Tages war es in dem schattigen Raum kühl. Oder war es ihre Erschöpfung? Ines war froh über den Plastikbecher mit Automatenkaffee, an dem sie ihre klammen Hände wärmen konnte. Wahrheitsgemäß berichtete sie alles, was sie am vergangenen Tag gemacht, gehört und gesehen hatte. Sie durfte nur nicht die zwei Minuten am Propan-Gasherd erwähnen. Die hatten nie stattgefunden. Und dann war das Unglück passiert ... Tragisch. Ihre Gedanken schweiften ab: Hatten ihre Eltern eine Sterbeversicherung abgeschlossen? Sie rief sich zur Ordnung. Jetzt nur nicht die Konzentration verlieren. Die Beamten schienen zufrieden mit ihren Auskünften, es gab offenbar keinerlei Widersprüche, wo sie nachhaken konnten.

Die Beamten fuhren in ihrem Dienstwagen vorauf. In Devin angelangt, besahen sie sich den weiträumig abgesperrten Unglücksort. Nur ungern hatten ihnen die Neugierigen Platz gemacht und sie durchgelassen, als die Beamten für Ines das Absperr-Flatterband anhoben. Vor der Datschenreihe stand noch ein Feuerwehrfahrzeug samt Besatzung in Bereitschaft. Die Gasexplosion, der anschließende Brand und das Löschwasser hatten ganze Arbeit geleistet und die Hütte samt Schuppen in einen verkohlten Schutthaufen verwandelt, dem noch immer vereinzelte Rauchkringel entkrochen. Selbst an den nächsten Gebäuden in der Zeile gab es Schäden wie zerbrochene Scheiben. Es sah aus, als ob irgendwelche Außerirdischen mit ihrem Photonen-Laser-Blaster gezielt die Datsche ihrer Eltern ausgelöscht hatten. Ines watete durch den aufgeweichten Boden um die Löschwasserpfützen. Reiher und Storch lagen umgestürzt im Teich, aus dem unverdrossen munter Blubberblasen des dysfunktionalen »Springbrunnens« emporquollen. Von irgendwoher musste der noch Strom bekommen. Ines Hübner entfuhr ein Kichern, das sie jedoch augenblicklich in ein überaus überzeugendes Schluchzen umgemünzt bekam. Der ältere der beiden Polizeibeamten nahm sie daraufhin fürsorglich bei der Hand und führte sie von der Unglückstelle weg.

Den Abriss der Hütte hatte sie also gleich mit erledigt. Das war zwar nicht wirklich geplant gewesen, ergab sich aber wunderbar. Da reichten ein paar Container und ein Trupp kräftiger Männer und das Grundstück war beräumt und bereit zur Vermarktung, *unverbaubarer Seeblick* inklusive. Vielleicht kamen noch ein paar Kosten auf sie zu wegen der ordnungsgemäßen Entsorgung von ein paar Faserplatten aus asbesthaltigem Material. Sie musste unbedingt nachsehen, was die Gebäudeversicherung und die Gebäudehaftpflichtversicherung zu diesem speziellen *Unglücksfall* sagten. Aber wie sie ihre Eltern kannte, hatten die sich von ihrem Versicherungsfritzen bestimmt auch hier die Vollkomfort-Variante aufschwatzen lassen. Hatte doch manchmal auch sein Gutes.

In derlei Gedanken versunken, wurde sie am Auto von einer überaus engagierten und eifrigen jungen Redakteurin der Stralsunder *Ostsee-Zeitung* abgepasst, die an dieser für hiesige Verhältnisse spektakulären Story dran war und um ein Interview bat. Ines Hübner gab noch einmal alles: Mit Werbung konnte man schließlich nicht früh genug beginnen. Erst einmal musste man bekannt werden. Am nächsten Morgen prangte der Artikel auf der Titel-Seite der Lokalausgabe der Ostsee-Zeitung, mit formatfüllendem Foto vom Ufo-Landeplatz und kleinem Foto der trauernden hinterbliebenen Tochter. Damit kannte jeder sie. Und jeder kannte das Grundstück, um das es ging. Stralsund war eben doch ein Dorf.

Ines Hübner atmete durch, als sie die Wohnungstür hinter sich schloss. Das wäre geschafft! Ihre Eltern waren da, wo sie hingehörten. Und sie ebenfalls. Noch ein paar Schachzüge und sie war endlich an ihrem Platz im Leben angekommen. Und zwar aus eigener Kraft und nicht, weil sie geerbt oder ihr Vater Beziehungen hatte. Nun gut, die Sache mit dem Erben konnte man so oder so sehen. Zumindest fiel ihr das bescheidene Erbe nicht einfach so und ohne eigenes Zutun in den Schoß. Die Katzen umschnurrten ihre Beine, als sie ihnen das Futter hinstellte. Ines richtete sich auf und blickte um sich: Sie musste die Wohnung ihrer Eltern in ihre Wohnung verwandeln. So ging das nicht, auch wenn es nicht für lange sein sollte. Noch lagen allenthalben deren persönliche Gegenstände an ihrem angestammten Platz, die den Eindruck vermittelten, die Eltern könnten womöglich jederzeit gleich zurückkommen von ihrem *Frühstück im Markt* oder vom Arzt oder was auch immer. Das war denn doch spukig und musste nicht sein. Ines hatte vorhin beim Brötchenholen aus der Kaufhalle Müllsäcke mitgebracht. Die großen, grauen, reißfesten. Mit gelbem Zugband. Die gingen hervorragend für die Kleidersammlung. Und auch sonst. Sie bremste ihre Gedanken aus: Jetzt nur nichts übereilen. Sie war schließlich die *trauernde Tochter*. Alles mit Maß und Mitte. Was würde das für einen Eindruck auf die Nachbarn machen, wenn sie säckeweise Altkleider zum Container fuhr, kaum dass ihre *geliebten Eltern* einen ganzen Tag tot waren? Obwohl: Es juckte sie schon. Sie hatte gerade trotz der allgegenwärtigen Müdigkeit den richtigen Elan dafür. Sie wollte etwas machen, nicht nur einfach tatenlos herumsitzen. Aber nein, besser nicht. Stattdessen ging sie an den Kühlschrank und machte sich ein Käsebrötchen, das sie genüsslich beim Schlendern durch die Wohnung verzehrte. Dazu gönnte sie sich ein kühles Dosenbier, das ihr Vater stets vorhielt. Ihre Mutter wäre ausgerastet, wenn sie allein der Krümelspur gewahr geworden wäre, die Ines hinter sich herzog. Bei diesem Gedanken schmeckte es ihr gleich doppelt so gut. Befriedigt und erschöpft ließ sie sich auf die Couch fallen und genoss noch einige Zeit die spätnachmittägliche Sonne, die ihr durchs Wohnzimmerfenster wärmend ins Gesicht schien. Sie griff sich die Decke und ließ sich von ihren Katzen in den Schlaf schmusen.

Es war bereits nach Mitternacht, als sie mit steifem Nacken in der finsteren Wohnung erwachte. Der Schein der orangenen Straßenbeleuchtung beleuchtete schwach die Szenerie. Für einen Moment konnte Ines Hübner nicht einordnen, wo sie sich befand. Dann kam ihr alles wieder in den Sinn. Den Kopf wegen des verspannten Nackens hin und herdrehend erhob sie sich und schaltete das Wohnzimmerlicht ein. Es dauerte eine Weile, bis sie sich an den grellen Schein gewöhnt hatte. Sie ging an die Anbauwand *Sassnitz* und kramte erneut in den Unterlagen und Papieren der Eltern. Ein Testament würde sich eher nicht finden. Das hatten sie vehement abgelehnt, als Ines ihnen das vorzeiten in einem Anfall von Hilfsbereitschaft geraten hatte. Das seien keine Kategorien, in denen sie dächten: *Erbe* und *Testament*, das sei *West-Quatsch*, den bräuchten sie nicht, sie hätten ja kaum was zu vererben. Als Ines vorsichtig zu widersprechen versuchte, fuhr ihre Mutter sie an: »Was willst du? Du hast keine Geschwister. Verwandte gibt es nicht mehr. Du bekommst doch eh alles, wenn wir tot sind. WENN wir tot sind, wohlgemerkt. Oder wünschst du dir das gar womöglich, dass du uns so was vorschlägst?« Damals hatte Ines lieber klein beigegeben. Und sich ihren Teil gedacht. Sie schuf auf dem Wohnzimmertisch Platz und machte sich bei einer Tasse heißem türkischem Kaffee Stück für Stück ans Aufarbeiten und Sortieren der Papiere: Ordnung war das halbe Leben. Der Morgen graute bereits, als sie vollkommen zufrieden mit sich und der

Welt in die Wolldecke gewickelt auf dem Balkon dem Morgencrescendo der Stralsunder Vogelwelt lauschte, das nur gestört wurde vom gelegentlichen Blöken der weißen Esel im nahen Tierpark. Wann hatte sie in Berlin zuletzt einmal Vögel singen gehört?

Pietät. Sie musste die Pietät wahren. Seltsames Wort. Und was waren jetzt Pietisten? Ines schlenderte zurück ins Zimmer und an das Bücherregal mit dem großen Lexikon. Das war das Erste gewesen, was sich ihre Eltern gleich nach der Wende hatten aufschwatzen lassen. Pietät, Pietismus ... Da hatten wir es ja. Ach so. Reformation, blabla. Langweilig. Gleich früh kam die Dame vom Bestattungshaus und brachte praktischerweise den Trauerredner schon mit. Der nächste Akt wartete.

Was Ines Hübner nicht wirklich verinnerlicht hatte, war die Tatsache, dass eine mittelgroße Stadt wie Stralsund, die irgendwo hoch oben verloren und ziemlich auf sich selbst zurückgeworfen in der vorpommerschen Pampa hockte, eben doch mehr ein Dorf war. Bereits dann mittags beim Bäcker in der Halle hatte sie gespürt, dass man sie anstarrte: Sie war in der Zeitung! Und wer in Stralsund in der *Ostsee-Zeitung* war – zumal noch mit einer solchen Geschichte – der durfte sich nicht wundern, wenn er für eine Weile angestarrt wurde, wohin er auch ging. Da half auch die Sonnenbrille nicht wirklich.

Die Dame vom Bestattungshaus »Abendstern« war überaus angetan von den vorbildlich sortierten Papieren, die Ines ihr vorlegte: So etwas habe sie nicht alle Tage. Ines erwähnte ihren Beruf, ordentliche Papiere seien nun einmal ihr tägliches Brot. Und sie habe sich ablenken müssen, zunächst einmal wieder ein wenig Halt finden im Leben. Und sei es auch nur beim Sortieren von Unterlagen. Die Bestatterin nickte verständnisvoll. Ines musste aufpassen, der entging nichts. Wohlweislich hatte sie all die kleinen Gegenstände ihrer Eltern für diesen einen Termin noch an Ort und Stelle belassen. Es hetzte sie schließlich niemand. Das war nur ihre eigene Ungeduld, die sie antrieb. Manchmal war es jedoch angeraten, erst einmal gar nichts zu tun und die Dinge ihren Lauf nehmen zu lassen.

Für den Trauerredner hatte sie knappe Lebensläufe ihrer Eltern vorbereitet und auch ein paar Kleinigkeiten fürs Gemüt: ein Gedicht von Eichendorff für den Vater und eines von Rilke für die Mutter, aufs Geratewohl dem Angebot der Bücherwand entnommen. War der Deutschunterricht an der Hansa also letztlich doch noch zu etwas gut gewesen. Lyrik! Du meine Güte! Was wollte uns der Dichter damit sagen … Nun denn. Bei der Musik folgte sie den Vorschlägen ihrer Besucher. Die waren schließlich vom Fach. Sie würde das alles über sich ergehen lassen. Und dann war gut.

Kaum waren die beiden Rabenvögel aus der Wohnung und Ines mit kühnem Schwung dabei, Plunder in einen großen grauen Müllsack zu entsorgen, klingelte es erneut. Verdammt, hatten die was vergessen? Sie huschte zur Wohnungstür und lugte durch den Spion: Draußen wackelte eine ältere Dame mit gelocktem Weißhaar und einem mickrigen Blumensträußchen in Händen von einem Bein aufs andere. Im Hintergrund harrte ein ebenfalls älterer Herr in Lederjacke und mit lederner Schiebermütze auf dem Kopf. Ines seufzte und öffnete vorsichtig die Tür: Das war zu erwarten gewesen: ehemalige Arbeitskollegen, Nachbarn, Bekannte. Dass ihre Eltern richtige, echte Freunde gehabt hatten, die nun in einem endlosen persönlichen Gespräch ihr Beileid aussprechen wollten, war eigentlich nicht vorstellbar. In diesem Fall handelte es sich um Edith *Dingsbums*, mit der die Mutter damals beim DFD zusammengehockt hatte im baufälligen Büro am Neuen Markt. An die konnte sich Ines auch nur erinnern, weil die Mutter sie nicht ausstehen konnte und von ihr immer nur als der »dummen Kuh« gesprochen hatte. Vielleicht war es doch nicht nur von Vorteil, wenn man in seine Heimatstadt zurückkehrte: all diese alten Geschichten. Sofort flogen die Schubladen im Kopf auf, wenn einem jemand aus der Vergangenheit begegnete. Mit ein paar freundlichen Worten wimmelte Ines Hübner die ungebetenen Besucher ab und vertröstete sie auf die Trauerfeier. Das wäre in Berlin anders gewesen, da hatte sie keiner gekannt. In Stralsund war sie nun erst einmal die Tochter von … Nun gut, die Tochter von …, die mit ihrer Datsche in die Luft geflogen waren. Es klingelte erneut. Ines spähte abermals hinaus: nicht schon wieder. Dieses Mal öffnete sie nicht und wartete, bis die Leutchen sich getrollt hatten. Das setzte sich die nächsten Tage über fort, ließ aber dann doch nach. Die Blumen, die die Besucher ihr – zuweilen mit ein paar Zeilen der Anteilnahme – vor die Tür legten, waren allesamt ziemlich scheußlich. Ärmlich geradezu. Ines entsorgte sie in die Mülltonne. Sie durfte sich dabei nur nicht erwischen lassen. Überhaupt huschte sie nur noch wie ein Geist durch Hausflur und Treppenhaus. Das hier war nicht ihrs, das war die Vergangenheit. Die hatte ihre Zeit gehabt, war aber nun ein für alle Mal vorüber. Vorbei und vergessen. Sie musste sich schleunigst nach einer neuen Bleibe umsehen.

Die öffentliche Trauerfeier geriet denn auch zu einem veritablen Stralsunder Ereignis. Der ebenso tragische wie spektakuläre Unglücksfall sowie der prominente Bericht in der *Ostsee-Zeitung* hatten dafür gesorgt, dass das Ganze für eine Weile Stadtgespräch blieb, mit neuen Vermutungen ausgeschmückt wurde und somit interessant blieb. Das schöne Grauen eben, das zog immer. Und eine willkommene Gelegenheit für die alten Kämpfer, sich einmal wiederzusehen. Sie würden alle kommen: die ausgemusterten Militärs, die Damen vom DFD, die Eltern der Schulfreunde, die alten Nachbarn aus der Mariakronstraße, die neuen Nachbarn aus Knieper-West, halb Devin sowieso. Ines hatte sich ganz bewusst für eine öffentlichkeitswirksame Trauerfeier entschieden: Eine solche Werbe-Reichweite kam als Traueranzeige entschieden günstiger als später jede gewerbliche Annonce, mit der sie auf das Immobilienbüro, das sie in Stralsund zu gründen beabsichtigte, aufmerksam machen wollte. Und es waren auf die eine oder andere Art und Weise alles potentielle Kunden, die da erscheinen würden und denen sich Ines von ihrer besten Seite zeigen konnte. Als sie dann vor Ort der Heerscharen gewahr wurde, die bei seltsam kühlem und wechselhaftem Wetter zur Trauerhalle auf dem Zentralfriedhof strömten, wurde ihr doch mulmig. Bald standen die Trauergäste draußen vor der Tür, wo sie vom

Bestattungshaus »Abendstern« in weiser Voraussicht Lautsprecher aufgestellt hatten. Die kannten ihr Klientel. Profis, deren Bühne der Friedhof war. Routiniert und beflissen führten sie ihr Ballett auf. Die Trauergemeinde war ebenfalls erkennbar darum bemüht, Anteilnahme und Respekt zur Schau zu tragen. All die Blauspülungen, die weißen Dauerwellen, die Schieber- und Prinz-Heinrich-Mützen. Und all die beigen Windjacken für sie und ihn. Selbst bei einer Trauerfeier. Ein einziges großes Kameradschaftstreffen. Und etliche davon würden in den nächsten Jahren eine hübsche Immobilie in Stralsund vererben. Oder die 30er-Jahre-Villa mit Gartengrundstück in Knieper-Nord wurde ihnen zu groß und sie suchten nach etwas fürs noch höhere Alter. Potential über Potential.

Der penetrante Liliengeruch der Blumengebinde und der warme Kerzendunst verursachten Ines Übelkeit. In der Halle wurde es stickig. Draußen begann es erneut zu regnen, die ersten Schirme wurden aufgespannt. Immer noch kamen neue Trauergäste an, die von den Umstehenden schon einmal mit einem unpassend lauten Hallo begrüßt wurden, das bis ganz nach vorne in die pietätvolle Stille der Trauerhalle drang. Ines biss die Zähne zusammen und versuchte, es professionell zu nehmen. Augen zu und durch.

IV

Frau Prof. Geiger kocht Sauerkrauteintopf

Frau Prof. Geiger, Literaturwissenschaftlerin im Ruhestand mit Wahlheimat in Stralsund, konnte nicht schlafen in dieser Spätsommernacht. Als es auf den Morgen zuging, schlurfte sie missmutig in die Küche. Draußen war es noch finster, nichts zu sehen aus dem Küchenfenster von ihrem Garten, den Büschen und dem Frankenteich dahinter. Frau Prof. Geiger machte sich daran, einen Sauerkrauteintopf zu kochen. Jetzt, wo die Tage kürzer und die Nächte kühler wurden, war ihr zur Abwechslung mal wieder nach Eintopf. Alles hatte seine Zeit. Ächzend setzte sie sich an den Küchentisch und begann, im Lichtkegel der Deckenlampe ein knappes Pfund Kartoffeln zu schälen. Das war das Gute, wenn man alleine lebte: Man konnte Sauerkrauteintopf kochen, wann man wollte. Und man musste niemandem Rechenschaft ablegen. Und niemand redete einem rein. Prof. Geiger genoss ihren Ruhestand. Vor allem genoss sie ihren *Zeit-Wohlstand*, wie sie es nannte. Endlich fand sie Muße, sich voll und ganz ihrer wahren großen Liebe zu widmen: der

Literatur. Mehrere hübsche kleine Bändchen über Fallada, Fontane und Feuchtwanger – alle ihre Lieblingsautoren begannen seltsamerweise mit F – entstammten ihrer Feder und sicherten ihr Rang und Namen im gediegenen Bildungsbürgertum der Region. In diesen überschaubaren Kreisen galt sie als unumschränkte Koryphäe. Sie liebte es, morgens beim Frühstück bei einem feinen Assam und aufgetauten Brötchen vom Treppenbäcker in der Großen Parower Straße – aufgewärmt schmeckten die tatsächlich noch besser, man sollte es kaum glauben – das Kulturprogramm des NDR einzuschalten und sich ausgewählte literarische Werke vorlesen zu lassen: Das war doch der wahre Luxus! Und wenn dann auch noch Autoren dran waren, die mit F begannen … Dafür würde sie jede Kreuzfahrt in den Wind schießen. Allein die unsäglichen Leute, denen man dort zuhauf begegnete. Einen Versuch in die Richtung hatte sie vor Jahren unternommen, als sie eine gute Stammtisch-Freundin dazu überredet hatte. Um *Abstand zu gewinnen* von ihrer Scheidung. Frau Professor hatte es seinerzeit mit Würde genommen, dass sie durch ein halb so altes und halb so gebildetes Modell ersetzt wurde. Sollte ihr Gatte sich doch mit dieser albernen Sekretärin amüsieren: Wenn er *das* brauchte, war er kein Verlust. Mittels eines eifrigen Anwalts hatte sie sich eines hohen Anteils des Vermögens und Einkommens ihres untreuen Gatten versichert und gründete mit anderen zugezogenen Stralsunderinnen, die ein ähnliches Schicksal ereilt hatte, einen Weiberklub. Sie nannten sich »Ex-und-Hopp-Stammtisch« und bildeten ein äußerst geselliges Netzwerk. Die Mittelmeer-Kreuzfahrt ertrugen Henriette und sie nur, indem sie die Tage gleich mit einem gepflegten Cocktail begannen. Was erwartete man auch von Leuten, die sich freiwillig in solche schippernden Hühnerkäfige begaben? Wenigstens war der puertorikanische Barkeeper süß gewesen und ein Meister seines Faches. Prof. Geiger wusch die Kartoffeln, schälte eine Zwiebel und würfelte diese ebenso wie zuvor die Kartoffeln. Sie erhitzte zwei Esslöffel Rügener Rapsöl in einem Topf, briet die Kartoffel- und Zwiebelwürfel darin an, drehte die Hitze auf die mittlere Stufe runter und rührte während der nächsten fünf Minuten gelegentlich um. Dann löschte sie das Ganze mit einem halben Liter Gemüsefond ab. Sie nahm zwei rote Paprika zur Hand: waschen, halbieren, putzen, würfeln und zusammen mit einer Konservendose Tomatenstücke – Wo war jetzt nochmal der Dosenöffner? Immer wenn man ihn brauchte, war er nicht da. Typisch: ganz hinten in der Schublade, wo er nicht hingehörte. Das Dumme am Alleinleben war, man konnte keinem anderen die Schuld an Unordnung in der Wohnung geben. Und auch niemanden fragen, wo etwas sich gerade verstecken mochte. – dazu in den Topf. Eine Zehe Knoblauch abziehen und durch die Knoblauchpresse drücken. Mit zwei Teelöffeln Paprikapulver, einem halben Teelöffel Salz, ein wenig Pfeffer nach Geschmack – ach was, noch etwas mehr Pfeffer – und einem knappen Dutzend Wacholderbeeren zur Suppe geben. Alles etwa 10 Minuten garen.

Nachdem Prof. Geiger derweil am weißen Spülstein der Landhausküche den kleinen Abwasch erledigt hatte, fügte sie dann noch die 200 Gramm

Sauerkraut hinzu, die dem Ganzen den Namen gaben und ließ die Suppe bei schwacher Hitze weitere zwanzig Minuten köcheln. Fertig war ihr Mittagessen. Hielt sich und wurde mit jedem Aufwärmen besser. Sie ging an den Kühlschrank, um nachzusehen, ob sie noch einen Becher Schmand vorrätig hatte. Einen Klecks Schmand brauchte es zur Abrundung. Schmand war da. Und Brot? Brot war alle. Weder Brot noch Brötchen fanden sich in der Schublade. Und auch im Tiefkühler keines mehr. Frau Prof. Geiger musste also am Morgen zum Treppenbäcker, um ein neues Roggenmisch für die Woche und DDR-Brötchen zum Frühstück und für den Vorrat zu holen. Vielleicht tat es diesmal auch der *Turbo-Backshop* in der Ossenreyer-Straße? Prof. Geiger schubberte es allein bei dem Gedanken. Einmal war sie in dem Laden drin gewesen. Und sofort rückwärts wieder raus. Dieser Geruch nach altem Frittierfett …

Draußen war es unvermindert finster und ihr fröstelte. Sie schnappte sich eine Zeitschrift, löschte das Licht in der Küche und schlurfte wieder zu Bett. Sie nahm ihre Zeitschrift zur Hand, setzte sich die unvermeidliche Lesebrille auf die Nase und rückte die Lampe zurecht. Im ersten Artikel, den sie aufschlug, ging es um den *Darwin-Award*, benannt nach dem Begründer der Evolutionstheorie, Charles Darwin. Für diesen Preis konnte jeder nominiert werden, der seine Gene aufgrund einer »außergewöhnlich idiotischen Fehleinschätzung selbst aus dem menschlichen Genpool entfernt oder seine eigene Fortpflanzung verhindert und so die Überlebenschancen unserer Spezies langfristig erhöht« hatte. Sie selbst hatte nie den

Ehrgeiz verspürt, unbedingt eine Genspur in der Welt zu hinterlassen. Auf lange Sicht war das eh alles egal. Das Universum, Milliarden an Sternen und überhaupt. Und Menschen gab es auf diesem Planeten bereits wahrlich genug. In dieser Einschätzung hatte sie die Kreuzfahrt damals mit Henriette nur bestätigt. Jedenfalls: Eine amerikanische Biologin sammelte seit Mitte der 90er-Jahre Fälle, die diesen Kriterien entsprachen, veröffentlichte diese im Internet und schrieb auch Bücher darüber. Prof. Geiger staunte nicht schlecht, als sie einen älteren Herrn aus Mecklenburg-Vorpommern auf der Liste fand: Der gute Mann hatte sich wohl im Ostseebad Zingst auf Maulwurfsjagd begeben und zu diesem Zweck auf seinem Feriengrundstück Stahlpfeiler in die Wiese getrieben und unter Starkstrom gesetzt. Der Mann überlebte den Stromstoß in die Erde, auf der er selbst stand, nicht. Warum nur kam ihr jetzt ihr Ex in den Sinn? Es wurde aber noch abstruser. Da stürzten Leute aus Hochhäusern, weil sie zeigen wollten, wie sicher und stabil die Fenster waren. Da gab es einen Texaner, der sich vermittels ausgiebiger Sherry-Einläufe ins Jenseits befördert hatte. Oder einen Bungee-Jumper, der an seinem 52 Meter langen Seil von einer 43 Meter hohen Brücke gesprungen war. Oder einen Israeli, der aufgrund einer Diät aus Bohnen, Zwiebeln und Kraut derart viel Darmgas emittierte, dass der Sauerstoffgehalt der Luft in seiner kleinen Wohnung unter das lebensnotwendige Minimum sank. Im Obduktionsbericht hatte es geheißen: »mors per flatum« – Tod durch Abwind. Prof. Geiger dachte an ihren Sauerkrauteintopf. Das Alleinleben hatte noch weitere Vorteile, aber sie musste vorsichtig sein. Den Sauerkrauteintopf mit weißen Bohnen, das Rezept hatte sie ausprobieren wollen, wenn es richtig kalt war, würde sie vielleicht doch lieber nicht … Frau Prof. Geiger merkte nicht, wie ihr die Zeitschrift entglitt …

V

Ines Hübner mag noch immer keine Möwen

Mit der ihr eigenen Sorgfalt, Zuverlässigkeit und Konsequenz brachte es Ines Hübner in den Folgejahren zu einer festen Größe in der Stralsunder Immobilien-Welt. Sie zählte mit ihren zwei, drei langjährigen Angestellten nie zu den schillernden Größen der Branche in Vorpommern, die samt ihrer knallbunten Reklame und ihrem großspurigen Gehabe mitunter ebenso schnell wieder verschwanden, wie sie aufgetaucht waren. Aber auf sie war Verlass. Wenn einer etwas brauchte, sie konnte helfen, wusste einen Rat, konnte eine Finanzierung beschaffen, wusste von einem, der einen kannte, der weiterhalf. Alles diskret und unaufgeregt. Und ihre Zahlen stimmten stets. Ines hatte sich einen betont unauffälligen Look zugelegt, um nicht womöglich bei jemandem Neid zu erregen. Nur dann und wann konnte sie bei ein wenig Gold und Glitzer zum Businessgrau nicht widerstehen. Schließlich war sie die Chefin, auch wenn sie schon mal von Uneingeweihten als Sekretärin angesprochen wurde. Die Stadt Stralsund hatte – insbesondere in der begehrten Altstadt – zunächst in die unterirdischen Leitungen und in die Straßen investiert. Ines kam mit ihrem Immobilienbüro nicht wirklich zu spät und war dann bereits am Markt etabliert, als die Stadt mehr und mehr als lebenswerte Alternative entdeckt wurde und dann mit der Ernennung zum Weltkulturerbe im Jahr 2002 das Altstadt-Monopoly so richtig begann. Windige Investoren, die sich ganze Häuserzeilen bei der ersten sich bietenden Gelegenheit unter den Nagel gerissen hatten, trennten sich von ihren ruinösen Schätzen, nachdem Steuerfristen ausgelaufen waren. Stück für Stück klärten sich die Verhältnisse und die geschichtsträchtigen Liegenschaften kamen in Hände, die sie wiederbelebten und einer neuen Nutzung zuführten.

Nach den zum Teil wirklich üblen Spekulanten und Glücksrittern der ersten Welle, die darauf gehofft hatten (wenn sie nicht selbst versuchten, gar ein wenig nachzuhelfen), dass denkmalgeschützte Gebäude mit der Zeit einstürzten, um etwa Parkplätze für die Bewohner des Nachbarhauses oder Raum für einen Neubau ohne Denkmalschutzauflagen zu gewinnen, kamen in einer zweiten Welle nach und nach engagierte Leute in die Stadt. Zum Teil *Rückkehrer* aus dem Westen, welche davon mit tatsächlichen Wurzeln in der Region, welche davon mit – nunja – eher eingebildeten. Zum Teil Zugezogene, die der frische Wind im Osten lockte, die im Idealfall Geld mitbrachten und sich in Stralsund etwas Neues aufbauen wollten, was in den festzementierten Verhältnissen der alten Bundesländer kaum noch möglich war. Das war schon zu Hansezeiten nicht anders gewesen.

Die dritte Welle, die dann folgte, nannte Ines Hübner die »*Schick-Finder*«. Die kamen – häufig durch Zufall – in die bereits fast fertig sanierte Stadt, fanden sie schick und verlegten in oftmals staunenswerter Geschwindigkeit, mit scheinbar unbegrenzten finanziellen Möglichkeiten und ohne wirkliches Interesse an Land und Leuten und deren Geschichte ihren Wohnsitz nach Stralsund. Die *Schick-Finder* waren auf ihre ganz besondere Art anstrengend. Häufig waren sie bereits nach kurzer Zeit ernüchtert, wohin sie ihre Spontaneität verschlagen hatte und was für ein stures und verbohrtes Volk die Einheimischen hier doch waren. Und wer bekam dann die Schuld an deren Unzufriedenheit in die Schuhe geschoben? Richtig, die Immobilienmaklerin, bei der man sich eben noch überschwänglich dafür bedankt hatte, dass sie diese wunderbare großzügige Altstadtwohnung mit originalen gotischen Mauerbögen aus dem Hut gezaubert hatte.

Inzwischen perlten derlei Beschwerden an Ines Hübner ab. All diese ganz besonderen Leute mit ihren ganz besonderen Ansprüchen, die sich oftmals auch gut dreißig Jahre nach der Wende noch immer als kühne Pioniere im Wilden Osten fühlten, füllten mit ihrer Präsenz die Altstadt und mit ihren SUVs deren Straßen und Parkhäuser. Das war in mancherlei Hinsicht nicht mehr die Stadt, in der Ines Hübner 1984 Abitur gemacht hatte und auch nicht mehr die Stadt, in die sie gut zehn Jahre später mit Knalleffekt zurückgekehrt war. Ines war nichtsdestotrotz auch schon ein bisschen stolz, über die Jahre einen bescheidenen Teil zur Wiedergeburt ihrer schönen Heimatstadt beigetragen zu haben.

Unauffällig, aber durchaus wirksam, wie es ihre Art war.

Doch zurück zu den Möwen von heute: Bei wem landeten die Beschwerden über die Möwennester auf den Dächern, die den Mietern den Schlaf raubten? Bei ihr, bei Ines Hübner. War ja nicht so, dass man einfach den Hausmeisterdienst oder eine Fachfirma beauftragen konnte bzw. durfte. Erst war die Frage der Zuständigkeit zu klären: Auf wessen Dach befand sich denn nun das inkriminierte Möwennest? Waren die Eigentümer – zumeist waren es mehrere – der betroffenen Immobilien – zumeist waren es ebenfalls mehrere, denn die Möwen nisteten mit perfider Vorliebe bevorzugt genau an den Eigentumsschnittstellen der Stralsunder Dachlandschaft – mit der Nestbeseitigung einverstanden und bereit, die Kosten dafür zu tragen? Wie kam man an das Nest überhaupt heran? Brauchte man für die Aktion womöglich einen mobilen Kran? Oder gar die Feuerwehr? Was sagte das Tierschutzgesetz dazu? Fragen über Fragen. Als ob die Möwenviecher davon wussten. Regelmäßig hatten die ihren Nachwuchs groß, wenn dann endlich alle Klarheiten beseitigt waren und schließlich im Spätsommer doch noch die große Technik anrückte, um ein verlassenes Nest abzuräumen. Und obendrüber kreisten die vermaledeiten dreisten Vögel und lachten sich mit lautem Geschrei eins. Im nächsten Frühjahr waren sie wieder zur Stelle und das Spiel ging von vorne los. Früher hätte man da kurzen Prozess gemacht und alle wären glücklich gewesen. Bis auf die Möwen. War damals eben nicht alles schlechter gewesen. Ein süffisantes Grinsen spielte um den schmalen Mund der Immobilienkauffrau.

Ein weißer Schwan glitt an diesem Spätsommermorgen erhaben aus dem Nebel des Knieperteichs, die Enten schnatterten und nur ganz entfernt vom Hafen her war vereinzelt das Rufen der Möwen zu vernehmen, das Ines Hübner aber routiniert ausblendete. Man durfte eben nicht alles an sich heranlassen. – Dies waren jene Momente, in denen sie ganz mit sich und der Welt – und ihre Welt war eben die alte und ehrwürdige Hansestadt Stralsund – im Reinen war. Stralsund war die schönste Stadt, die sie sich vorstellen konnte. Keine Frage. Und es war gewiss ein Privileg, hier leben zu dürfen. Stralsund war eine Insel, die von den Teichen und dem Sund umgebene Altstadt zumal. Das hatten schon die Steinzeitmenschen gewusst. Da hatten sie doch vor Jahren auf der Wiese vor dem Hansa-Gymnasium drei eindrucksvolle Einbäume ausgegraben. Sechstausend oder siebentausend Jahre alt. Die hatten sie dann nach Schwerin verbracht. Wo sie dann wohl wegen unsachgemäßer Lagerung alsbald zu Torf zerfallen waren … Noch so ein historischer Schatz, der der Stadt in der jüngeren Zeit abhandengekommen war. Die Liste war eindrucksvoll und reichte von den steinzeitlichen Booten an der Sundpromenade über historische Ladeneinrichtungen, die Krieg und vierzig Jahre Sozialismus überstanden hatten und dann in den Nachwendewirren auf Nimmerwiedersehen verschwanden, bis zu den Bücherschätzen, die 2012 im Zuge des Stralsunder Archivskandals in alle Welt verstreut wurden. Dabei konnte man nur ahnen, was allein bei dieser Aktion an Reichtümern der Stadt tatsächlich verlorengegangen war.

Ines Hübner schüttelte im Gehen mit dem Kopf. Ordnung war schließlich das halbe Leben. Und ohne strikte Ordnung wäre sie lange verloren gewesen. Ordnung war *ihr Ding*. Ordnung und Listen. Schon als junges Mädchen hatte sie für alles Mögliche und Unmögliche Listen angelegt. Für ihre Bücher und Spielsachen, für ihr Taschengeld und ihre Ausgaben, später für Rezepte. Ach, was hatte sie ihr Fahrtenbuch in ihrer Berliner Zeit geliebt! Alle anderen in der Firma hatten das Fahrtenbuch gehasst und sich unentwegt darüber beschwert. Sie nicht. Sie mochte es, wenn sie mit ein paar geraden Strichen und einer leserlichen Handschrift Übersichtlichkeit und System in ihr Leben bringen konnte. Mit Ordnung, Disziplin und Listen bekam man das Leben in den Griff! Mit ihr wäre der Stadt so ein Skandal erspart geblieben. Und überhaupt: Hatte denn über all die Jahre niemand bemerkt, wie feucht es im Johanniskloster gewesen war? So was roch man doch. Da brauchte es keine aufwändige Technik. Wusste doch jeder, dass man in Stralsunder Kellern nichts lagern sollte, was keine Feuchtigkeit vertrug. Stralsunder Altstadtkeller waren nun einmal feucht. Da konnte man nichts machen. Sollte man auch nicht, war schließlich der oftmals bereits jahrhundertealten Bauphysik der Häuser durchaus zuträglich. An dem, was so lange gehalten hatte, rührte man besser nicht. Feuchtigkeit war wichtig. An der richtigen Stelle jedenfalls. Was die zu Torfmull zerfallenen Einbäume vor der Hansa belegten … Konnte man Mietern allerdings tausend Mal sagen, die hörten nicht zu. Oder sie verstanden es nicht. Oder wusste der Schinder was. Beim Auszug stapelte sich dann der verschimmelte Bodensatz aus den Kellerabteilen der Mietshäuser auf den Bürgersteigen der Altstadt. Das war wie mit dem ordnungsgemäßen Lüften der Wohnungen. Mietern war das schlichtweg nicht beizubringen.

Da hatte sie vergangene Woche doch einen empörten Anruf von einem Erstsemester-Studenten erhalten, dem die Eltern eine hübsche Einraumwohnung in der Fährstraße gemietet hatten. Der junge Mann beschwerte sich, dass die Wohnung feucht und im Grunde unbewohnbar wäre. Wie sich beim Ortstermin mit dem Hausmeister des Objekts herausstellte, kochte der junge Hochschulangehörige in der kleinen Wohnung, duschte dort, wusch seine Wäsche. Auf dem kleinen Flur versperrte ein Wäschetrockner mit tropfnassen Sachen den Weg. Und das alles ohne jemals nennenswert Frischluft in die Bude zu lassen. Fassungslos hatten Ines Hübner und der Hausmeister zugesehen, wie der junge Mann mit dem Wasserabzieher aus der Dusche die dick beschlagenen Fenster abstrich, um zu demonstrieren, wie hoffnungslos feucht die Wohnung sei. Stoßlüften? Querlüften? Nie gehört. Hatte er denn nicht die Broschüre gelesen, die Ines Hübner den Mietern obligatorisch bei jeder Wohnungsübergabe mit an die Hand gab? Hatte er nicht, es seien so viele Papiere gewesen, die habe er unmöglich alle lesen können.

Ines Hübner hatte tief durchgeatmet und ihre für diesen Fall vorgesehene Belehrungseinheit abgespult. Unterstützt vom Hausmeister, der an den entscheidenden Stellen, die sie zur Sicherheit wiederholt aufsagte, bekräftigend nickte. Für den jungen Mann war das alles vollkommenes Neuland. Der hatte bestimmt zuhause nicht ein Mal in seinem bisherigen Leben ein Fenster zum turnusmäßigen Lüften geöffnet. Frische Luft schien nicht zu seinen Bedürfnissen zu zählen.

Das erste Mal im Leben weg von Mutti. Wenigstens kochte und wusch er. Das war ja schon mal was. Sie hatte da noch ganz andere Sachen erlebt. Es war zum Haare raufen. Aber auch den Kandidaten hatte sie schließlich auf Linie gebracht: Der Hausmeister – eine Seele von Mensch – hatte sich des Burschen angenommen und ein wachsames Auge auf dessen Lüftungsgewohnheiten. Die besten Hausmeister waren tatsächlich die, die sich im Ruhestand etwas dazuverdienten und womöglich selber in der Nähe des von ihnen betreuten Objekts wohnten. Die hatten Ahnung von dem, was sie taten, hatten aber auch das Improvisieren noch gelernt, waren zuverlässig und väterlich. Wenn man die als Verwalter anständig behandelte und auch mal ein freundliches Wort übrighatte, machten die alles möglich. Leider auch eine aussterbende Spezies. Buchstäblich. Hießen heutzutage ja bereits *Objekt-Betreuer* und nicht mehr *Hausmeister*. Schick, aber nicht eben besser.

Ihr kam der Sommernachmittag in den Sinn, an dem sie vor Jahren einmal mit einem Kleinflugzeug über die Stadt – über ihre Stadt – geflogen war. Ein zufriedener Kunde hatte sie seinerzeit als Belohnung für einen erfolgreichen Deal auf einen sonntäglichen Rundflug von Barth aus mitgenommen. Beim Flug hatte sich der Immobilienkauffrau die kunstvolle Anlage Stralsunds aus ungewohnter Perspektive noch einmal ganz neu erschlossen: Die Altstadt-Insel mit den drei großen Kirchen, die Teiche rundherum, Bahnhof und Rügenbrücke, der Hafen, der Sund mit dem Dänholm, die vorgelagerten Wohngebiete, das Krankenhaus am Sund mit dem neuen Strandbad, die neuen Siedlungen in Holzhausen und Parow … Rügen und Hiddensee in der Ferne … Konnte es ein schöneres Fleckchen Erde geben? Das hörte sie auch von ihren Kunden immer wieder: Dass Stralsund »so eine schöne Stadt« sei, sich ein »menschliches Maß« bewahrt habe und eben »noch eine richtige Stadt« sei. Das ging Ines Hübner so weit ja gerne alles mit. Wie gesagt: Schwierig wurde es, wenn Immobilieninteressenten – bevorzugt aus den Ballungsgebieten der alten Bundesländer – ihre Heimatstadt *»schick«* fanden und dieses *»Schick-Finden«* offenbar ausreichte, hier auf die Pirsch nach einer *»schicken«* Immobilie zu gehen: möglichst in der Altstadt, eventuell und zur Not vielleicht noch in einer schönen Ecke von Knieper-Nord. Selbstverständlich zum Kauf und nicht zur Miete, wo kämen wir denn da hin!? Sanierter Altbau am liebsten, mit Fahrstuhl und gotischen Mauerbögen. Stellplatz natürlich. Hier, jetzt und sofort. Sabine Hübner staunte nach all den Jahren im Geschäft immer noch, wie viel Geld da offensichtlich mancherorts und bei manchen Leuten unterwegs war. Und dass Geld im Leben dieser Leute offenbar deren geringstes Problem darstellte. Oder eben doch ein Problem war, das dann allerdings mehr so als Bumerang durchschlug. Ines nannte dieses Phänomen für sich *die dummen Streiche der Reichen.* Beschränkte finanzielle Mittel konnten einen auch vor mancher Eselei bewahren. Und hatten insofern durchaus ihr Gutes.

Mit solchen Überlegungen hatte sie den Knieperwall erreicht und wartete nun an der Fußgängerampel vor dem Kütertor auf ihr Grünzeichen. Ob sie die der Stadtmauer vorgelagerten Neubauten rund um die ehemalige Jugendherberge an der Wasserkunst nun schön finden sollte oder nicht, konnte sie auch nach ein paar Jahren noch nicht wirklich sagen. So richtig gewöhnen mochte sie sich daran nicht. Auf jeden Fall waren sie bewohnt und vermietet und das zu gewiss anspruchsvollen Konditionen. Wer hatte das etwa 1984 nur im Entferntesten für möglich gehalten, als sie ihr Abitur am Hansa-Gymnasium machte? Da hieß die Devise unter ihren Schulkameraden: bloß weg aus dieser verfallenden, einstürzenden Stadt. Auf die jahrzehntelang vernachlässigte Altstadt hatte damals keiner mehr einen Pfifferling gegeben. Da half auch nicht die Tünche, die beim Besuch des schwedischen Ministerpräsidenten Olof Palme großzügig aufgetragen den Verfall bemänteln sollte. Und die paar Gebäude, derer sich polnische Restauratoren mit ebenso viel Können wie mit dem großzügigen Einsatz von Holzschutzmitteln, die sich im Nachhinein als gesundheitlich hochgradig problematisch herausstellten, angenommen hatten, blieben allenfalls ein Tropfen auf den heißen Stein.

Auf alle Fälle war Ines Hübner klar, dass für sie in Stralsund nach dem Abitur kein Bleiben war. Sie wollte weg. Zurücklocken konnte sie allenfalls die See, hatte sie damals gedacht. Ines Hübner musste grinsen: *Paul Sack*. Wie kam ihr jetzt der in den Sinn? Die legendäre Paul-Sack-Straße. Da hatte seinerzeit ihre beste Freundin gewohnt. Und ob selbiger Anschrift allerhand zu leiden gehabt. Allein schon dieser Name! *Aktivist der ersten Stunde* und immerhin bis zur Wende Ehrenbürger der Hansestadt. Alles nicht mehr wahr. Heute hieß die Straße Carl-Ludwig-Schleich-Straße. Kannte kein Mensch. Egal. Was wohl aus Kathrin geworden war? Die hatte doch diese West-Verwandtschaft und stets diese West-Bleistifte und West-Radiergummis und West-Füller. Und die hatte auch dieses Abba-Poster gehabt. Genau. Manchmal hatte sie ihre eigentlich beste Freundin gar nicht leiden können. Ihr eigener Vater war bei der Armee gewesen. Da waren West-Kontakte undenkbar. Und außerdem hatten sie im Westen ohnehin niemanden. Im Grunde war es vor allem dieses Abba-Poster gewesen …

Die Ampel sprang auf Grün und Ines Hübner machte sich auf den Weg durchs Kütertor. *Paul Sack*, du meine Güte! So was konnte man sich nicht ausdenken. Und der Spott war ihnen stets sicher gewesen. *Aktivist der ersten Stunde* hin oder her. Auf alle Fälle war es für Ines Hübner eine stille Genugtuung, wenn heute die wohlhabenden Herrschaften bei ihr wegen einer stilvollen, großzügigen Wohnstatt im UNESCO-Welterbe Stralsund vorstellig wurden. Und sie die allermeisten Gesuche mangels Angebot abschlägig beantworten musste. Die Gesetze des Marktes hatten zuweilen doch etwas für sich. Sie freute sich aufs Büro. Mal schauen, ob sie heute wieder eine Absage erteilen durfte. Das war zwar nicht unmittelbar gut fürs Geschäft, machte ihr andererseits aber auch eine kaum verhohlene Freude. Hatte schließlich lange genug gedauert, bis sie endlich auch einmal am längeren Hebel saß. Sie konnte inzwischen derart wohl formulierte Absagen in den Telefonhörer flöten, sie war von sich selbst begeistert.

Ines Hübner schritt bergan durch das Kütertor, am Torschließerhaus und linkerhand an ihrer Lieblingshaustür in der Altstadt vorbei. Glücklicherweise hatte dieses barocke Prunkstück die Zeitläufe überstanden und befand sich augenscheinlich in guten Händen, die ihm immer mal wieder von kundiger Hand frische Farbe angedeihen ließen. Unauffällig wechselte sie die Straßenseite und verlangsamte kaum merklich ihren Schritt, um aus dem Augenwinkel ein paar schnelle Blicke auf das aktuelle Angebot der Konkurrenz zu erhaschen. Die Blöße, vor den in den bereits beleuchteten Bürofenstern aushängenden Immobilienangeboten stehen zu bleiben und womöglich grüßen zu müssen, die würde sie sich allerdings nicht geben.

Sie querte die Mönchstraße und erreichte die Stralsunder »Fressmeile« mit Fisch-Rasmus, Wein- und Teeladen und dem Reformhaus. Vor dem Reformhaus parkte – man mochte es kaum glauben, das hier war immer noch Stralsund – ein Bentley. Ein fabrikneuer Bentley, der noch dieses ganz besondere Schimmern im Lack hatte. Mit Rügener Kennzeichen, du meine Güte. Und ein Bentley, dessen Besitzer soeben von einer beflissenen Mitarbeiterin des Stralsunder Ordnungsamts fürs Parken im Halteverbot einer Feuerwehrzufahrt einen saftigen Strafzettel verpasst bekam. Traf vermutlich keinen Armen. Und es gab doch noch so etwas wie Gerechtigkeit im Leben, für die man nicht selber sorgen musste. Das hob doch gleich ihre gute Laune.

Die jedoch umgehend wieder verflog, als Ines Hübner des weißen Hundefänger-Kombis mit der Aufschrift *»Stubenrein macht die Stube fein«* gewahr wurde. In den Dreck auf den rückwärtigen Scheiben des Fahrzeugs hatte ein Witzbold mit dem Finger »SAU« geschmiert. Was aber anscheinend niemanden zu stören schien. Das abgeranzte Gefährt als solches, ungewaschen und mit deutlichen Ansätzen von Kantenrost – müsste bereits jeden potentiellen Kunden abschrecken, dachte Ines bei sich, als sie angewidert im Vorübergehen einen flüchtigen Blick auf die Müllhalde hinter der Windschutzscheibe tat. Und wo dieser eigentlich einmal weiße Kastenwagen stand, war dessen Besatzung bestimmt nicht weit. Ines hatte sich überdies das Kennzeichen gemerkt. Die beiden Damen, die den Wagen für gewöhnlich bewegten, wollte sie schon seit Längerem dem Ordnungsamt melden, rasten sie doch für gewöhnlich mit deutlich mehr als Schrittgeschwindigkeit durch die Fussgängerzone und machten sich einen Spaß daraus, alles vor sich her zu scheuchen, was nicht bei drei auf den Bäumen war. Ob nun mit eingeschaltetem Warnblinker oder ohne.

Sie hatte die Herrschaften schon mal auf ihr ungebührliches Benehmen angesprochen, als diese sich anschickten, mit großem Brimborium die Scheiben vom Tabakladen zu reinigen. Die Große mit der schlecht gefärbten roten Assi-Palme hatte gar nicht verstanden, worum es ging. Erst glotzte sie sie an, dann plierte sie. Ansatzlos. Die männlichere von beiden, die mit den noch schlimmeren Tätowierungen und dem Bürstenhaarschnitt, hatte zurückgeblafft, dass sie das gar nichts anginge. Eingeborene Stralsunder unter sich. Als Ines insistierte, wiederholte die Reinigungskraft mehrfach, zunehmend gereizt und im Grunde am Thema vorbei, sie dürften das, sie seien *L-i-e-f-e-r-v-e-r-k-e-h-r*. Und dann hatte sie Ines einfach ignoriert und sich stur weiter ihren umständlichen Vorbereitungen gewidmet. Da war keine Rille auf der Platte, das hatte keinen Zweck, da musste das Ordnungsamt ran.

Dass die Große sie die ganze Zeit über angepliert hatte, mochte damit zu tun haben, dass sie nicht das erste Mal aneinandergeraten waren. Die beiden Konsorten wussten ganz genau, mit wem sie sich da gerade anlegten und sie ließen es wieder darauf ankommen. Ganz nach ihrem Motto: Frechheit siegt! Aber das wollten wir doch mal sehen, gab sich Ines Hübner kämpferisch … Beim ersten Mal hatten die auch gedacht, sie kämen damit durch. Da waren sie noch bei *»Sund-Wisch«* beschäftigt gewesen. Inzwischen dürften sie sämtliche vorpommerschen Reinigungsdienste durchhaben.

Jedenfalls: Sie hatte da dieses Objekt in der Semlower Straße übernommen. Alt-Neubau aus den

50er-Jahren, um 2000 herum grundsaniert, zwanzig Wohneinheiten mit zwei Aufgängen, Balkons nach hinten raus. Und mit einer bunten Eigentümer-Schar aus lauter Rechtsanwälten, Steuerberatern, Ärzten und Apothekern. Allesamt aus Eckernförde und umzu und sich allesamt untereinander spinnefeind. Ein Projekt, das seinerzeit ein umtriebiger Bauunternehmer aus Schleswig-Holstein an seine Spezies vermittelt hatte. Ebenfalls auf Kumpelbasis waren die Herrschaften dann an eine Hausverwaltung aus Neubrandenburg geraten, die tüchtig hatte schleifen lassen. Neubrandenburg war ja schließlich auch etwas weiter weg. Das war selbst den Herrschaften aus dem Westen aufgefallen, als sich der Leerstand in ihrem Abschreibungsobjekt mehrte und die Wohnungen mehr kosteten, als sie einbrachten. Wahrscheinlich machte selbst das den wenigsten etwas aus, aber sie waren genervt von dem Ärger, von dem die schlechte Verwaltung ständig neuen produzierte. Da kamen sie dann doch einmal plötzlich angereist zur Eigentümerversammlung und redeten sich die Köpfe heiß, wo sonst immer nur die eine schwerhörige Urologen-Witwe aus Eckernförde zusammen mit einer forschen Angestellten der Neubrandenburger Firma im *Goldenen Löwen* am Alten Markt gehockt und alles willfährig abgenickt hatte. Jahrelang hatten die Kollegen – Ines Hübner mochte sie kaum als solche bezeichnen – sich selten in Stralsund schießen lassen, alles, was ging, an irgendwelche Subunternehmen in der Region abdelegiert. Das Haus war mächtig auf den Hund gekommen, als sie die Verwaltung übernahm. So ein Objekt wieder in den Griff zu bekommen und den Karren aus dem Dreck zu ziehen, war allerdings die beste Werbung. Das sprach sich schnell herum in Eigentümerkreisen. Mundpropaganda war durch nichts zu ersetzen. Nicht mal durch ein noch so ausgeklügeltes *Social-Media-Management.* Obwohl sie eigentlich Werbung nicht mehr wirklich nötig hatte, sondern vielmehr aufpassen musste, nicht Opfer des eigenen Erfolgs zu werden. Jedenfalls: Ihre beiden Lieblingsreinigungskräfte arbeiteten damals für *»Sund-Wisch«*. Wenn man das arbeiten nennen wollte. Firma *»Sund-Wisch«* hatte sich das gar nicht erklären können: Die Hauseingänge, die Flure und Treppenhäuser sahen schlimm aus. Man bekam die Eingangstüren kaum aufgeschoben, so türmten sich dort alte Anzeigenblätter, die Post von längst verzogenen Mietern und anderer Unrat. Im Flur roch es übel. Im Treppenaufgang, der dringend gemalert werden musste, blinde Fenster und haufenweise tote Fliegen auf den Fensterbrettern. Alles fein säuberlich von Ines auf dem Betriebshandy fotographisch dokumentiert. Und überhaupt nicht in Einklang zu bringen mit den lückenlosen Reinigungsprotokollen, die unterzeichnet waren mit *Cindy Bigalke* oder *Janina Kiekbusch* …

Ines Hübner war gerade im Vorflur dabei gewesen, die lädierten Briefkästen wieder notdürftig in Funktion zu setzen und mit aktuellen Namensschildern zu versehen, als die Haustür mit kühnem Schwung aufgerissen wurde. Sie fuhr erschrocken zusammen und sah sich einer untersetzten Frau mit tüchtiger Kiste in den prall gespannten blauen Latzhosen gegenüber, Bürstenhaarschnitt und Zigarette hinterm Ohr.

»T'schuldigung, darf ich da mal ran?«

Ines trat konsterniert einen Schritt zurück und machte erst einmal Platz. Die nassforsche Frau in den blauen Latzhosen ging an das Brett mit den Nachrichten für die Hausbewohner, zückte einen Kuli und trug das Datum des Tages in die aktuelle Reinigungsliste für die regelmäßige Hausflur- und Treppenreinigung ein. Ines Hübner hatte da bereits eine Augenbraue kritisch hochgezogen. Dann unterzeichnete die augenscheinliche Reinigungskraft mit kühnem Schwung und … machte auf der Stelle kehrt. Alles klar. Ines Hübner besah sich die Liste: Das sollte wohl *Bigalke* heißen. Als sie daraufhin aus der Haustür lugte, konnte sie beobachten, wie eine großgewachsene stämmige Frau, ebenfalls nicht gerade vorteilhaft mit blauer Latzhose bekleidet, aus der Tür zum zweiten Aufgang kam. Das war dann sicher *Kiekbusch*, schlussfolgerte die Fachfrau aus ihren Unterlagen. Die beiden teilten sich nach offenbar bewährtem Muster die Arbeit. Sie beobachtete noch, wie das Reinigungsteam nach getanem Werk in einem kleinen Kastenwagen der Firma *»Sund-Wisch«* in Richtung Alter Markt und Fußgängerzone davonbrauste.

Cindy Bigalke und Janina Kiekbusch und ihre laxe Arbeitsmoral waren gar nicht mal das Bemerkenswerteste gewesen, was ihr die Neubrandenburg Hausverwaltung hinterlassen hatte. Da gab es die Penthouse-Wohnung im fünften Stock – ohne Fahrstuhl wohlgemerkt, die über Jahre hinweg von osteuropäischen Prostituierten, die in Stralsund nicht unbedingt freiwillig diesem Gelderwerb nachgingen, belegt war. Und keiner wollte etwas bemerkt haben.

Im Erdgeschoss wohnten sehr freundliche Vietnamesen, die in der Frankenstraße einen Asia-Imbiss betrieben. Selbst Ines bekam nicht vollständig heraus, wer nun wer war in diesem Familienverband. Sie sahen sich auf bestimmte Weise alle sehr ähnlich, auf andere Weise jedoch wieder nicht. Vielleicht waren es auch nicht immer dieselben Leute. Aber sie fand heraus, warum alle Augenblicke der Kanalreinigungsdienst mit schwerem Gerät anrücken musste: Die umtriebigen Asiaten kochten in der Wohnung die Brühen und wusste der Himmel, was sonst noch alles, für den Imbiss. Und entsorgten die Abfälle praktischerweise direkt und ungefiltert über die Kanalisation, die sich ihrerseits stets aufs Neue mit kaltem Fett zusetzte. Außerdem waren in der Zweiraumwohnung zeitweise bis zu einem Dutzend Leute untergebracht. So ging das alles nicht.

Die Krönung waren allerdings Dennis und Nicole gewesen. Ein blutjunges Junkie-Pärchen, das seine Wohnung zusammen mit vier Hunden bewohnt hatte und bei Nacht und Nebel verschwunden war. Einfach so. Spurlos. Da gab es wohl noch Eltern, die für die beiden gebürgt hatten, aber auch die stellten sich tot. Und hatten ihrerseits bereits mehrfach die *Eidesstattliche Versicherung* geleistet. Bei denen war gewiss nichts zu holen und zu wollen. Früher hieß es noch *Offenbarungseid*, heute nannte sich das *Vermögensauskunft*. Also Auskunft über Vermögen, das es gerade eben nicht gab. Nur nicht die Tatsachen benennen. Ines Hübner schnaubte verächtlich. Sie hatte dann den Schmutz mit solchen Leuten und Wochen gebraucht, einen Räumungstitel zu erlangen.

Um dann eine völlig verwahrloste Wohnung vorzufinden. Der Kühlschrank war noch gut gefüllt mit Futterfleisch und -knochen für die Hunde. Nur hatten die Stadtwerke bereits seit Längerem den Strom abgeklemmt. Es war nicht schön.

So gesehen handelte es sich bei Janina Kiekbusch und Cindy Bigalke eigentlich eher um zwei Warzen am Rande. Es konnte alles stets noch viel schlimmer kommen. Aber Ines Hübner war in genau der richtigen Stimmung gewesen, als sie beschloss, ihnen bei passender Gelegenheit die volle Breitseite zu verpassen. Die sollten ihr nochmals vor die Flinte laufen.

Und da standen sie nun an diesem bisher so schönen Spätsommermorgen, der Ines Hübner bis hierher einen ungetrübt schönen Tag versprochen hatte: Janina Kiekbusch und Cindy Bigalke – DAS *Dreamteam* des sundischen Reinigungswesens.

Schweigend pafften die beiden Gebäudereinigungsfachkräfte ihre Morgenzigarette, die robusten schwarzen Arbeitsschuhe des einen Beins zum Abstützen wechselweise lässig gegen den vor gar nicht allzu langer Zeit zartrosa gestrichenen Putz der Hauswand des *Turbo-Backshops* gestemmt. Dass dies ihr allmorgendlicher Stammplatz war, sah man der Wand inzwischen mehr als deutlich an. Ines Hübner konnte auf solche Rücksichtslosigkeit gar nicht und war drauf und dran, was zu sagen. Sie verkniff es sich aber und verlegte sich auf einen möglichst bösen Blick. Die beiden Reinigungsfrauen registrierten sehr wohl, wer da energischen Schrittes an ihnen vorbeikam und plierten ihrerseits zurück. Plieren konnten sie hervorragend, das musste man ihnen lassen. Fürwahr eine Begegnung der dritten Art. In Stralsund traf man sich eben nicht nur zweimal.

Diese zwei Gestalten konnten einem den schönsten Morgen verderben. Die beiden mussten inzwischen allerhand Reinigungsfirmen in der Region durchlaufen haben, ehe sie aktuell bei *Stubenrein* gelandet waren. Das war auch tatsächlich der allerletzte Husten. Aber gut zu wissen, sie würde das im Auge behalten.

Im Büro auf der Kronlastadie angekommen, entledigte sich Ines Hübner ihres grauen Wollmantels und beorderte ihre Angestellten zur Morgenrunde. Sie liebte das neue Büro mit dem Blick auf die Stralsunder Hafenszenerie. Einmal abgesehen von den Möwen, die sich ständig ins Bild drängten und sie durch die bodentiefen Scheiben dauernd beobachteten und belauerten. Es gab Tage, da schienen sie mit ihren frechen kalten gelben Augen jeden ihrer Schritte im Büro zu verfolgen. Saßen da auf den Hafenpollern und registrierten aber auch jede ihrer Bewegungen. Oder bildete sie sich das womöglich nur ein? Auf alle Fälle machten sie diese spukigen Viecher innerlich so was von nervös …

Es wurde ein anstrengender Vormittag mit den üblichen täglichen Herausforderungen, die ihr Beruf mit sich brachte. Waren Wohnen und Geld im Spiel, wurden die Leute schnell aufgeregt. Es ging dabei schließlich um wichtige Dinge.

Wasserversorgung, Niederschlagswasser, Heizung: Was wurde jetzt direkt nutzerbezogen berechnet? Und was über den Miteigentumsanteil? – Mitunter bereute Ines Hübner es, dass sie die Ausbildungsbefähigung nachgeholt hatte. Musste sie sich das antun? – Und was war mit der Wartung der Aufzugsanlagen? Mit Haftpflicht- und Gebäudeversicherung? Pflege der Außenanlagen? Die junge Frau, die vor ihr saß, schaute aus großen Augen fragend zurück. Alles nach Miteigentumsanteil, das war doch klar wie nur sonst was.

Straßenreinigung, Müllbeseitigung, Gebäudereinigung und Winterdienst? »Äh, … nutzerdings?«, kam es von dem jungen Ding. Nein, nicht *nutzerbezogen*, sondern *nach Miteigentumsanteil* wäre die richtige Antwort gewesen. Das war ja bodenlos.

Wäre das Fräulein nicht die Enkelin von Don Brözel, einer der grauen Eminenzen des Stralsunder Immobiliengeschehens, sofort nach der Wende nach Stralsund zurückgekehrt, hier mit reichlich *Familienbesitz* gesegnet, mit besten Kontakten zu Stadtverwaltung und Politik, Vorsitzender des Heimatvereins *»Alt-Stralsund«* und überall dabei, wo es sich lohnte zu bauen, Ines Hübner hätte niemals auch nur in Erwägung gezogen, das Mädel zur Ausbildung anzunehmen. Der allzu auffällige Goldschmuck, das goldene Gucci-Handtäschchen, diese nachgemalten Augenbrauen, die falschen Wimpern, diese wie aufgespritzt wirkenden, stark geschminkten Lippen, dazu ein ständig leicht verständnisloser Gesichtsausdruck … Die war für manches bestimmt, aber nicht fürs Immobiliengeschäft. Aber dazu ein Selbstbewusstsein, das war nicht von dieser Welt.

Ines Hübner hatte sich bemüßigt gesehen, den schweren goldenen Montblanc-Füllfederhalter – Geschenk einer dankbaren Kundin, wie sie zuweilen ganz nebenbei fallen ließ – aus der Schublade zu holen, um dagegenzuhalten. Ostentativ tippte sie mit dem sündhaft teuren Teil auf die Liste, die sie der jungen Dame unter die Nase hielt. Die registrierte sofort, dass das ein Markenprodukt und somit teuer war. Für einen Moment schien es Ines Hübner sogar, dass sie aufmerksam und bei der Sache war.

»Grundsteuer?«

»Mitnutzeranteil!«, war die prompte Antwort von Babette Brözel. Wenn eine schon *Babette Brözel* hieß …

»Nein«, korrigierte sie Ines Hübner nicht wirklich enttäuscht, »die Grundsteuer wird bei der Betriebskostenabrechnung *direkt nutzerbezogen* berechnet.« Die Grundsteuer und deren Berechnung schien die junge Frau nicht wirklich zu interessieren.

»Und was ist mit der Wartung der Rolltore?«

Die Kosten für die Wartung der Rolltore wurden anhand der Anzahl der Stellplätze ermittelt. Mal schauen, ob Babette Brözel darauf kam …

Ines Hübner war froh, als sie sich zu einem Außerhaus-Termin aus dem Büro davonstehlen konnte. Sollten die anderen sich mit Fräulein Brözel amüsieren, die inzwischen gelangweilt und kaugummikauend Belege für die Steuer einscannte. Sie würde nochmals mit Don Brözel reden müssen, dass seine geschätzte Enkelin mit ihren herausragenden Qualitäten vielleicht doch besser anderswo reüssieren könnte. Für heute sollten die Möwen Babette Brözel anstarren, so viel sie wollten.

VI

Es raschelt im Gebüsch

Prof. Geiger war noch mit Lüften beschäftigt, als es an der Haustür klingelte: Die Immobilienmaklerin, die ihr die schöne Mietwohnung direkt am Frankenteich vermittelt hatte, meldete sich mit freundlicher, aber bestimmter Stimme über die Freisprechanlage. Sie hatte sich angesagt, um nach den ersten Eingewöhnungsmonaten noch einmal zu schauen, ob alles zu ihrer Zufriedenheit sei. So einen Service hatte Prof. Geiger noch nie erlebt. Prof. Geiger war mit ihrer neuen Wohnung zufrieden. Sogar mehr als das. Eigentlich hatte sich alles perfekt eingefunden. Sie verließ sich bei Wohnungen ganz auf ihre Intuition. Wenn sie nach dem ersten Rundgang wusste, wo welches Möbelstück zu stehen hatte, fand sich alles Weitere. Sie war immer gerne Mieterin gewesen: Eigentum verpflichtete: um was man sich da nicht alles kümmern musste … Wozu sich unnötig damit belasten? Als Eigentümer konnte man nicht beim Vermieter oder der Hausverwaltung anrufen, wenn was nicht funktionierte, da musste man dann selber laufen und machen und tun. Wollte sie nicht, musste sie nicht haben. Um solche Dinge sollten sich andere kümmern. Dafür war das Leben zu kurz, hatte sie für sich beschlossen. Und außerdem: Wenn es ihr in einer Bleibe nicht mehr gefiel, konnte sie sich unkompliziert nach etwas Neuem umschauen. Manchmal reichte dafür ja schon ein neuer Nachbar mit merkwürdigen Angewohnheiten. Mit Eigentum an den Hacken war das nicht so einfach. Es hieß ja nicht umsonst *»Immobilie«*. Und überhaupt: Veränderung war das halbe Leben! Nicht, dass sie womöglich unstet war, immerhin hatte sie Stralsund all die Jahre über die Treue gehalten. Aber machte es nicht Spaß, sich ab und an neu einzurichten, sich zu häuten und zu entschlacken?

Apropos: In ihrem Bauch ging es immer noch herum wie junge Hunde. Der Sauerkrauteintopf, den sie vorhin nach draußen auf die kühle Terrasse getragen und gut geschützt unter der Bank deponiert hatte, war köstlich gewesen und würde aufgewärmt bestimmt noch besser schmecken. Dreimal umziehen sei so wie einmal abbrennen, hatte ihre Mutter immer gesagt. Das war so einer ihrer Sprüche gewesen, an denen tatsächlich etwas dran war. Trotz ihrer umfangreichen Bibliothek und einiger schöner Antiquitäten reiste Prof. Geiger mit leichtem Gepäck durchs Leben. Das war ohnehin ebenfalls zu kurz, um mobile Altlasten mitzuschleppen. Man musste offen für Neues bleiben. Und wie sollte das gehen, wenn man sich über Gebühr buchstäblich mit Vergangenem belastete? Das predigte sie auch ihren Damen vom »Ex-und-Hopp-Stammtisch« immer wieder aufs Neue, wenn die anfingen zu jammern und in nostalgische Schwärmereien verfielen. Sie jedenfalls lebte allein und das war gut so. Sie war Herrn Prof. Geiger nicht einmal mehr gram. Sie hatte das Beste von ihm behalten: seinen Namen. Ihr eigener Geburtsname war Czacharowski: angeblich alter polnischer Adel, wobei der Adel aber irgendwann *verlorengegangen* war. Und sein Geld. Der Professorentitel war dagegen von ihr selbst erworben. Professorin für deutschsprachige Literatur im Ruhestand: herrlich! Konnte es etwas Schöneres auf der Welt geben? Sie konnte tun und lassen, was sie wollte. Und es zerrten weder missratene Kinder noch anstrengende Enkel, um die sie sich kümmern musste, an ihren Nerven. Es verhielt sich ja nicht so, dass sie nicht dankbar war. Dankbarkeit war ebenfalls wichtig.

Hoffentlich bekam die Maklerin nichts mit von den Kaskaden in ihrem Gedärm. Beinahe hätte sie den Termin über einem Rundfunk-Feature über Max Frisch und seine Bedeutung für die aktuelle deutsche Literatur verdüst. Aber ihre Wohnung hielt sie stets so präsentabel, dass jederzeit unangemeldet Besucher hereinplatzen konnten, ohne peinlich berührt zu sein. Ines Hübner wollte doch mal schauen, ob ihre Lieblingswohnung bereits wieder sturmreif war. Beziehungsweise, warum dies eben nicht der Fall war. Sie wartete schon seit Wochen auf den Anruf einer empörten *Frau Professor Geiger*. So eine kultivierte Frau, die war doch eigentlich wie geschaffen für diese spezielle Wohnung. Das hatte doch gepasst wie Topf und Deckel. Mit der *Lieblingswohnung* von Ines Hübner hatte es nämlich eine *Bewandtnis*. Vom Prinzip her war es die perfekte Wohnung für kultivierte Damen wie Prof. Geiger. Solche, wie sie es regelmäßig und in steigender Zahl nach Stralsund verschlug: Backstein, 30er-Jahre, ebenerdig, Parkett nebst original erhaltenen Einbauten. Ruhige Lage direkt am Frankenteich, nette Nachbarn, Gartenanteil mit Teichblick.

Nur: Der Teichblick hatte es in sich. Was Ines Hübner gewiss nie ansprach und auch die Besichtigungstermine stets so legte, dass es dort nichts zu sehen gab, war der Umstand, dass in den Gebüschen, die in Richtung Teich direkt an den Garten angrenzten, sich traditionell ein Stralsunder Treffpunkt für – nun ja – erotische Outdoor-Aktivitäten der verschiedensten Art befand, wie man es wohl neudeutsch benannte. Die Einheimischen wussten und ignorierten das natürlich. Aber für Zugezogene mochte es doch eine überraschende Erkenntnis darstellen, wenn sich ihnen erschloss, warum da in gar nicht mal so vielen Metern Entfernung immer mal wieder ein nackter Hintern oder etwas in der Art im Gebüsch aufblitzte. Besonders kultivierte Damen nahmen darob für gewöhnlich ganz schnell hochnotpeinlich berührt wieder Abstand von ihrer vermeintlichen Traumwohnung. Ines Hübner hatte zumeist bereits adäquaten Ersatz in der Hinterhand, kassierte erneut eine Provision und ließ das Spiel von Neuem beginnen. Der Eigentümer der Wohnung lebte in der Schweiz und war vor allem erfreut über den stetig steigenden Mietzins, den Ines Hübner bei den meisten Neuvermietungen aushandeln konnte. Eine der Damen hatte sogar eine sehr schöne und kaum gebrauchte Küche im Landhausstil dagelassen. Einfach so und ohne Berechnung. Der hatte es buchstäblich die Sprache verschlagen.

Prof. Geiger war ihr trotz ihres bisweilen betulichen Gehabes und des Gehstocks, den sie stets bei sich trug, weder senil noch sehschwach noch sonst wie schwer von Kapee erschienen. Im Gegenteil. Vielleicht musste sie ihr nur ein wenig auf die Sprünge helfen. Man sah eben nur das, was man wusste. Aber wie es anstellen? Mit solcherlei Gedanken war sie noch beschäftigt, da saß sie bereits bei einer Tasse feinsten englischen Tees aus feinstem Berliner Porzellan auf der Biedermeier-Sitzgruppe von Frau Prof. Geiger. Kritisch beäugt von einem Portrait eines der Vorfahren der Mieterin: »Oh, das ist Kasimir von Czacharowski, alter polnischer Adel. Der Maler ist ein unbekannter Meister des 18. Jahrhunderts.« Ines Hübner zeigte sich pflichtschuldigst angetan von dem alten Ölschinken. »Das ›von‹ ist uns späterhin abhandengekommen«, schränkte Professor Geiger bedauernd ein. Ines Hübner war in der Tat beeindruckt. Dabei war das einzig Wertvolle an dem Gemälde dessen teurer antiker echtvergoldeter Rahmen. Der Flohmarktfund hatte auf alle Fälle über die Jahre hinweg gute Dienste geleistet.

»Ein Praliné?« Professor Geiger wies auf das zierliche Biedermeier-Beistelltischchen, das neben dem Sofa stand. Ein leichtes Hüngerchen bemächtigte sich der Maklerin, die zum Frühstück das letzte Mal etwas gegessen hatte. Vorsichtig fasste sie den goldenen Knauf der weißen Porzellandose und hob den Deckel an, um ein Praliné auszuwählen. Dabei fiel ihr Blick auf das vierteljährliche Mitglieder-Journal des Mieterbundes, das wie extra für sie drapiert daneben lag. Beide Damen lächelten über diesen Umstand hinweg.

Ines Hübner versuchte vorsichtig, im Gespräch etwaige Unzufriedenheiten der Mieterin herauszufinden. Prof. Geiger ihrerseits wollte die Plauderei nutzen, um zu eruieren, weshalb die Maklerin sie überhaupt und tatsächlich zu diesem Gespräch aufgesucht hatte. Das machte so eine vielbeschäftigte Frau doch nicht ohne Eigennutz. Oder sollte sie sich was schämen, bei allem und jedem stets gleich Hintergedanken zu unterstellen? Was, wenn sie einfach nur nett sein wollte? Unwahrscheinlich. Nett waren vielleicht die Brötchenverkäuferinnen am Morgen. Gut, vielleicht nun nicht unbedingt die in Stralsund. Friseusen waren nett! Friseurinnen? Oder wie sollte man/frau die heutzutage korrekt nennen? Sie kam vom Thema ab und hatte die Immobilienvertreterin reden lassen, ohne ihr weiter zuzuhören. Egal. War es ihre jahrzehntelange Lektüre von Kriminalromanen aller Art – ein Ausgleich neben der hohen Literatur musste schließlich erlaubt sein, immer nur feiner Braten schmeckte schließlich auch nicht –, die sie bei allem und jedem gleich das Übelste im Menschen vermuten ließ? War sie inzwischen gar zur Misanthropin mutiert? Sie rief sich zur Ordnung und musterte ihr Gegenüber beiläufig, während sie weiterhin Belanglosigkeiten zum Leben und Wohnen in Stralsund im Allgemeinen und rund um den Frankenteich mit den ganzen zähen Straßenbaumaßnahmen im Besonderen austauschten: Was sie sah, war eine mittelalte, komplett unauffällige Frau. In grau, anthrazit und schwarz gekleidet. In der Körpermitte etwas füllig, was sie aber geschickt kaschierte. Keine billige, aber auch keine übertrieben teure Garderobe. Nichtssagendes Durchschnittsgesicht, dezent geschminkt. Wusste sich zu benehmen, nicht unkultiviert. Wenn die aus der Tür war, hatte sie ihr Gesicht bestimmt gleich wieder vergessen. Deren Gesicht musste man sich schon ganz bewusst merken wollen. Eigentlich ideal für ihren Beruf: Wer mochte sich schon die Gesichter dienstbarer Geister merken? Interessant waren die Helden. Da brauchte man nur mal bei Fontane zu schauen: *Effi Briest* war interessant. Oder der *Schach von Wuthenow*. Aber die Bediensteten rundherum? Eben. Das Einzige, was an der Frau auffällig war, war der schwere goldene Montblanc-Füllfederhalter, den sie aus der Handtasche gekramt hatte, um damit leicht nervös zwischen den Fingern zu spielen. Worauf sollte das hinauslaufen? Die wollte doch etwas. Aber was?

»Noch ein bisschen Tee?«, fragte Prof. Geiger höflich.

»Ja bitte. Aber nur noch ein klein wenig. Ich muss dann auch gleich weiter. Wirklich sehr aromatisch. *Assam Bari*?«

Frau Professor nickte anerkennend. Die Dame schien durchaus Kultur zu besitzen. Sie nippten an ihren Teetassen und machten noch etwas weiter mit Konversation. Wenn da noch was kommen sollte, dann bald. Prof. Geiger wurde allmählich ungeduldig. Sie folgte dem Blick der Maklerin, der sich schon eine ganze Weile am Teleskop-Fernrohr, das neben dem Fernsehsessel vor dem großen Wohnzimmerfenster aufgestellt war, festgehakt hatte. Ines Hübner registrierte dies und war erleichtert. Endlich hatte sie einen Ansatzpunkt gefunden, ehe ihr Vorrat an Belanglosigkeiten gänzlich erschöpft war.

»Sie beobachten die Sterne?«

Prof. Geiger gab sich irritiert: »Ich? Sterne? Nein. Wieso? Ach, das Fernrohr! Vögel, meine Gute. Vögel. Ich liebe Vögel, müssen sie wissen. Neben der Liebe zur Literatur ist die Ornithologie eines meiner Steckenpferde!«

Ines zog unwillkürlich eine Augenbraue nach oben, als die Wohnungsmieterin sich erhob und mit ausdrucksstarker Stimme auswendig zu rezitieren anhob:

»Des Frühlings erste Spitzen
Umsäumen Baum und Strauch,
Im Blau die Wolken blitzen,
Die Ströme blitzen auch;
Ein Keimen allenthalben,
In jedem Mauerriss,
Und kommen nicht heute die Schwalben,
So kommen sie morgen gewiss.«

Prof. Geiger deklamierte sich in Rage. Zwecklos, hier eingreifen zu wollen, dachte Ines Hübner bei sich.

»Und Frühling kam und Friede
Auch über den Schleswig-Strand,
Wo donnernd die Feuerschmiede
Am Düppeltage stand;
Und wo bei Blitz und Wolke
Erzitterte der Grund,
Ziehn Möwen in flatterndem Volke
Hin über den Alsen-Sund.«

Gott, *Möwen* auch noch. Ines Hübner bemühte sich weiterhin um eine interessierte und höfliche Miene.

»Ein Friede über den Wellen
Und Friede in Feld und Flur;
Unter all den stillen Stellen
Ist eine stillere nur:
Bei Sturmmarsch-Trommeln und -Blasen
Mussten sie schlafen ein,
Nun grünt der erste Rasen
Über ihren Stein.«

Der Rasen grünt. Wie schön ... Ines nickte. Hoffentlich hatte das hier bald ein Ende. Entschieden zu viel der Kultiviertheit ...

»Ruht sanft, in eurem Grabe
Sei euch die Erde leicht!
Des Lebens beste Habe
Hat euch der Tod gereicht:
Um Sieg und Himmel werben,
So war es euch beschert,
Ihr musstet frühe sterben,
Doch war es Sterbens wert.«

Prof. Geiger verneigte sich abschließend andeutungsweise in ihre Richtung. Ines war sich nicht sicher: Wurde jetzt von ihr erwartet zu applaudieren? War ein »*Bravo*!« die angemessenere Reaktion auf diese unvermutete Darbietung? Sie entschied sich stattdessen für ein zurückhaltendes, unverfängliches »Sehr schön.«

»Na, von wem ist das?«

Ines hatte keinen Schimmer. Prof. Geiger ließ sie schmoren.

»Goethe?«

Prof. Geiger schüttelte den Kopf.

»Schiller?«

Wieder Kopfschütteln. Ines Hübner kam sich vor wie eine Schülerin. Was Lyrik anbetraf, war sie am Ende ihrer Kenntnisse angelangt. Frau Professor erlöste sie, bevor es endgültig peinlich wurde: »Fontane. Fontane selbstverständlich, meine Liebe. Großartig, nicht wahr?«

Dass Fontane auch Gedichte geschrieben hatte, war Ines neu. Sie kannte nur dessen Effi Briest aus der Schule. Und hatte das Buch einfach nur langweilig gefunden. Sie hatte nicht einmal verstanden, was das Ganze überhaupt sollte. Und warum sich die Leute damals das Leben selber so schwer gemacht hatten. Und was ihr das jetzt in ihrem Leben sagen sollte, schon gar nicht.

»Dieses wunderbare Frühlingsgedicht trägt den Titel *Am Jahrestag von Düppel.*«

Aha.

»Düppel sagt Ihnen etwas, ja?«

Nein, tat es nicht. Musste es? Sollte es?

»*Düppel*«, begann Frau Prof. Geiger zu dozieren, »*Düppel* ist ein Ort in Südjütland. Also in Dänemark.« Das mit Dänemark hätte Ines Hübner sogar gewusst. Wegen Jütland. »Und in *Düppel* befand sich eine dänische Wehranlage, die sogenannten *Düppeler Schanzen.*«

Aha.

»Und an den *Düppeler Schanzen* entschied sich der deutsch-dänische Krieg.«

Du liebe Güte, Deutschland und Dänemark hatten Krieg miteinander geführt? Wann das denn? Prof. Geiger deutete den fragenden Gesichtsausdruck der Maklerin richtig, sie war nun ganz in ihrem Element: »Nach mehrwöchiger Belagerung wurden die zehn Schanzen am 18. April 1864 von den Preußen unter Prinz Friedrich Karl erstürmt.«

Ines Hübner versuchte zu rekonstruieren, was jetzt Prinz Friedrich Karl von Preußen mit *Düppel* und *Düppel* mit dem Gedicht zu tun hatte und wie sie überhaupt darauf gekommen waren. Es gelang ihr nicht wirklich. Prof. Geiger hingegen hatte den größeren Zusammenhang unverändert im Blick und dozierte munter weiter: »Im Herzogtum Schleswig sicherten die Schanzen den Übergang über den Alsensund nach Sonderburg auf der strategisch wichtigen Insel Alsen. Dass die preußische Armee den Sturmangriff wagen würde, hielt die dänische Seite für ausgeschlossen. Da er gelang, hat sich in Deutschland die Bezeichnung *Erstürmung der Düppeler Schanzen* etabliert, während in Dänemark …«

Was war das heute nur wieder für ein Tag! Dabei hatte er so idyllisch und vielversprechend mit einem prächtigen Schwan im Herbstnebel auf dem Knieperteich begonnen … Erst waren ihr Cindy Bigalke und Janina Kiekbusch begegnet. Die waren eine stete Pest und überhaupt an allem schuld. Und dann Babette Brözel, die mit sechzehn bereits aussah wie Madonna mit sechsundfünfzig und dabei dumm wie Brot war. Und jetzt das hier! Womit hatte sie das nur verdient!? Ines Hübner bekam Kopfschmerzen und musste dringend mal auf Toilette. Der viele Tee. Ob sie Prof. Geiger unterbrechen durfte, konnte?

Keine Chance: »… Die dänischen Truppen erlitten eine schwere Niederlage gegen die zahlenmäßig weit überlegenen preußischen Truppen. Die dänische Hauptstreitmacht musste sich auf die Insel Alsen zurückziehen und konnte nicht mehr in die Kämpfe um Jütland eingreifen. Damit war die Entscheidung zugunsten der verbündeten Preußen und Österreicher gefallen, auch wenn der Krieg noch einige Monate fortgesetzt wurde.«

Diese Frau wusste offenbar alles über die *Düppeler Schanzen* und den deutsch-dänischen Krieg. Und sie war nicht zu stoppen. Ines Hübner rutschte unruhig hin und her. Hoffentlich kam die Alte bald zu einem Ende, sonst gab es noch ein Malheur auf dem Biedermeiersofa.

»Im Frieden von Wien musste Dänemark das Herzogtum Schleswig, das Herzogtum Holstein und das Herzogtum Sachsen-Lauenburg an Preußen und Österreich abtreten …«

»Entschuldigen Sie, Frau Professor, dürfte ich kurz ihre Toilette benutzen?«, unterbrach Ines Hübner in höchster Not und bereits im Aufstehen deren Redefluss.

»Aber bitte, gerne doch. Im Flur die zweite Tür auf der rechten Seite. Aber Sie kennen ja den Grundriss, nicht wahr?«

Erleichtert besah sich Ines Hübner im Spiegel. Gegen diese Frau war kein Kraut gewachsen … So ein ebenso geschmackvoll wie praktisch eingerichtetes und reinliches Bad hatte die Maklerin lange nicht zu Gesicht bekommen. Sie konnte nicht widerstehen und musste an der Handcreme schnuppern, die auf der Ablage vor dem großen goldgerahmten Spiegel über dem Waschbecken lag ... Daher also der feine Duft, der die gute Frau beständig umwehte. Irgendein französisches Produkt. Französische Namen konnte sie sich immer so schlecht merken. Das hatte sie wieder vergessen, bis sie was zum Schreiben aus ihrer Mappe herausgekramt hatte. Das war weg aus ihrem Kopf, bevor sie wieder im Wohnzimmer war. Mist.

»Wussten Sie, dass Fontane 1864 nach Kopenhagen gereist ist, wo er über den deutsch-dänischen Krieg schrieb?« Nein, wusste Ines Hübner nicht. Und sie würde auch standhaft bleiben und sich garantiert nicht wieder setzen, sonst kam sie hier noch in Stunden nicht wieder raus. Und sie musste hier raus und an die frische Luft, schon wegen der Kopfschmerzen. Andererseits: Jetzt sich nur keine Blöße geben und womöglich zu flehentlich dreinschauen, das konnte als Schwäche ausgelegt werden.

Frau Prof. Geiger schien ein Einsehen mit ihr zu haben: »Ja, Fontane in Kopenhagen. Da gäbe es noch viel mehr zu erzählen. Sie müssen wissen, Fontane ist mein Steckenpferd. Ein eminent kluger Mann. Und ein formidabler Chronist seiner Zeit! ... Ach ja, das Gedicht, *Am Jahrestag von Düppel*. Der Frühling, ...«

Ines Hübner hatte mehr etwas von Gräbern, Tod und Ruhe sanft in Erinnerung, wollte der Dame jedoch unter keinen Umständen die Gelegenheit zu einem erneuten Exkurs geben.

»… die Vögel. Wegen denen waren wir drauf gekommen, nicht wahr?«

Ines Hübner erinnerte sich dunkel an Möwen.

»Vögel, die Ornithologie und Fontane als verbindendes Element meiner beiden Leidenschaften. Vögel sind wunderbar, finden Sie nicht? Wie sie einen teilhaben lassen an ihrem frohen Leben! Sie sind so vielfältig und stets gibt es etwas Neues zu entdecken. Eine wahre Wonne!«

Draußen senkte sich bereits vernehmlich die Sonne. Prof. Geiger schaltete die Stehlampe neben dem großen Bücherschrank aus und hantierte mit geübten Griffen an ihrem Teleskopfernrohr, das auf seinem stabilen Dreibein einen professionellen Eindruck machte. »Mal schauen, wen wir da gerade haben. Das ist jetzt genau die richtige Zeit.« Prof. Geiger justierte und drehte an Stellschrauben. »Oh ja«, entfuhr es ihr verzückt, »was für ein schönes Exemplar! Ein Männchen! Und da, noch eines! Als ob man sie mit Händen greifen könnte! Wollen Sie auch einmal einen Blick riskieren?« Ines Hübner riskierte: OH, MEIN GOTT!

Sie war bereits aus der Haustür hinaus und ein gutes Stück in Richtung Altstadt marschiert, da stand ihr dieses Bild aus der allzu menschlichen *Vogelwelt* noch immer vor Augen und ließ sich partout nicht verscheuchen. Wahrscheinlich hatte es sich ihr für alle Zeit auf der Netzhaut eingebrannt. Du liebes bisschen, was es nicht alles gab!

Das mit der überaus einträglichen Lieblingswohnung konnte sie jedenfalls vergessen. Gegen diese Frau Prof. Geiger kam sie nicht an. Dieses durchtriebene Rabenaas, die hatte sie doch von Anfang an durchschaut und so richtig böse auflaufen lassen. Die hatte Geld, die hatte Geschmack und Kultur und der war – nun ja, offenbar nichts Menschliches fremd … Und sie war im Mieterbund. Der Eigentümer in der Schweiz durfte sich wahrscheinlich zur Abwechslung mal auf ein langjähriges stabiles Mietverhältnis freuen. Wenigstens war die Geiger keine, die einem ständig mit irgendwelchen Sperenzien in den Ohren lag, die war sich selbst genug und würde nicht alle rund um sie herum beschäftigen, nur um nicht an Langeweile einzugehen. Das würde sich dann dereinst *biologisch regeln*, wie Ines es für sich nannte. Das Einzige, was bei Prof. Geiger auf ein Gebrechen hindeutete, war deren eleganter Gehstock mit fein ausgearbeitetem Silbergriff, zu dem sie gegriffen hatte, als sie die Maklerin zur Wohnungstür geleitete. Aber der schien auch mehr Accessoire denn medizinisches Hilfsmittel. Und dass die Gute irgendwann auf der Treppe das Straucheln bekam, war in einer Erdgeschoss-Wohnung ohne Keller auch eher unwahrscheinlich.

VII

Fundstücke

Prof. Geiger war mit sich zufrieden und lüftete abermals ihre Wohnung, während Ines Hübner auf ihrem Weg zurück in ihr Büro auf der Kronlastadie, wo um 17 Uhr eine Wohnungseigentümer-Versammlung terminiert war, auf dem Weidendamm einem weiteren ihrer Sargnägel in die Arme lief: Patricia Prüssel-Prehn. Ausweichen zwecklos. Die Prüssel-Prehn hatte sie erkannt und steuerte direkt auf sie zu. Eine fürchterliche Wessi-Tussi, so wessi-wessi, mehr wessi-wessi ging nicht. Patricia Prüssel-Prehn bezeichnete sich als »Schamanin«. Was immer auch eine *Schamanin* sein mochte und wie immer frau zu einer solchen geworden war, Ines Hübner hatte es nicht wissen wollen. Sie war nur heilfroh gewesen, als diese Dame, die stets kakelbunte Vogelfedern in ihr ergrautes Haupthaar geflochten trug und mit großen Augen im Beschwörungston sprach, die von ihr vermittelte Praxis bezogen und endlich Ruhe gegeben hatte. Als sie schließlich die Miete wegen irgendwelcher von ihr höchstpersönlich ausgependelten, angeblich störenden oder gar gesundheitsgefährdenden Wasseradern mindern wollte, hatte sie ihr abschließend empfohlen, vielleicht doch erst einmal die Möbel umzustellen. Ines Hübner hatte es für sich dabei bewenden lassen, dass eine Schamanin so etwas wie eine Heilpraktikerin war. Das war zwar auch nicht ihre Welt, aber bitteschön, wer's brauchte. Und solange sie ihre Miete bezahlte …

»Naturpädagogische Visions- und Identitätssuche für Frauen nach Packebusch«, »Initiatorische Heilarbeit/Aurasuche nach Brüsehaber« sowie »Ritualisierte Sinnfindung nach Wachtel-Schmock« konnte man bei Frau Prüssel-Prehn gegen teures Geld buchen. Aber dann doch besser »Schamanisch inspirierte Heilmassagen« und »Gewaltfreie geschlechtsneutrale Kommunikation« für gaaanz besondere Leute. Wie zum Beispiel osteuropäische Zwangsprostituierte und deren Zuhälter, hatte Ines Hübner für sich befunden. Obwohl: Das waren dann zumeist diese gaaanz besonders *achtsamen* Zeitgenossen, die jeden Türgriff mit einem *achtsamen* Streicheln bedachten. Also die Esoteriker jetzt, nicht die Zuhälter. Raubten einem den letzten Nerv mit ihren Befindlichkeiten. Solche Leute machten sie aggressiv. Die kamen gleich nach den Hiddensee-Fahrern. Obwohl: Die Schnittmenge zwischen beiden Gruppen war bestimmt nicht unbeträchtlich. Alle per se und oftmals bereits in zweiter oder gar dritter Generation gaaanz besonders, besonders sensibel und daher mit gaaanz besonderen Ansprüchen. Also, nicht jetzt etwa an sich selber, mehr so an das Leben im Allgemeinen und an irgendwelche dienstbaren Geister im Speziellen. Wie hatte einer ihrer ersten Eigentümer aus dem Westen noch gesagt? »Wenn kein Krieg kommt, können wir uns alles leisten.« Und nach der Maxime wurde in diesem Land seit Jahr und Tag verfahren. Was vielleicht manches erklärte. Beispielsweise Patricia Prüssel-Prehn, die dreißig Jahre nach der Wende in Stralsund Visionen, Sinn und Aura für Frauen verkaufte und gerade offenbar heftig erregt und in irgendeiner Notlage befindlich auf Ines Hübner zuhielt. Die Maklerin hatte einmal einen der Prospekte, die ihr die Schamanin stets aufs Neue aufnötigen wollte und die sie in ihrem Immobilienbüro auslegen sollte – den Teufel würde sie tun – durchgeblättert: Die Klient*innen der Schamanin sollten der jeweils für sie im Leben vorbestimmten Vision/Aura angesichtig werden, indem sie von ihrer spirituellen Führerin, also von Patricia Prüssel-Prehn, für ein langes Wochenende irgendwo in der vorpommerschen Pampa ausgesetzt und dann wieder eingesammelt wurden. Das machte Sinn. Da draußen war es des Nachts für gewöhnlich so was von finster, da sah man im Grunde gar nichts. Nach einer gewissen Zeit kamen da die Visionen bestimmt von selbst. Ines selbst hatte auf dem Lande ja einmal sogar ein Ufo gesichtet. Das war zu Schulzeiten im Zeltlager in Pruchten gewesen. Mochte auch am Obstwein, den sie heimlich organisiert hatten, gelegen haben.

Jedenfalls: Patricia Prüssel-Prehn hatte endlich ein Opfer erspäht, dem sie ihr Elend klagen konnte. Ines Hübner staunte nicht schlecht, worum es ging: Die Schamanin war auf der Flucht. Auf der Flucht vor den Reinigungskräften, die offenbar dem wöchentlichen Turnus gemäß gerade dabei waren, ihre Praxis und ihre Wohnung nebenan zu putzen. »Das geht nicht! Ich ertrage das nicht, wenn bei mir geputzt wird! Dann muss ich einfach nur raus und weg. Da bin ich sensibel.«

Ines verstand die Aufregung der vom Schamanismus inspirierten Naturheilerin nicht: »Aber ist es nicht schön, dass Sie doch noch eine passende Firma gefunden haben, die bei Ihnen saubermacht?« Ines Hübner konnte nur hoffen, dass es sich dabei nicht um die Firma *Stubenrein* handelte und während sie hier miteinander sprachen, die Damen Kiekbusch und Bigalke im Reich der Schamanin Prüssel-Prehn ihr Unwesen trieben. Nein, glücklicherweise nicht. Sie war bei der *Objektbetreuung Haß und Söhne* (»Hass – und das Putzen macht Spass«) gelandet. Der Name war zwar mitunter Programm, das fiel aber alles noch unter pommersche Mentalität, mit der man sich – zumal als Zugezogene – mit etwas gutem Willen arrangieren konnte. Ines Hübner konnte sich die Verstörtheit ihres Gegenübers nur mit dessen besonderer Sensibilität erklären: Wahrscheinlich bereitete es ihr Unbehagen, wenn andere – wie dereinst die Dienstboten auf den ostelbischen Junkergütern – ihre lästigen Aufgaben und Pflichten übernahmen. Wahrscheinlich ging ihr das zu nahe und sie mochte nicht müßig zugegen sein, wenn die Leute bei ihr putzten. Ja, so etwas in der Art musste es sein. Fast wurde ihr die Dame gerade ein wenig sympathisch.

Aber nein. »Ich ertrage die Lautstärke nicht, mit der diese Trampel ihre Arbeit verrichten. Können die denn nichts leise machen und ein wenig Rücksicht nehmen? Sie klappern mit ihren Utensilien, knallen mit den Türen und sind in einem fort sich laut am Unterhalten bei der Arbeit. Schrecklich! Und über was die sich erst unterhalten! So niveaulos ... Wie soll ich dabei meditieren? Aber ich bin machtlos: Was soll ich nur dagegen tun?«, flehte Frau Prüssel-Prehn Ines Hübner an. Die hatte eine Vision und die Antwort lag ihr auf der Zunge: *selber putzen*!? *Ganz meditativ und der eigenen Vorbestimmung gemäß vielleicht!?* Diese Anmerkung verkniff sie sich aber tunlichst. Auch Schamaninnen waren Multiplikatorinnen, im Guten wie im Bösen.

Was blieb Ines anderes, als die Heilerin zu bedauern: »Ach, Sie Arme, Sie tun mir leid« Und ihr einen guten Tipp zu geben: »Haben Sie es schon einmal mit Firma *Stubenrein* versucht? Die sollen gut sein, habe ich gerade wieder gehört.«

»Ach, tatsächlich?«

»Ja, tatsächlich.«

»Firma *Stubenrein* sagten Sie?«

»Ja.«

»Ach, wie hübsch!« Patricia Prüssel-Prehn redete fast noch den ganzen Weg bis zur Kronlastadie auf ihr Opfer ein. Ines Hübner ließ sie gewähren. Es kam heute wahrlich nicht mehr darauf an.

Währenddessen trollte sich Team 5 des Reinigungsunternehmens Stubenrein nach einem von ausreichend langen Erholungspausen durchsetzten Arbeitstag in der Sarnowstraße durch die Wohnung von Elfriede Randhahn. Janina Kiekbusch und Cindy Bigalke liebten die Wohnung von Elfriede Randhahn: Hier gab es immer etwas zu entdecken. Es war ein bisschen wie Weihnachten. Was auch daran lag, dass Elfriede Randhahn ihr Leben als eine Art fortwährendes Weihnachten begriff. Schließlich hatte sie *als Leistungsträgerin der Gesellschaft* einen Anspruch darauf, für ihre Mühen und Entbehrungen entsprechend entschädigt zu werden.

Bei Elfriede Randhahn konnte es von allem nie genug sein. *Opulent* musste es sein, mindestens. Elfriede Randhahn hatte drei – jeweils wesentlich ältere – Ehegatten überlebt und es nach der Wende mit den ersten Pensionen in Stralsund, mit Ferien- und Monteurswohnungen und schließlich einem kleinen Hotel in der Altstadt zu Wohlstand gebracht. Sie selbst sah sich als *Rubens-Schönheit* mit imposanter Oberweite. Andere meinten, sie sei so lang wie breit. Was beides zutreffen mochte. Ihr kleines Imperium hatte die stets fidele Endsechzigerin rechtzeitig verkauft und frönte nun dem schönen Leben: Wenn sie nicht mit Ingo Feustel, ihrem jugendlichen Freund, irgendwo auf der Welt auf Kreuzfahrt unterwegs war, lebte sie ihr Selbstverständnis als Gallionsfigur des Stralsunder Gesellschaftslebens aus: Ihre Familie stamme schließlich *in weiblicher Linie* ursprünglich aus dem *lebensfrohen Rheinland* und ihre Großmutter, von der sie nicht nur die Figur geerbt habe, sei sogar einmal Karnevalsprinzessin gewesen … Den passenden Rahmen für derlei gesellschaftlichen Ehrgeiz bot ihr die Penthouse-Maisonette-Wohnung in der Sarnowstraße, die neben einer Infrarot-Heimsauna auch einen Ein-Mann-Whirlpool auf der Dachterrasse zu bieten hatte. Wenn man sich die ärgerlich hohen Bäume an der Sundpromenade wegdachte, hatte man an manchen Tagen sogar einen *Hiddensee-Blick*. Ingo Feustel liebte es, wenn Elfriede Randhahn ihm ein Glas Rotkäppchen-Sekt an den Whirlpool brachte. Gut, er hatte sich im Anschluss mit einer ausgiebigen Fußmassage auf der *nach Individualmaßen exklusiv-VIP-gefertigten* ausladenden Alljahreszeiten-Allwetter-Außensitzlandschaft aus Kunststoffgeflecht bei seiner Gönnerin zu revanchieren. Elfriede Randhahn ihrerseits liebte Fußmassagen, die machten sie immer ganz wuschig.

Unvergessen, wie Cindy Bigalke nach einer Wochend-Party im Hause Randhahn bei ihrer Kollegin angekommen war und triumphierend verkündet hatte: »Rate mal, was ich aus dem Wäschepuff gefischt habe! Kommst du nie drauf!« Mit Triumph in der Stimme hielt sie Janina Kiekbusch das ganz besondere Fundstück entgegen: »Den Vibrator der Gastgeberin! Den hab ich erst mal in *Domestos* getunkt. Wer weiß, wer den schon alles anpepackt hat.«

Darauf hatte die nur ein »Dein Ernst jetzt?« antworten können. Unmöglich, die Frau. Janina Kiekbusch rätselte bis heute, ob das wirklich Cindy Bigalkes Ernst gewesen war, ob sie das Teil tatsächlich mit *Domestos* gereinigt hatte. Aber fragen würde sie nie nicht, dann würde Cindy nur wieder denken, sie sei blöd. War sie aber nicht.

Oben im Bad neben dem marokkanisch inspirierten Schlafgemach mit dem an der Decke verspiegelten französischen Himmelbett mit den durchsichtigen Flattertüchern zum Zuziehen an den Pfeilern klirrte etwas.

»Orrgh, Scheiße, verdammt!«, hörte Cindy Bigalke ihre tollpatschige Kollegin fluchen.

»Was issn nu schon wieder?«, rief sie aus der Küche nach oben hinauf.

»Diese Scheiß-Lampen über diesen Scheiß-Waschtischen! Da is was abgegangen und runtergefallen und nu isses kaputt. Verdammte Scheiße, eh!«

Cindy Bigalke seufzte vernehmlich, ließ von der Küchenreinigung ab und stapfte nach oben ins Bad, um sich die Bescherung, die Janina wieder angerichtet hatte, zu besehen. Im Bad war Janina Kiekbusch mit Handfeger und Schaufel zugange, Glasscherben vom gelb-weiß gefliesten Fußboden aufzufegen.

»Ich kann da jetzt echt nix für. Das olle Scheiß-Ding is einfach so abgegangen, von der Scheiß-Lampe runtergefallen, als ich da am Staubwischen war.«

»Seh ich. Aber was bist du auch blöd und putzt überhaupt da oben was rum? Die Randhahn ist doch kaum größer als 'n Schäferhund und wird nie im Leben nicht auf einen Hocker steigen, um zu gucken, ob oben auf ihren Waschtischen überm Spiegel Staub liegt.«

Janina Kiekbusch war wie gesagt nicht die hellste Kerze auf der Torte, aber in diesem Augenblick konnte man buchstäblich beobachten, wie ihr dieses Licht ebenfalls aufging: »Mensch, du hast recht. Was bin ich doch blöd. Mach mir selber Arbeit, wo keine ist, und handel mir damit noch Ärger ein.« Janina Kiekbusch schlug sich mit hörbarem Klatschen die flache Hand vor den Kopf. Sie war halt mehr ein *körperbetonter* Mensch. Das hatte seinerzeit mal die Grundschullehrerin zu ihrer Mutter gesagt. Cindy Bigalke hielt ihre Teampartnerin für einen *Trampel*. Das durfte sie aber keinesfalls laut sagen, weil Janina immer gleich übel flakte. Schon wieder Ärger war das Letzte, was Team Nummer 5 gebrauchen konnte. Die Woche hatten sie bereits eine Badewannen-Armatur – so ein richtig teures nostalgisches Teil – ruiniert. Bloß, weil Janina Kiekbusch es zuerst wieder mit Gewalt und dann mit Überlegen versucht hatte. Sie konnten nur hoffen und beten, dass das lange genug nicht rauskam. Und dass sie es dann auf den Klempner schieben konnten. Janina Kiekbusch hatte sich keuchend wieder zu voller Größe aufgerichtet und starrte ratlos auf die Schaufel mit den Scherben. Cindy Bigalke wusste Rat: »Jetzt mach das Glasdings von der andern Lampe auch noch ab.«

»Hä?«

»Na, ist doch logisch: Wenn die linke Lampe anders ausschaut als die rechte, dann fällt das doch erst recht auf.«

Die Cindy war so klug. »Aber blendet das dann nicht, wenn die Dinger von den Lampen ab sind?«, gab Janina zu bedenken.

»Wir sagen dann einfach, das war schon so und dass wir von nichts wissen. Wird die Olle schon nicht merken. Kann mir nicht vorstellen, dass die hier Licht anmacht, da sieht die dann bloß ihre Falten und wie alt sie wirklich ist. Nä, das macht die nicht. Die macht hier nur muschebubu, die will das alles gar nicht zu genau sehen. Musst nur aufpassen, dass du die Scherben diesmal auch entsorgst und nicht wieder liegenlässt wie damals dieses kaputte Teil aus Meißner Porzellan, du Schöpps.«

»Ey, was kann ich dafür, dass …«

Gleich platzte Cindy Bigalke der Kragen, die Figurengruppe *»Schäferstündchen mit Spaniel«*, die Janina mit ihrem dicken Hintern beim Staubsaugen von so einem albernen wackeligen antiken Beistelltischchen geschoben hatte, hatte ihnen damals den Job bei *»Blitzeblank mit Frank«* gekostet. Da hatte alles Rausreden nichts genützt, weil Janina die zusammengefegten Trümmer vom *»Schäferstündchen mit Spaniel«* doch tatsächlich in den Mülleimer unter der Spüle in der Küche gekippt und dort *vergessen* hatte. Allein der Ärger mit der Versicherung! Ein Aufstand wegen so einem Scheiß. Also echt. Man konnte das alles auch übertreiben. Aber der *Blitzeblank-Frank* war eh nicht sauber gewesen. Bloß gut, dass sie da weg waren. Hatte sie es nicht gesagt: Wenn wer gesucht war, dann Reinigungsfachkräfte. Die fanden immer einen neuen Job.

»Los, komm mal mit runter. Und vergiss Handfeger und Schippe nich. Ich muss dir mal was zeigen, was ich entdeckt habe. Das glaubst du nicht, was diese Leute alles in ihren Geschirrspüler tun.«

Janina verdrehte die Augen und folgte schicksalsergeben: Cindy und ihre Fundstücke.

In der Randhahn'schen Wohnküche mit dem granitbedeckten Trumm von einem Küchenblock war Cindy Bigalke erneut fündig geworden. Sie hielt das »Teil« ihrer Kollegin Janina Kiekbusch direkt unter die Nase: »Haste so was schonma wo gesehen?«

Zögerlich nahm Janina Cindy das »Teil« aus der Hand. »Warum kannste das *Teil* nicht einfach Teil sein lassen und in die Schublade packen und gut is?«

»Du Scherzkeks. Und in welche Schublade bitteschön? Wenn das ein Besteck*teil* ist, gehört es in die Besteckschublade. Wenn das ein Küchen*utensil* ist, gehört es in die Schublade mit den Küchenutensilien. Wenn es ein Sex*spielzeug* ist, gehört es nach oben in die Schublade mit dem Sexspielzeug.«

»Echt, oben gibt es eine extra Schublade für Sexspielzeug?« Cindy Bigalke stöhnte aus innerstem Herzen auf: Janina kriegte es nicht auf die Reihe, wenn sie einen Scherz machte. Obwohl ... Die begutachtete das *Teil* derweil von allen Seiten. Es handelte sich dabei um eine rote, wie ein Sieb durchlöcherte – nunja – Schale. Ungefähr handtellergroß. Daran befestigt eine Art Gestell aus Edelstahl, an dessen Ende ein roter Knubbel aus dem gleichen Kunststoff wie die Schale. »Keinen Schimmer, wozu das gut sein soll, echt jetzt. Sone neue Art Salatbesteck? Nä. Dann müsste es zwei von den Dingern geben. Nudelsieb? Was für kleine Nudeln sollen denn das sein? Nä ...«

Während Janina rumwunderte, hatte sich die blickigere Cindy den Mülleimer vorgenommen. So was ließ ihr keine Ruhe. Und ehe sie nachts nicht schlafen konnte, sah sie lieber im Müll nach. Müll war überhaupt eine ihre Leidenschaften. Der Müll, also das, was Leute wegwarfen und entsorgten, verriet mit am allermeisten über sie. Der Müll war auf aller Fälle ehrlicher als die Leute selber. Müll log nicht. Man musste den Müll nur richtig auswerten. Aber das war ein weites Feld ... »Ha! Sag ich's nicht? Des Rätsels

Lösung, hier hab ich sie.« Triumphierend hielt sie den Rest von der Verpackung des Teils in die Luft.

»Och manno, das ist unfair. Du immer mit deinem ewigen Gewühle im Abfall. Ekelig ist das.«

»Pah. Man muss sich nur nachher gründlich die Hände waschen. Das lernt man schon im Kindergarten.«

»Einen Versuch hab ich noch. … Hmh, warte mal. Also: Und wenn das was ganz anderes ist? So für Männer beim Sport? Die tragen da doch so was zum Schutz. So für, na, du weißt schon. Und das Gestell mit dem Knubbel dran, das ist dann vielleicht zum – naja – zum Befestigen? Aber nee, das kommt nicht hin, das geht nicht. Ich geb's auf.« Janina legte das Teil mit unterdrückter Verachtung im Blick auf die Granitplatte vom Küchenblock. Cindy Bigalke grinste sich eins, da würde die Kiekbusch eh nie im Leben draufkommen, das war viel zu hoch für die. Sie nahm das Teil in die Hand und präsentierte es zwischen Daumen und Zeigefinger geklemmt: »Daaas ist ein *Egg-Poacher*, mit dem macht man pochierte Eier.«

Janina sah Cindy skeptisch an. Was waren jetzt bitteschön *poschierte Eier* wieder für ein Schweinkram? Nicht schon wieder. Das klang nicht gut und sie fragte sich, ob sie wirklich wissen wollte, um was es sich dabei handelte und wofür das gut war. »Hier steht«, Cindy las vor: »Man lässt ein aufgeschlagenes Ei vorsichtig in die schaufelförmig ausgebildete Schale des Egg-Poachers gleiten und setzt diesen dann sanft in einen Topf mit knapp siedendem Wasser, dem man etwas Essig beigegeben hat.«

»Und denn?«, wollte Janina wissen.

»Durch seine spezielle Halterung kann der Egg-Poacher am Topfrand eingehängt werden. Mit Silikongriff zum sicheren Anfassen.« Janina war doch auch erleichtert, dass sich das alles so erklärte. »Komplett mit Wasser bedeckt ist das Ei nach drei bis vier Minu-ten unter Siedetemperatur gar und kann ganz einfach aus der Schale gestürzt werden. Die kleinen Löcher in der Schale sorgen dafür, dass das Kochwasser ablaufen kann.« Aha. »Zum Servieren auf Toast, mit gebratenem Speck oder weiter im Ofen mit Käse überbacken.«

Die beiden Reinigungskräfte sahen sich an und waren sich einig, dass pochierte Eier Quatsch waren. Was für ein Aufstand und Gewese. Das konnte man doch alles schneller und einfacher haben. Spiegeleier zum Beispiel. Gekochte Eier, weich oder hart. Rührei. Das ging auch super mit Käse. Machten die manchmal auch im *Turbo-Backshop* in der Ossenreyer. Musste eben immer was Besonderes sein, in diesen Kreisen. Ging nicht ohne. Also echt jetzt.

Die Randhahn zum Beispiel hatte immer mal wieder eine ihrer Phasen, wenn ihr Leben ihr wieder einmal zu langweilig wurde. Aktuell sammelte sie *Silber*. Überall in der Wohnung, wo noch ein Fitzelchen Platz war, stand neuerdings was Silbernes herum. Erst hatte sie sämtliche Deko-Läden in Stralsund heimgesucht und alles Silberne gerafft, dessen sie habhaft hatte werden können. Glücklicherweise gab es diese Art von Läden in Stralsund nur in überschaubarer Zahl. Dann waren die paar Antiquitätenhändler in der Stadt dran gewesen. Als die auch abgegrast waren, hatte die Randhahn im Internet nach passendem

Silberzeugs Ausschau gehalten: Figürchen, Bilderrahmen, Leuchter, Vasen, Teestövchen … Von einem verlängerten Wochenende in Hamburg mit Ingo Feustel, der ihr bei solchen Touren die Tüten tragen durfte, war sie stolz wie Oskar mit einem fast kompletten antiken Silberbesteck für 24 Personen, mit fast passenden Messerbänken dazu und mit einem gigantischen versilberten Tischaufsatz in Form eines balzenden Papageien heimgekehrt. Cindy Bigalke und Janina Kiekbusch waren ausdrücklich belehrt worden, auf keinen Fall an irgendetwas aus Silber zu gehen: Das wollte die Randhahn höchstpersönlich reinigen. Dafür gab es sogar einen extra Korb mit Putzmittelchen, Bürstchen und speziellen Putzlappen, die sie sich extra aus England hatte kommen lassen. Nun gut, sie hatte in einem Katalog bestellt, der seine Ware aus England bezog. Aber wie dem auch sei: Da leistete sich die Randhahn für teuer Geld Putzfrauen, nur um selber mehr Zeit zu haben, stundenlang mit schwitzigen Fingern in Gummihandschuhen ihr neues Silberzeugs zu scheuern!? War das verrückt!?

Und dann diese Antiquitäten, die diese reichen Leute sammelten: alte Möbel für richtig teuer Geld. Möbel, die man dann meist nicht benutzen durfte. Und irgendwelche hässlichen Porzellanfiguren und anderes Zeug, womit die sich die Wohnung zustellten. Das staubte dann nur voll, weil man es tunlichst ebenfalls nicht benutzte. Und dann und wann fiel es auch runter, weil eine es mit ihrem dicken Hintern vom Tisch schubste …

Aber die Krönung war die Randhahn mit ihren Teppichen. Das war der Flitz, den sie vor dem Silberzeugs gehabt hatte. Teppiche! Die ganze Wohnung hatte sie damit zugepflastert. Aber nicht mit irgendwelchen Teppichen, sondern mit *Designer*-Teppichen, wie sie ihnen erklärt hatte: Das waren irre teure neue Teppiche, die aussahen wie alte gebrauchte. Musste man sich mal vorstellen! Sie sollten da jedenfalls ganz besonders mit aufpassen, dass da nichts rankäme. Cindy hatte trotzdem oder gerade deswegen heimlich mal mit Rohrreiniger getestet. Die Randhahn hatte das bis heute nicht gemerkt. Sah auch tatsächlich so aus, als ob das so sollte und schon immer so gewesen war, *vintage* eben. Vintage war *klasse.*

Cindy Bigalke und Janina Kiekbusch hatten auch diesen Arbeitstag mit einem letzten Kraftakt in der Wohnung von Elfriede Randhahn hinter sich gebracht und beendeten ihn mit einer Feierabend-Zigarette und einem ausführlichen abschließenden Handy-Check in ihrem angerosteten Gefährt vor dem Haus in der Sarnowstraße.

Für Ines Hübner war der Tag noch immer nicht vorbei: Sie quälte sich durch eine feierabendlich anberaumte Wohnungseigentümer-Versammlung im Besprechungsraum ihrer Firma auf der Kronlastadie.

»Kommen wir nun zu TOP 10 der heutigen Tagesordnung: Beschluss zu Beauftragung der Entwicklungspflege beziehungsweise der Anwachspflege der Grünanlagen.« Ines Hübner blickte in die mittlerweile glasigen Augen der versammelten Wohnungseigentümer der neuen Wohnanlage in der Jakobichorstraße, deren Verwaltung sie übernommen hatte. Es war wie immer bei solchen Gemeinschaften: Erst gab man sich jovial, es wurde mehr oder weniger diskret angegeben und sich wichtiggetan. Dann gab es die ersten Reibereien und Animositäten, meist wegen irgendwelcher Kleinigkeiten. Fronten taten sich auf und manchmal bereits während der ersten Versammlung Feindschaften fürs Leben. Hier musste man als Verwalterin aufpassen, sonst handelte man sich gleich zu Beginn unnötige Scherereien und jahrelanges Lavieren zwischen den Parteien ein.

Kamen dann noch Mieter hinzu, wurde es erst recht spannend. Besonders bei einem so hochpreisigen Projekt wie dem in der Jakobichorstraße. Wer sich so eine Mietwohnung leistete, der hatte seine Ansprüche, die bitteschön pronto erfüllt werden sollten. Da störte dann schon mal ein Fleck auf dem Spiegel im Fahrstuhl. Den konnte man nicht eben schnell selber wegwischen. Nein, der wurde mit Handyfoto dokumentiert und der Hausverwaltung verbunden mit einer Beschwerde über den Hausmeister und/oder die beauftragte Reinigungsfirma übermittelt. Ganz großes Drama. Es fühlte sich mitunter an wie Flöhehüten. Oder Kindergarten.

Ines Hübner merkte, wie sich ihre Kopfschmerzen wieder zurückmeldeten. Der Kaffee hatte nur vorübergehend geholfen. Sie durfte jetzt nicht nachlassen, musste die Zügel in der Hand behalten. Das Geheimnis bestand darin, stets vor allen anderen beteiligten Parteien einen Vorsprung zu haben. Weder Eigentümer noch Mieter noch irgendwelche beauftragten Firmen durften auf Augenhöhe gelangen und womöglich die Verwaltung vor sich hertreiben. Sie, Ines Hübner, bestimmte, wo es langging. Eine erprobte Methode gerade zu so fortgeschrittener Stunde war, die Leute buchstäblich zuzuquatschen, bis sie schließlich aufgaben, keinen Streit mehr anfingen und allem einstimmig in dem Vertrauen zustimmten, dass die Hausverwaltung sich schon auskennen würde und alles in ihrem Sinne im Griff hatte und regeln würde. Ganz wie in der großen Politik. Genau an diesem Punkt wollte Ines Hübner sie haben: »Alternativ dazu haben wir ein Angebot der Firma Skrowanek & Skrowanek Gartenlandschaftsbau, Hoch- und Tiefbau GmbH & Co. KG aus Lüssow vorliegen, das für die Entwicklungspflege von September bis August des Folgejahres vorsieht, die Pflanzbeete mit Gehölzen … 8 Wasserungsgänge an Gehölze und auf Pflanzflächen zu gießen … die Dachbegrünung mit jeweils 5 Wasserungsgängen …«

Erstaunlich, wie das doch immer wieder funktionierte. Wie selbst die ganz besonders Besonderen und ganz besonders Wichtigen handzahm wurden, wenn man sie erst nur gehörig mit Informationen zuschüttete, sie verwirrte und überforderte und dann versprach, alles für sie zu regeln. Dann ließen sie einen machen und quatschten nicht mehr dazwischen, zahlten brav ihre Gebühren und waren erleichtert, dass ihnen das alles (»Da sieht ja kein normaler Mensch mehr durch!«) einer abnahm und sie sich bloß nicht mehr kümmern mussten. Stellte man es nur geschickt genug an, konnte man die Dankbarkeit fürs Kümmern wunderbar über Jahre kultivieren. Was sich wiederum auf die eine oder andere Art alsbald in barer Münze und einer gewissen Willfährigkeit der Hausverwaltung gegenüber auszahlte.

So konnte das laufen. Ines Hübner spürte, wie sie diesen langen Tag doch noch zu einem guten Ende bringen konnte. Jetzt nur nicht nachlässig werden. Sie war auf dem richtigen Weg und hatte es in der Hand. Sogar buchstäblich. Das Beste hatte sie sich nämlich für den Schluss aufgehoben. Ihr Schatz befand sich in ihrer Hosentasche. Vorfreude war schließlich die schönste Freude. Schon den halben Tag über hatte sie ihn zwischendurch immer mal wieder unauffällig in die Hand genommen, seiner glatten metallenen Kühle mit ihren dezent manikürten Fingernägeln nachgespürt. Allein die Vorstellung gab ihr schon den gewünschten Kick und ließ sie ihren Kopfschmerz vergessen. Bevor sie nach Hause ging, würde sie nachher eine Tablette nehmen. Wahrscheinlich lag es am Luftdruck, der den Tag über gehörig abgesackt war, weil sich ein Sturmtief über der Ostsee aufbaute. Da war sie in letzter Zeit etwas empfindlich. Und die frische Luft würde auch helfen. Sie würde noch einen kleinen Umweg machen und in der Wasserstraße vorbeischauen.

Ines Hübner tastete erneut nach dem Schlüssel in ihrer Hosentasche. Sie verspürte wieder dieses Kribbeln. Ihr Angestellter, der folgsame Herr Bockendahl, trug der versammelten Gemeinde ebenso erbarmungslos wie wirkungsvoll im Detail weitere Angebote von Gartenbaufirmen zur Entwicklungspflege der Grünanlagen in der Jakobichorstraße vor, während Ines sich in diesem Moment zumindest auch nach all den Jahren zu ihrer Berufswahl nur beglückwünschen konnte. – Sie hatte alles, was sie brauchte: eine erfolgreiche Firma (mit repräsentativem Büro und ordentlichem großen Firmenwagen – der musste hierzulande irgendwie immer noch sein, sonst galt man wenig in der Branche), eine schöne Wohnung in einer herrlichen 30er-Jahre-Villa im Martinsgarten mit spektakulärem Blick auf die Teiche und die Altstadt, zwei Katzen. Die Katzen waren dem natürlichen Gang der Dinge gemäß nicht mehr dieselben wie die, die sie seinerzeit aus Berlin mitgebracht hatte. Die ruhten – wie auch schon ihre Nachfolger – inzwischen auf dem alten St. Jürgen-Friedhof an der Prohner Straße. Ihre lieben Hausgenossen dem Tierarzt zur Entsorgung zu überlassen, so etwas Herzloses kam für Ines Hübner nicht infrage. Da zog sie lieber bei Nacht und Nebel mit Karton und Spaten los und beerdigte sie zusammen mit ihrem Lieblingsspielzeug an einem angemessenen Ort, wo sie ihre letzte Ruhe fanden. Zwischen Elisabeth Büchsel und Ferdinand von Schill. Die Vorstellung, dass dem Husaren Schill, der in Stralsund für die Freiheit gegen Napoleons Truppen gekämpft hatte und in der Fährstraße gefallen war, der Kopf fehlte, hatte Ines schon als Kind fasziniert. Also eher zwischen Elisabeth Büchsel und dem Rumpf von Ferdinand von Schill.

Der 1969 aufgelassene alte St. Jürgen-Friedhof mit seinem pittoresken Verfall war schon immer einer ihrer Lieblingsorte in der Stadt gewesen. Jedenfalls hatten ihre toten Katzen es dort gut. Aber wie kam sie jetzt auf Ferdinand von Schills fehlenden Kopf (Was hatten sie eigentlich mit dem Kopf gemacht und wo war der letztlich abgeblieben? Keine Ahnung. Musste sie morgen mal bei Wikipedia nachschlagen …)? Ach ja, wegen der Katzen. Für das *Privatleben* hatte sie bei Bedarf den folgsamen Herrn Bockendahl. Der konnte auch anders. Aber das ging niemanden etwas an. Da hielt sie sich – wie sonst auch – bedeckt. Die Letzte, die sich darüber mokiert hatte, dass sie außer ihrem *großen Auto* ja *nichts habe im Leben* oder etwas in der Art, war ihre Mutter gewesen. Und die ruhte schon seit einer halben Ewigkeit in ihrem verdienten Urnengrab mit Minimalpflege auf dem Stralsunder Zentralfriedhof, der nicht halb so atmosphärisch beziehungsweise stilvoll war wie der alte St. Jürgen-Friedhof. Da hatten ihre toten Katzen es doch besser.

Ines Hübner hatte das erreicht, was sie wollte. So konnte es eine Weile weitergehen. Das Einzige, wofür sie in ihrem überaus erfolgreichen Leben sorgen musste, war der spezielle Kick, die gewisse Würze, die es im Grunde erst lebenswert machten. Theater-Abonnement, philharmonische Konzerte und gepflegte Restaurantbesuche in Ehren, aber das konnte doch unmöglich schon alles gewesen sein, was das Leben noch bereithielt. Ines brauchte ab und an den Kick. Sie musste das Leben spüren. Sich spüren. Sich überwinden, Grenzen überschreiten. Diesen Punkt genießen, ab dem es kein Zurück mehr gab. Wie damals bei der Sache mit ihren Eltern. Hatten da nicht alle das bekommen, was sie verdienten? Wenn man also den Kick mit dem – nun ja – *Nützlichen* verbinden konnte … Was sprach dagegen? Eben. Man durfte sich nur nicht erwischen lassen. Und nicht übermütig werden. Es war ein bisschen wie Schach: Man sollte immer tunlichst klug ein paar Züge im Voraus planen. Aber der Vergleich hinkte: Beim Schach hatte sie schon immer diese gewisse Beschränktheit gestört. Zwei Leute, die sich gegenübersaßen und überlegten und überlegten. Das war doch langweilig. Und im richtigen Leben lief das im Grunde ganz anders. Da passierten völlig unerwartet die verrücktesten Dinge. Das hatte mit Menschen zu tun. Da regierte der Zufall. So viel konnte man unmöglich vorausplanen. Was andererseits aber eben auch den Kick brachte. Und eine tiefe Befriedigung, wenn dann tatsächlich alles nach dem eigenen Plan lief, der mitunter vielleicht sogar genialer war, als man es selber jemals vermutet hatte: Entweder das war genial oder völlig bescheuert. Bezüglich des Projekts Wasserstraße hatte Ines Hübner berechtigten Anlass zur Vermutung, dass es sich eher um ein Vorhaben der genialeren Art handelte. Der Schlüssel in ihrer Hosentasche war jedenfalls ein Versprechen.

Das Gute an ihrem Job als Immobilienmaklerin und Hausverwalterin war, dass man, wenn man sich nicht allzu dumm anstellte, praktisch immer und überall eine glaubhafte Begründung dafür hatte, sich in einem Gebäude aufzuhalten. Irgendetwas zu kontrollieren und zu überprüfen gab es im Grunde zu jeder Tages- und Nachtzeit. Nach all den Jahren kannte sie ihre Stadt so gut wie wohl kaum jemand sonst. Sie wusste um die Häuser und deren Grundrisse und Sicherheitsvorrichtungen. Sie kannte die Nachbarschaften. Und sie kannte die Bewohner der Häuser, kannte deren Leben, deren Finanzen. Und das Beste war: Sie hatte meistens sogar die Schlüssel der Objekte, mit denen sie zu tun gehabt hatte. Wenn nicht die Originale, so doch Kopien. Sie führte die Schlüssellisten und -protokolle: Wer außer ihr sollte je Kenntnis davon erhalten, wie viele Schlüssel es jeweils tatsächlich zu welchem Objekt und zu welcher Wohnung gab? Sie konnte also vollkommen unauffällig agieren. Wenn sie es darauf anlegte, war sie so unauffällig, unauffälliger ging es nicht: *»Ines Hübner trägt 'nen Handschuh, drauf man keine Untat liest.«* Sie brauchte nicht mal einen Handschuh: Sollten sich doch einmal irgendwo verdächtige Fingerabdrücke finden, ließen sich diese zweifelsohne mit ihrer Anwesenheit bei anderer Gelegenheit erklären. Und wenn sie einmal etwas vergaß oder liegenließ, du meine Güte, so etwas kam vor und auch das konnte sie erklären. Aber trotzdem: Sicher war sicher.

Als Ines Hübner endlich die gesamte Eigentümer-Bagage verabschiedet hatte, die Lachspangen ihr für diesen Tag aus dem Gesicht geglitten waren, sie sich erfolgreich mit Hinweis auf ihre Kopfschmerzen des anhänglichen Herrn Bockendahl erwehrt und ihn in den verdienten Feierabend entlassen hatte, machte sie sich daran, im Büro die Lichter zu löschen. Ines Hübner ging an ihre Handtasche und kramte nach den Kopfschmerztabletten. Die guten aus Polen, die wirkten wenigstens ordentlich. Sie griff sich eine kleine Flasche Mineralwasser und leerte diese zur Tablette. Feuchtigkeit war wichtig.

Ines liebte diese Zeit alleine in der Firma. Endlich war Ruhe, endlich war sie einmal alleine. Nicht einmal die Katzen, die ihre Streicheleinheiten einforderten oder bespielt werden wollten, störten ihre Gedanken. Der Mensch war überhaupt viel zu wenig alleine. Wie hatte dieser Philosoph – sie kam grad nicht auf den Namen – noch gesagt: Das ganze Unglück der Menschen rührt nur daher, dass sie nicht alleine in ihrem Zimmer bleiben können? So was in der Art jedenfalls. Da war schon was dran. Ines Hübner räumte hier, kramte dort, schaffte Ordnung für den nächsten Tag. Ordnung und Übersicht waren das halbe Leben. Nachdem sie in der Teeküche den Geschirrspüler mit den Tassen, Untertassen und Teelöffeln der Wohnungseigentümer-Versammlung bestückt hatte, suchte sie ihre Sachen zusammen, schaltete nach einem letzten Blick in die Runde das verbliebene Licht im Flur des Büros aus und zog den Mantel über. Mit routiniertem Griff vergewisserte sie sich, dass der Schlüssel für die Wasserstraße noch in ihrer Hosentasche war.

Draußen war es wohltuend frisch. Der Herbst kündigte sich an. Die Luft roch nach Hafen. Der Sauerstoff in den Lungen vertrieb den letzten Anflug von Kopfschmerz, der sich noch in ihren Hirnwindungen festgesetzt hatte. Nachdem Ines Hübner abschließend die Alarmanlage scharfgeschaltet hatte, zögerte sie einen kurzen Moment: Wasserstraße oder doch lieber auf direktem Wege die Heilgeiststraße rauf und nach Hause? Sie hatte sich noch nicht wirklich entschieden, da kam der Wachschutz vorgefahren, um seinen routinemäßigen allabendlichen Gang um die Kronlastadie zu machen. Der Wachmann erwiderte Ines Hübners beiläufigen Gruß. Routine. Es kam schließlich öfter vor, dass sie die Letzte im Büro war und sie sich hier trafen.

Heute mal keine Routine. Ines wandte sich zur Wasserstraße. Sie suchte den Kick. Sie musste sich vergewissern, ob alles nach Plan lief. Bisher schien sich alles zu fügen. Wer sollte etwas dabei finden, wenn sie einen kleinen Umweg durch die Wasserstraße machte? Klar, Stralsund war eine kleine Welt für sich und man lief immer irgendwelchen bekannten Gesichtern über den Weg. Im Fall der Fälle würde ihr schon eine Ausrede einfallen. Sie musste nur unauffällig in den Hofeingang huschen und die hintere Tür nehmen. Der Bewegungsmelder dürfte noch ausgeschaltet sein. Was genau sie in die Wasserstraße lockte, war Ines Hübner nicht wirklich bewusst. Sie wollte horchen. Sie wollte sich vergewissern. Vielleicht hatte sie doch etwas vergessen? Etwas übersehen? Vertrauen war gut, Kontrolle war besser. Sicher war sicher.

Das Haus in der Wasserstraße gehörte Edeltraut Dost. Edeltraut Dost aus Darmstadt. Edeltraut Dost, die ihr sowie sämtlichen anderen armen Seelen, die an diesem Bauprojekt beteiligt gewesen waren, mit ihren Ansprüchen, Launen und immer neuen Einfällen den letzten Nerv geraubt hatte. Der Lückenschluss in der Bebauung der Wasserstraße hatte eigentlich durchaus Sinn gemacht, der Neubau des schmalen vierstöckigen Einfamilienhauses beseitigte eine der letzten Baulücken, die der Bombenangriff auf Stralsund im Oktober 1944 in der Straße hinterlassen hatte. Im Erdgeschoss war ein kleines Ladengeschäft geplant gewesen. So wie früher. Wie gesagt: hätte an dieser Stelle durchaus Sinn gemacht. Alles hätte sich wunderbar entwickelt. Bis Edeltraut Dost aus Darmstadt kam.

VIII

Edeltraut Dost liebt Möwen

Edeltraut Dost aus Darmstadt – überhaupt: eine Stadt mit einem solchen Namen ... Durfte man im Grunde ja nicht drüber nachdenken – war das, was man gemeinhin als *eine Pest* bezeichnete. Und das mit Fug und Recht. Im Grunde war Edeltraut Dost, geborene Papenfuß, verwitwete Schmitt, geschiedene Schmidt, verwitwete Dost von ihrem ganzen Wesen her unzufrieden und den ganzen Tag über nur am Meckern. Egal, ob es morgens regnete oder die Sonne schien, Edeltraut war es nicht recht. Schon als Kind war sie so gewesen. Ines Hübner hatte geglaubt, sie wisse, wie man mit solchen Kandidaten umging. Bis eben Edeltraut Dost aus Darmstadt nach Stralsund kam. Die war noch einen Zahn schärfer als alles, was sie bisher auf diesem Gebiet erlebt hatte. – Edeltraut Dost war mehr oder weniger zufällig in der Hansestadt aufgeschlagen. Der dritte Gatte der sechzigjährigen Darmstädterin hatte gerade das Zeitliche gesegnet und ihre beste Freundin Ingelore, die beim Preisausschreiben in der Zugbegleitzeitschrift der Deutschen

Bahn einen Gutschein für einen *»Wochenendtripp für zwei Personen in die faszinierende Metropole der mittelalterlichen Hansezeit«* gewonnen hatte, hatte sie gegen alle Widerstände (»Viel zu weit.«, »Och nö, und die ganze Zeit im Zug? Ich mag keine Zugfahrten, die Toiletten sind immer so schmutzig.«, »Wo soll das sein?«, »Ist das nicht schon Polen?«, »Ostdeutschland, im Ernst?«) tatsächlich in den *nahen Osten gelockt.* Damit hatte Ingelore Edeltraut den Ausflug ins unbekannte Ostdeutschland als *»kleines Abenteuer*, das dich von deinem schmerzlichen Verlust ablenken wird«, schmackhaft zu machen versucht.

Bei Herrn Schmitt – einem überaus erfolgreichen Apotheker und Pionier der Nahrungsergänzungsmittelbranche, der es damit zu erklecklichem Wohlstand gebracht hatte – hatte es seinerzeit noch Thailand sein müssen, um sie über dessen plötzliches Ableben allen Pülverchen und Tabletten zum Trotz hinwegzutrösten. Da war sie auch noch jünger gewesen. Ostdeutschland versprach Edeltraut gewiss reichlich Anlass zum Meckern und sie sagte zu.

Ganz entgegen ihrer Erwartung fand sie Stralsund vom ersten Eindruck an *schick, bezaubernd geradezu.* Die »Ah!s« und »Oh!s« Und »Guck mal da!s« fingen gleich im Bahnhof an, wo die beiden Damen sich ausführlich den Panorama-Ansichten Rügens und Stralsunds von Erich Kliefert widmeten, die den Deckenraum der Eingangshalle ausfüllten.

»Rügen scheint ja doch größer zu sein. Nicht so klein wie unsere Nordseeinseln, nicht?«

»Ja, meine Liebe, da magst du recht haben. Man kennt das ja alles nicht. Höchstens aus dem Fernsehen. Im Grunde ist das für unsereins ja alles exotischer als Florida.«

»Ich bin schon ganz aufgeregt, wann wir die ersten Einheimischen treffen.«

»Der Bahnhof ist schon mal sehr hübsch!«

»Unser Bahnhof in Darmstadt ist aber auch schön. Ganz anders, viel größer. Aber auch schön. *Jugendstil* eben.«

»Du immer mit deinem *Jugendstil* …«

»Davon verstehst du nichts.« Abgang Edeltraut Dost mit Rollkoffer.

Die Fontäne auf dem Knieperteich, die monumentalen Kirchen, der Alte Markt mit dem Rathaus, die Sundpromenade mit der Insel Rügen und *Hiddensee-Blick* … Edeltraut Dost war überwältigt von ihrer eigenen Begeisterung.

»Ingelore, halt mich jetzt nicht für verrückt, aber ich war schon mal hier.«

»Wie jetzt!? Ich denk', du bist noch nie im Osten gewesen.«

»Bin ich auch nicht. In einem früheren Leben vielleicht. Ja, in einem früheren Leben. Das muss es sein. Das macht Sinn.«

»Edeltraut, du spinnst.«

»Hab ich dir nicht erzählt, dass ich Vorfahren in Pommern habe.«

»Nein.«

»Doch. Muttis Familie kommt aus Königsberg! Das ist auch an der Ostsee!«

Ingelore schwieg. Sie wusste, wann es besser war zu schweigen.

»Ich sage dir, das liegt bei mir im Blut.«

»Was jetzt?«

»Na, dieser ganze Backstein, dieses Nordische, der hohe blaue Himmel mit den weißen Wolken. Wenn wir hier jetzt so sitzen an einem lauen Sommerabend auf dem Alten Markt mit dem Rathaus, ich weiß genau, ich war hier schon mal.«

Ingelore hatte den Weißwein in Verdacht, nach einem langen Tag voller neuer Eindrücke und Erlebnisse. Sie rief den Ober an den Tisch und orderte eine große Flasche Mineralwasser. Vielleicht hatte Edeltraut einfach nur zu wenig getrunken. Aber Edeltraut mochte von ihrer fixen Idee nicht lassen. Den ganzen Abend stellte sie Mutmaßungen über *Seelenwanderung* an. Stralsund sei für sie ein *Kraftort*, an dem sie endlich das Gefühl habe, *nach Hause zu kommen, ganz bei sich zu sein*. Edeltraut ganz bei sich ... Ingelore verdrehte innerlich die Augen. Was hatte sie mit dem Stralsund-Tripp nur angerichtet! Was für eine Schnapsidee! Ingelore kannte ihre Edeltraut nur zu gut: Wenn die sich in was reinsteigerte, dann richtig. Wenn der Zug erst einmal Fahrt aufgenommen hatte, war der Edeltraut-Express nicht mehr zu stoppen. Gott sei Dank hatte sie nicht am Aufschlag für zwei Einzelzimmer gespart. Sie mochte diesen ganzen Humbug nicht mehr wirklich hören. *Seelenwanderung*. Du liebes bisschen!

»Ingelore, ich glaube, ich habe mich verliebt!« Einen kurzen Moment überlegte Ingelore, welcher Herr ihrer Freundin in der Zeit zwischen gestern Abend und dem Frühstück auf den Hotelfluren über den Weg gelaufen war, in den sie sich Hals über Kopf verliebt haben könnte. Erinnerungen an die Herren

Schmitt, Schmidt und Dost und einige andere dazwischen kamen Ingelore in den Sinn. Aber Herren dieser Preisklasse durften auf den Fluren eines Stralsunder Hotels, das Preisausschreibenklientel der Deutschen Bahn bediente, eher selten anzutreffen sein. Edeltraut hatte auch noch gar nichts zu meckern gehabt an ihrer gemeinsamen Bleibe, die so gar nicht den Standards entsprach, die sie sonst gewohnt war. Ingelore hatte ihr das Drei-Sterne-Hotel in Bahnhofsnähe als *authentische Ost-Erfahrung* verkauft, als zusätzlichen *Kick*. Hatte sie ahnen können, was sie damit anrichtete? Auf alle Fälle hatte sie ihre Freundin erfolgreich von der Trauer um ihren dritten Gatten abgelenkt. Gut, Edeltraut hatte noch nie zu übertriebener Sentimentalität geneigt … Das Beste von Herrn Dost, die Jugendstil-Villa in allererster Lage, mit Gartengrundstück und altem Baumbestand, dessen Kunstsammlung (ein umfangreiches Konvolut ziemlich scheußlicher Machwerke – so jedenfalls Ingelores Meinung – führender Vertreter der »Neuen Wilden« aus den bundesdeutschen Achtzigern) sowie die Ministerialratspension blieben ihr ohnehin. Irgendwie blieb für Edeltraut stets das Beste, sinnierte Ingelore, während ihre beste Freundin ihr mit vollen Backen von ihrer *neuen Liebe* vorschwadronierte, von einer Liebe, die sie – im Gegensatz zu ihren Gatten – gewiss nicht alleine zurücklassen würde: »STRAALsund! So spricht man das richtig aus. Da hab ich aufgepasst, als uns das gestern der nette Mensch bei der Stadtrundfahrt mit dem Bähnle erklärt hat. STRAALsund! – Das klingt doch schon ganz anders als DARMstadt. Musst du doch zugeben, oder?«

»Ja. Da ist was dran.« Ingelore hasste es, wenn Edeltraut auch noch recht hatte. Wenn man so darüber nachdachte, …

»Der hohe Himmel, das Meer, diese frische Brise! Und erst die Möwen! Wie herrlich hier die Möwen rufen, da weiß man doch sofort, das Meer beginnt gleich hinter der Stadt! Ich *liebe* Möwen!«

Ingelore kamen die Möwen auf den hessischen Mülldeponien in den Sinn. Edeltraut zeigte einen erstaunlichen Frühstückshunger und störte sich weder an den portionierten Industriekonfitüren und der abgepackten ungekühlten Butter noch an dem bitteren Filterkaffee aus der Thermoskanne.

»Ach, übrigens«, verkündete sie mit einem Bissen Erdbeermarmeladebrötchen mit Honig im Mund, »ich habe unseren Aufenthalt in dieser wunderbaren Stadt um ein paar Tage verlängert. Ich hoffe, es ist dir recht. Um die Kosten mach dir keine Sorgen, die übernehme selbstverständlich ich.«

Auch das jetzt noch. So was sah Edeltraut ähnlich. »Aber ich habe keine ausreichende Wechselwäsche …«, gab Ingelore zu bedenken.

»Papperlapapp, die kriegen wir hier gekauft.«

»Aber die muss man doch erst einmal durchwaschen, ehe man sie anziehen kann.«

»Das kannst du auch im Waschbecken auf dem Zimmer machen.«

»Aber …«

»Nichts aber. Jetzt sei keine Spielverderberin.« Das war stets das Totschlagsargument. Edeltraut gab sich partout nicht geschlagen und Ingelore auf. Wer wollte schon eine Spielverderberin sein und das gemeinsame kleine Abenteuer verderben?

Energischen Schrittes hatte sich Edeltraut Dost mit ihrer Freundin Ingelore am zweiten Tag ihres Stralsund-Aufenthaltes vom Hotel am Bahnhof aufgemacht, weiter die Stadt zu erkunden. Ein laues Lüftchen strich vom Knieperteich mit seiner Fontäne herüber, als sie beim Pinguingarten in die Tribseer Straße wechselten. »Ich wiederhole mich ungern, aber ich war hier schon mal.«

Nicht schon wieder.

»Was meinst du, Ingelore, gibt es so etwas wie Seelenwanderung? Also, ich meine jetzt, dass man an bestimmte Orte wieder zurückkehrt in einem späteren Leben?«

»Ja, ich ..., also, nein, ich mein', woher soll ich das wissen?«

»Hast du das noch nie gespürt? Wie so eine Art Déjà-vu.«

»Ein Deeschar-was?«

»Ach vergiss es. Aber das kennst du doch bestimmt: Dass man sagt, dass das, was man in der ersten Nacht in einem fremden Bett träumt, dass das in Erfüllung geht?«

»Ja, schon«, gestand Ingelore zögerlich ein und zog bereits vorsorglich den Kopf zwischen die Schultern.

»Und das dürfte dann doch doppelt gelten, wenn es sich zudem noch um die erste Nacht in einer fremden Stadt handelt. Oder findste etwa nicht?«

Ingelore wusste darauf nichts zu erwidern, schaute ihre Freundin nur in banger Erwartung, was jetzt wieder kam, schräg von der Seite an.

»Also«, hob Edeltraut mit ihrem Traumbericht an, »ich habe geträumt, ich sei eine reiche Kaufmannsfrau aus Stralsund. Eine sehr reiche Kaufmannsfrau. Wie gestern die auf dem Gemälde im Stralsund Museum in diesem Kloster da. Ich konnte im Traum die kostbaren Stoffe auf der Haut spüren, schwer und steif. Fremd und dennoch vertraut. Und ich schaute aus so einem Butzenfenster auf den Alten Markt heraus. Gegenüber das Rathaus. Und über den Markt schritt mein Mann. Also nicht in echt jetzt, im Traum eben. Der sah aus wie der Schmitt in jungen Jahren, Gott hab ihn selig.«

»Der mit dt oder der mit tt?«

»Der mit tt natürlich. Der mit dt, der schritt nicht, der trottete allenfalls. Der Schmitt mit tt war doch von allen der Hübscheste. Doch ich will nicht abschweifen.«

»Der Schmitt war mal jung? Und hübsch?«

»Du bist ja bloß neidisch.«

Ingelore drehte innerlich und äußerlich mit den Augen. Wenn sie jemals wirklich neidisch auf Edeltraut gewesen wäre, würde sie gewiss nicht hier und heute mit ihr durch eine ostdeutsche Provinzstadt ziehen. Und sei die Stadt auch noch so schön.

Inzwischen waren sie vor dem mächtigen Portal der Marienkirche angelangt. Edeltraut hörte nicht auf zu schwatzen: »Jedenfalls: Ich war sauer auf den Kerl. Also nicht auf den Schmitt – der hat mir immer jeden Wunsch von den Augen abgelesen. Sondern auf meinen Mann im Traum jetzt. Weil: Der hatte mir doch zu meinem Geburtstag ein goldenes Geschmeide mit Saphiren verehrt. Von dem dann auf der Abendgesellschaft vom Vortag eine andere Kaufmannsfrau, eine viel geringere, ebenfalls ein ganz gleiches getragen hatte: Diese Blamage! Der sollte mir nach Hause kommen! War ich ihm nicht ein einzigartiges Geschenk wert? – Und über diesen heiligen Zorn bin ich aufgewacht. Nun sag du mir, was wollte mir dieser Traum sagen?«

Ingelore wollte dazu nichts Rechtes einfallen. Sie machte dicke Backen.

»Also, wie sich das angefühlt hat, das war so wirklich. Als ob ich das tatsächlich so erlebt habe. Ich sage ja, ich war schon mal hier in einem anderen Leben.« Edeltraut hatte sich Rage geredet, wie das eben so ihre Art war. Ingelore ignorierte die leicht verstörten Blicke der anderen Besucher, die sich ebenfalls die Kirche anschauen wollten und darauf warteten, dass sie endlich den Weg freimachten. Mit ihrem Standardspruch »Wenn du meinst …« schob Ingelore Edeltraut in das kühle Innere der Kirche, wo ihre Blicke sofort von den gotischen Gewölben in die Höhe und in andere Sphären gezogen wurden.

Auf einer Bank vor dem prunkvollen Altar der mächtigen Marienkirche erholten die beiden Darmstädter Damen sich ein wenig vom anstrengenden Aufstieg auf den Kirchturm. Die Fernsicht von ganz oben war zwar spektakulär gewesen, die Kletterei allerdings nicht ohne. Und das in ihrem Alter. Und mit dem Schuhwerk, das bestimmt nicht für solche Aktionen gemacht worden war. Ingelore hatte sich unter einem City-Tripp etwas anderes vorgestellt. Sie schalt sich erneut für die Schnapsidee mit der Reise nach Stralsund. Warum nicht Düsseldorf? Oder München?

»Wusstest du, dass die Marienkirche mal das höchste Gebäude der Welt gewesen ist? Und dann ist der Blitz eingeschlagen. Wie schade. Aber das musst du dir mal vorstellen, das höchste Gebäude der Welt! Guck dich doch mal um: So was haben wir in Darmstadt nicht!« Da konnte Ingelore ihrer Freundin nur recht geben. Dann war sie wenigstens still und sie hatte ihre Ruhe. »Los, weiter«, erhob sich Edeltraut, »als Nächstes schauen wir uns das Museumshaus an. Das ist hier gleich um die Ecke.« Ingelore hatte keine Lust auf Museumshaus, sie hätte viel lieber in einem Café am Neuen Markt einen richtig opulenten Eisbecher gelöffelt. Aber sie wurde nicht gefragt. Widerspruch zwecklos. Edeltraut hatte eine Mission.

So war Edeltraut denn auch vorneweg, Ingelore im Schlepptau, als sie das Museumshaus in der Mönchstraße gleich hinter dem Neuen Markt enterten. Ingelore wäre beinahe die schwere Eingangstür in die Hacken geknallt und auf der Stufe gestrauchelt, als Edeltraut unvermittelt bereits im Windfang stehen blieb, um zu studieren, was dort an Anmerkungen zum Eingangsbereich zu lesen stand. »Stell dir vor, Ingelore, die Windfangtür ist tatsächlich noch original und stammt aus dem Rokoko! Ich liebe Rokoko!«

»Ich denke, du liebst Jugendstil«

»Jaja, den auch. Aber Rokoko ist doch viel älter!«

Nachdem die beiden Darmstädterinnen bei den Damen hinter der Kasse ihren Eintritt berappt und eine kurze Einweisung in den Ablauf des Museumsbesuchs erhalten hatten, fanden sie sich in einem Besucherraum mit Fernseher wieder: »Zuerst gibt es einen Film über die Sanierung des Hauses. Der dauert 18 Minuten. Sie können ihn sich bis zu Ende ansehen, müssen Sie aber nicht. Das Gerät schaltet sich von selber aus.« Nach diesen Worten drückte die Dame von der Museumskasse mehrmals fest auf eine Fernbedienung, bis schließlich die ersten schleppenden Töne der musikalischen Untermalung des Filmes über die Sanierung des Museumshauses erklangen.

Augenblicklich ergriff Ingelore eine bleierne Müdigkeit. Sie hatte zu kämpfen, dass ihr nicht die Augen zufielen. Edeltraut hingegen war Feuer und Flamme. Empört stieß sie ihrer Freundin mit dem Ellenbogen in die Seite, als sie deren leises Schnarchen vernahm. Vor Schreck ließ Ingelore den Hausprospekt fallen. »Weißt du, du solltest dich was schämen. Hast du denn keine Ehrfurcht vor der Geschichte? Wir sitzen hier im ältesten Kaufmannshaus der alten Hansestadt Stralsund, das wie durch ein Wunder alle Kriege, alle Belagerungen, alle Stadtbrände, alle Seuchen und was weiß ich überstanden hat und alle haben sich solche Mühe gegeben, das wieder herzurichten. Und du machst hier ein Nickerchen! Schämen solltest du dich! Dabei ist das alles so interessant! Ist noch gar nicht so lange her, da haben sie hier im Flur durch Zufall unter einer durchgebrochenen Fliese ein rätselhaftes Buch aus dem Mittelalter gefunden. Angeblich stehen da finstere Flüche drin. Das ist normalerweise im Stralsund Museum zu sehen. Erinnerst du dich an die leere Vitrine von gestern?«

Ingelore konnte sich an keine leere Vitrine erinnern. Warum sollte sie auch?

»Da stand ein Schildchen drin, dass das gute

Stück derzeit auf einer Ausstellung in Berlin zu sehen ist.«

»Und was ist jetzt mit diesem Buch? Warum erzählst du mir das alles?«

»Ich weiß auch nicht. Aber das hier bringt in mir etwas zum *Klingen*. Verstehst du?«

Ingelore sah Edeltraut an, so ausdruckslos wie nur möglich. Dann zog sie skeptisch eine Augenbraue hoch: »*Zum Klingen*. Aha.«

»Ja, genau. Ich weiß nicht, wie ich das besser sagen soll. Spürst du nicht diese Schwingungen? Ich brauche hier bloß einen dieser uralten Holzbalken anzufassen, dann spüre ich förmlich, wie diese die Energie der Jahrhunderte gespeichert haben!«

Die *Energie der Jahrhunderte* ... Ingelore wusste nur zu gut, wann sie Edeltraut reden lassen musste. Schicksalsergeben stiefelte sie hinter ihr hier, durch alle Stuben, Stübchen und Lagerböden bis ganz nach oben zum Aufzugsrad in vierzehn Metern Höhe. Dann wieder retour und auch noch runter in den Keller. Mehrmals stieß sich Ingelore heftig den Kopf und andere Körperteile, während Edeltraut tatsächlich durch die Gänge wieselte, als ob ihr das alles vertraut war. Oder lag es einfach daran, dass Edeltraut einen halben Kopf kleiner war als sie und nicht so viel auf den Hüften hatte? Als das verrückte Huhn dann auch noch anfing, auf das arme Museumspersonal einzureden und denen etwas von Kraftorten zu erzählen, flüchtete Ingelore nach draußen an die frische Luft.

Es dauerte eine ganze Weile, bis Edeltraut schließlich mit einem tiefen Atemzug ins Freie trat. Ingelore hatte inzwischen ausführlich die Auslagen in den Schaufenstern der Geschäfte in den beiden Utluchten studiert. Edeltraut strebte bereits wieder neuen Ufern zu: »Komm jetzt, wir müssen uns beeilen, der Dampfer für die große Hafenrundfahrt wartet nicht auf uns. Und hier unten in dem Museumshaus, da ist noch eine Buchhandlung drin. Die haben mir die netten Frauen vom Museum empfohlen, wenn ich mich für Stadtgeschichte interessiere. Da muss ich morgen unbedingt rein, sobald die wieder geöffnet hat.« Ingelore hatte Mühe, mit ihr Schritt zu halten. Morgen dann als Erstes die Buchhandlung ... Bitteschön. Was hatte sie nur angerichtet!

Edeltraut war am Angeben wie eine Lore Affen. Ingelore merkte das. Und die nette Buchhändlerin merkte das am nächsten Morgen bei ihrem Besuch auch, das sah man ihr förmlich an. Da konnte die arme Frau sich Mühe geben, wie sie wollte, das waren eindeutig Lachspangen, die sie da trug, während Edeltraut sie mit ununterbrochenem Redeschwall zutextete: Sie komme ja aus DARMstadt, da hätten sie ganz viel Jugendstil. Ob das *»hier im Osten«* bekannt sei, dass sie in DARMstadt so viel Jugendstil hätten? Sie liebe ja Jugendstil. Und sie bewohne sogar eine Jugendstil-Villa. In bester Lage. Mit ganz viel original erhaltenen Einbauteilen. Allein die Jugendstil-Fliesen im Bad! Alles original. Und überhaupt gebe es ja so viele schöne Jugendstil-Sachen ...

Langsam wurde es Ingelore peinlich. An dieser Stelle hakte die Buchhändlerin ein: »Wenn Sie sich derart gut mit Jugendstil auskennen, dann kennen Sie doch sicher dieses monumentale Meisterwerk, das dort drüben auf der Büchertreppe steht!?« Sie wies in

Richtung Schaufenster auf ein in der Tat monumentales Buch. »Die *Bibel des Jugendstils* sozusagen. *Der* Bildband der Saison. Da finden Sie alles: Architektur, Inneneinrichtung, Kunst, Schmuck. Und das weltweit. So etwas gab es bislang nicht. Sieben Kilogramm Buch. Ein wahrlich gewichtiges Werk. Hier haben Sie eine Leseprobe, da können Sie sich einen ersten Eindruck verschaffen. Bitte sehr ...« Edeltraut blätterte in dem Prospekt zum Buch und war still. Tatsächlich kannte sie den neuen Meilenstein zum Thema nicht. Aber sie wollte das haben. Sie musste das haben. War völlig an ihr vorbeigegangen. »Ja-ja, damit habe ich schon länger geliebäugelt ... Ach wissen Sie was, ich nehme den Band gerne bei Ihnen mit. Man soll ja den kleinen Buchhandel unterstützen. Ganz besonders in den neuen Bundesländern.«

»Gerne doch, soll ich ihn Ihnen etwas einschlagen?« Ingelore gab erfolglos zu bedenken, dass sie doch mit dem Zug unterwegs seien und fragte bei der Buchhändlerin nach, was das gute Stück denn überhaupt koste. »149 Euro«, lautete die Auskunft. Ingelore schluckte, Edeltraut focht der Preis in keiner Weise an: »Gute Ware hat eben ihren Preis. Ich weiß auch schon genau, wo ich den Band platzieren werde. Neben den Amphoren im Erker, weißt du, Lore. Nun brauche ich nur noch so ein Aufstell-Dingens dafür. Da gehört der hin. Solche Dinge finden einen.«
Keine Chance. Jetzt würden sie auch noch einen sieben Kilo schweren Jugendstil-Bildband von Stralsund nach Darmstadt schleppen. Die kluge Buchhändlerin lächelte dazu nur fein. Die wusste, wann sie einen dicken Fisch an der Angel hatte. Im Grunde

brauchte sie Edeltraut nur reden lassen und ihr ab und an ein Stichwort als Köder für ihre Eitelkeit hinzuwerfen, den die dann nur zu willig schluckte. Alsbald stapelte sich mit dem Jugendstil-Trumm als Fundament ein veritabler Bücherturm auf dem Tresen. Edeltraut raffte alles zur Stadtgeschichte, dessen sie habhaft werden konnte. »Stefan Zweig? Ich liebe Stefan Zweig. *Sternstunden der Menschheit*? Und eine davon spielt tatsächlich auch in Stralsund? Nehme ich. Und sagen Sie, weshalb steht bei Ihnen ein ganzer Tisch mit Büchern von Hans Fallada? …«

Ingelore ließ Edeltraut gewähren und begnügte sich mit ihrer Rolle als abgeblitzte Bedenkenträgerin, die trotzdem nicht gerne als beleidigte Spielverderberin dastehen wollte, und sah sich freundlich-distanziert in dem in der Tat ausgewählt sortierten Lädchen um. Die Buchhändlerin hatte die Konstellation sofort durchschaut und versuchte, auch sie bei Laune zu halten: »Darf ich Ihnen vielleicht einen unserer Stralsund-Krimis empfehlen? Da erfahren Sie auf unterhaltsame Weise eine ganze Menge über unsere Stadt und die Menschen hier.« Die Liebenswürdigkeit in Person. Vielleicht aber gar keine so schlechte Idee, vielleicht lenkte sie das ein wenig ab von Edeltrauts Wiedergeburt-Phantasien. Sie kamen überein, dass die Buchhändlerin ein Paket mit den Bücherschätzen packen und zu Edeltraut nach Darmstadt schicken würde. Die beiden Frauen waren eigentlich bereits auf dem Weg nach draußen gewesen, als Edeltraut sich nochmals umdrehte und fragte: »Sagen Sie, junge Frau, Sie sind doch aus Stralsund, nicht wahr?«

»Ja.«

»Und Sie kennen sich doch hier aus, nicht wahr? Ich meine, Buchhändler kennen sich doch meistens in ihrer Stadt aus. Sollten sie zumindest.«

»Ja?«

»Sagen Sie, Sie wissen nicht zufällig, wo man hier eine schicke geräumige Wohnung in der Altstadt findet?«

»Sie möchten eine Wohnung mieten?«

»Nein, Gott bewahre. Nicht mieten. Kaufen. Meinetwegen auch ein Haus. Etwas mit Flair, verstehen Sie? Wo bekommt man hier so was? Wissen Sie, ich habe mich wohl in ihre Stadt verliebt. Das Meer, der Ruf der Möwen, die stets frische Brise, die Historie … Und das klingt jetzt ein bisschen verrückt, aber es fühlt sich für mich an, als ob ich nach Hause komme.«

Ingelore starrte Edeltraut von der Seite an. Das meinte die jetzt nicht ernst, oder? Die Buchhändlerin hingegen schien auf derlei Auskunftsersuchen bestens vorbereitet: Aus ihrer altertümlichen Kasse zauberte sie die Visitenkarte einer Stralsunder Maklerfirma hervor: »Eventuell kann Ihnen Frau Hübner weiterhelfen. Die ist Immobilienmaklerin, Hausverwalterin und gebürtige Stralsunderin. Wenn in Stralsund etwas auf den Markt kommt, dann weiß sie gewiss davon. Aber allzu große Hoffnungen mag ich Ihnen da nicht machen. Schön sanierte Mietwohnungen finden sich bestimmt noch, aber zum Kauf … Die Zeiten sind bereits eine Weile vorbei. Es lockt halt doch so manchen nach Stralsund. Wir sollten es besser nicht so vielen erzählen, wie schön es hier ist.«

Mit leisem Triumph in der Stimme wollte Ingelore verkünden: »Wer zu spät kommt, den …«

Edeltraut fuhr ihr in die Parade: »Papperlapapp, auch ein blindes Huhn ... Manche Dinge finden einen. Und nur Entschlossenheit folgt Glück. Wo sagten Sie, hat die Dame ihr Büro?«

»Auf der Kronlastadie. Das ist unten am Hafen. Beim Ozeaneum.«

»Das trifft sich gut. Ins Ozea-neu-dings wollten wir jetzt ohnehin als Nächstes. Vielen Dank, gute Frau, wir haben uns bestimmt nicht das letzte Mal gesehen.« Abgang Edeltraut Dost aus der Buchhandlung im Museumshaus mit Freundin Ingelore im Schlepptau.

IX

Dienst am Kunden

So war Edeltraut Dost zu Ines Hübner gekommen. Und umgekehrt. Ingelore konnte das alles nicht fassen. Da waren sie zu einem Abenteuer-Wochenendtripp in den Osten aufgebrochen und nun kehrte Ingelore zurück nach Darmstadt mit einer verbindlichen Reservierung für ein Neubau-Projekt in der Stralsunder Wasserstraße. Ingelore verstand die Welt nicht mehr. Im Grunde hatte ihr Plan funktioniert, Edeltraut mit diesem Ausflug über ihre Trauer um Herrn Dost hinwegzuhelfen: Von dem war eigentlich während der ganzen Reise keine Rede mehr gewesen und späterhin erst recht nicht. Edeltraut hatte ein Projekt. Aber der Osten? Stralsund? Die Immobilienmaklerin war noch gewiefter gewesen als die Buchhändlerin. Eigentlich hatte sie Edeltraut nur reden lassen und dann dieses Neubauprojekt in der Wasserstraße am Hafen als etwas *ganz Besonderes* aus dem Hut gezaubert. Ingelore konnte nur danebensitzen und immer mal wieder höflich nicken. 160 Quadratmeter auf vier Etagen und nix mit Mittelalter. Da hatte wohl mal was ganz Altes draufgestanden auf dem Grundstück, das war aber schon im Krieg mit weggebombt worden. Ganz profaner Neubau also. »Gewiss, einen Fahrstuhl kann man auch nachträglich noch einplanen … Auch für's Alter ist das besser, ja, da haben Sie recht ... Und unten eine kleine Einliegerwohnung für Gäste. Kein Problem, da kann man etwas vom Heizungs- und Wirtschaftsraum abzwacken, da können wir umplanen, das bekommen wir hin … Ja, wirklich eine der allerletzten Gelegenheiten in der Hansestadt. Und das auch nur, weil sich die Erben lange nicht einigen konnten. Das Projekt hat auf Sie gewartet, glauben Sie mir.«

»Siehst du, Lore, manchmal stellt das Leben die Weichen.«

Ingelore hatte resigniert, der Zug war wohl nicht mehr zu stoppen. Sie wollte zurück nach Darmstadt in ihren Tennis-Club. Wahrscheinlich rechnete Edeltraut damit, dass sie häufiger Gast in ihrem neuen Haus würde, in der »Einlieger-Wohnung« im Erdgeschoss. Aber immer wieder Stralsund? Das waren von Darmstadt 800 Kilometer. Und das war nur die eine Tour. Pluto, Saturn, Uranus. Immerhin sprachen sie hier Deutsch. Trotzdem: Was hatte sie nur getan?

In der folgenden Zeit hatte Edeltraut dann alle um sich herum zwischen Darmstadt und Stralsund in den Wahnsinn getrieben. Anstatt erst einmal alle in Ruhe ihre Arbeit tun zu lassen, mietete sich Edeltraut Dost in einer Ferienwohnung im Johanniskloster ein, um »ihre Baustelle« zu beaufsichtigen. Mit einmaligem Gespür für schlechtes Timing tauchte sie in der Wasserstraße auf und behelligte als *Bauherrin*

Gott und die Welt mit ihren Ansprüchen und immer neuen Ideen. Alle Beteiligten in Stralsund waren froh, wenn sie in Darmstadt weilte, um die Vermietung der Villa an eine international tätige Steuerberatung in die Wege zu leiten, ihre Finanzen zu regeln und Geld umzuschaufeln, den Umzug zu organisieren, sich um die Kunstsammlung zu kümmern (was immer sie damit meinte) oder bei Ingelore gutes Wetter zu machen. Immerhin war diese ihre einzige und beste Freundin. Alle Beteiligten in Darmstadt waren froh, wenn sie wieder nach Stralsund fuhr. Edeltraut, die sich noch gut an die Zeiten der Grenze durch Deutschland erinnern konnte, fand »ihr neues Leben« zwischen West und Ost auch dreißig Jahre nach der Wende noch »exotisch«. Sie fand sich geradezu kühn, in ihrem Alter noch einmal so etwas zu wagen.

Was Edeltraut vorrangig interessierte, waren Einrichtungsfragen. In ihrer neuen kleinen *Lieblingsbuchhandlung* im Museumshaus orderte sie einen Lifestyle-Wälzer nach dem anderen. Sabine Prehn, die Inhaberin, freute sich selbstredend über den Umsatz, war auch gerne bei der Suche behilflich, konnte aber in den bestellten Büchern beim besten Willen kein wie auch immer geartetes System erkennen. Ein wilder Mix aus Jugendstil, Mittelalter, *Maritimem Wohnen*, Dekorieren mit Fundstücken, Leben mit moderner Kunst, »Die schönsten Wohnideen mit Blumen und Pflanzen« … Edeltraut Dost wurde nicht müde, ihre Buchhändlerin auch und gerade vor anderen Kunden über den grünen Klee zu loben. Bei solchen Kandidaten war Sabine Prehn aus Erfahrung auf der Hut: Das übertriebene Lob konnte schnell ins Gegenteil umschlagen, wenn man in deren Augen auch nur einmal nicht diensteifrig oder willfährig genug war. Oftmals war das dann rational nicht nachvollziehbar, um es gelinde zu formulieren, aber ärgerlich allemal. Diese Herrschaften verteilten beziehungsweise entzogen ihre Gunst ausschließlich nach dem eigenen Belieben. Es war ihr Geld, das ihnen die Macht dazu gab. War der eine dienstbare Geist nicht mehr tauglich oder willig, wurde er durch den nächsten ersetzt. So war das eben im Kapitalismus. Solange das Geld reichte … Während die einen dabei noch einen Rest Schamgefühl zeigten und sich ewig rechtfertigten, Entschuldigungen dafür zurechtlegten, dass sie Geld hatten und ihr Gegenüber nicht (was es nicht unbedingt einfacher, sondern nur meist noch peinlicher machte – welche Putzfrau war schon die beste Freundin oder gehörte tatsächlich mit zur Familie?), ging anderen jedes Bewusstsein dafür ab. Aber es gab ein Mittel, solcher Klientel beizukommen: Man musste diesen Leuten einfach immer nur recht geben. Egal, ob sie nun tatsächlich recht hatten oder nicht. Vor Schaden konnte man sie ohnehin nicht bewahren, die machten ungezügelt, was sie wollten. Zuhören taten die nicht. Diese Erkenntnis und Methode teilte die Buchhändlerin Sabine Prehn mit der Maklerin Ines Hübner.

Der nachträglich eingeplante Fahrstuhl für das Haus von Edeltraut Dost kam aus Spanien. Eine platzsparende Sonderanfertigung *für den kleinen Haushalt.* Da Edeltraut die Edelstahlwände in dessen Innerem zu trist waren, wurden diese nach ewigem Hin und Her und Vor und Zurück mit einer schnörkeligen barocken bordeauxroten Samttapete beklebt, die die

Bauherrin in einer der unzähligen Wohn- und Einrichtungszeitschriften, die sich in ihrer Ferienwohnung stapelten, entdeckt hatte. Die Tapete kam aus einer Zwei-Mann-Manufaktur in England. Das war dann aber auch wieder nicht recht, weil die düstere Tapete den winzigen Fahrstuhl noch kleiner als ohnehin bereits erscheinen ließ. Die Lösung, auf die Ines Hübner mit ihrem praktischen Sinn kam, war, die Seite mit den Bedienknöpfen komplett zu verspiegeln, so dass das Ganze doppelt so groß wirkte. Sie hatte auch gleich einen Glaser »mit dem nötigen Fingerspitzengefühl für eine derart anspruchsvolle Aufgabe« zur Hand. Das mit dem »Fingerspitzengefühl« und der »anspruchsvollen Aufgabe« schmeichelte Edeltraut. Andererseits war sie ein bisschen eingeschnappt, weil nicht sie selber auf die Idee mit dem Spiegel gekommen war. Sie musste unbedingt noch eins draufsetzen und monierte als Nächstes die metallene Haltestange, die ihr »so nicht gefalle«. »Vielleicht versuchen Sie es mit Troddeln?«, machte Ines Hübner halb im Scherz einen Vorschlag, den Edeltraut jedoch vollkommen ernst nahm: Über *ihren* Raumausstatter in Darmstadt – es musste dieser sein und kein anderer – wurden bei einem Hersteller in Florenz, der als einer der wenigen in Europa diese spezielle althergebrachte Technik noch beherrschte und auch schon für das englische Königshaus produziert hatte, mit erheblichem Aufwand und Kosten farblich exakt zur englischen Barocktapete passende geflochtene Troddeln angefertigt.

Sabine Prehn wurde als Buchhändlerin des Vertrauens unter dem Vorwand von Bücherbestellungen ins halbfertige Haus gelockt, um sie nach ihrer Meinung zum Außenanstrich besagten Fahrstuhls zu befragen. Der sollte in *kükengelb* gehalten werden. Sabine Prehn hatte keine Vorstellung davon, dass es überhaupt unterschiedliche Abstufungen von *kükengelb* gab und sie sah auch nicht wirklich Unterschiede, bis der vierte Anstrich dann endlich Edeltraut Dosts Zustimmung fand. Eigentlich gab sie der Guten immer nur recht. Und am Ende waren alle zufrieden. Nun gut, bis auf den Maler vielleicht. Aber der setzte den zusätzlichen Aufwand gewiss auf die Rechnung. Es traf schließlich keine Arme. Und Edeltraut Dost war es sich wert. Sabine Prehn staunte nur wieder einmal mehr, wohin sie der Dienst am Kunden so alles führte.

Die wahre Freude an Edeltraut Dost jedoch hatte Ines Hübner, die zwischen alle Fronten geriet, welche die Dame aus Darmstadt nacheinander aufmachte. Der erste Architekt warf das Handtuch nach dem Auftritt der Bauherrin, als diese in natura feststellen musste, was ihr Wunsch nach einem Fahrstuhl alles nach sich zog: Auch wenn man die Bauvorschriften bis an die Grenze dehnte, bestand ihr 160-Quadratmeter-Domizil (»So ein Umzug ist doch eine gute Gelegenheit, sich zu verkleinern. Man wird doch nicht jünger, nicht wahr? Überhaupt sollte man immer zehn Jahre im Voraus denken.«) wegen des Fahrstuhles de facto zur Hälfte aus eben demselben sowie einem überdimensionierten Treppenhaus, das aus baurechtlichen Gründen dem eines Mehrparteienhauses zu entsprechen hatte. Über die großzügige Treppe aus Stahl und feinster massiver Eiche hätten ganze Großfamilien im Unglücksfalle bequem nebeneinanderher fliehen können. Edeltraut hatte sich damit zu trösten versucht, dass die freien Wände sich ideal für die repräsentativen Leinwände der Dost'schen Kunstsammlung neoexpressiver Meister der bundesdeutschen 80er-Jahre eignen würden (»Sie müssen wissen, eine meiner Leidenschaften ist die bildende Kunst. Und was das anbelangt, scheint mir in Stralsund doch reichlich Nachholbedarf zu bestehen. Hier ein wenig Entwicklungshilfe zu leisten, das könnte ich mir gut vorstellen; denn: Der Mensch braucht eine Aufgabe im Leben!«). Leider-leider durfte wiederum aus baurechtlicher Sicht im gesamten Treppenhaus aber nichts angebracht werden, was auch nur im Entferntesten brennbar sein konnte. Als der unglückliche Architekt Edeltraut Dost von diesem ihr nicht so recht bewussten Umstand in Kenntnis setzte, legte sie vor versammelter Handwerkermannschaft den erwähnten Auftritt aufs bemehlte Parkett ihrer künftigen Bleibe hin. Woraufhin der Architekt wutentbrannt mit wehenden Rockschößen losmarschierte, die provisorische Baustellentür hinter sich zuwarf und nicht mehr gesehen ward. Ines Hübner durfte wieder einmal die Scherben aufsammeln und sich um Schadensbegrenzung bemühen.

Damit waren die Umstände jedoch keineswegs vorbei: Offiziell galt das Domizil, das sich Edeltraut Dost in der Wasserstraße errichten ließ, wegen des darin verbauten Fahrstuhles als Mehrfamilienhaus. Entsprechend hatten die vom *gemeinschaftlich genutzten* Hausflur abgehenden Türen jeweils den neuesten geltenden Brandschutzbestimmungen zu entsprechen. Was in der Konsequenz wiederum bedeutete, dass die zierliche Edeltraut die massiven Brandschutztüren, die in die Zimmer ihres Hauses führten, nur mit vollem Körpereinsatz geöffnet bekam, indem sie sich mit der Schulter und ganzem Körpergewicht dagegenlehnte. Und obendrein erhielt sie den dringenden Hinweis, diese Feuerbarrieren möglichst permanent geschlossen zu halten.

Der zweite Architekt, den Ines Hübner dank ihrer Beziehungen zügig aufgetan hatte, lernte daraufhin Edeltraut Dost gleich von deren bester Seite kennen. Zum Glück hatte er die rettende Idee, die schweren Türen nachträglich mit elektrischen Öffnern zu versehen. Er war es auch, der Edeltraut Dost ihren Hausflur als *loftmäßig* verkaufte und ihm *einen gewissen Industriecharme* attestierte, da könne man doch *wunderbar mit Kontrasten arbeiten*. Ines Hübner wusste nicht so recht: Ein kükengelber Fahrstuhl und Industriecharme, das ging für sie nicht so wirklich zusammen. Doch Edeltraut Dost hakte ebenso begeistert wie frisch inspiriert sofort ein: »Ein Kronleuchter! Ich wollte schon immer einen Kronleuchter!« Alle um sie herum sahen die Bauherrin mit großen Augen an. Edeltrauts Augen leuchteten: »Ich habe da in Venedig vor Jahren mal so einen gesehen. Aus mundgeblasenem Murano-Glas! So einen will ich! Der muss dann aber auch zum Kükengelb vom Fahrstuhl passen.« Edeltraut ließ die Übrigen unvermittelt stehen und wieselte davon. Sie hatte ein neues Projekt. Und alle anderen waren erleichtert, dass sie mit ihrer Arbeit in Ruhe fortfahren konnten.

Edeltraut Dost stürzte sich in eine rege Reisetätigkeit zwischen Stralsund und Darmstadt, wo sich *ihr* Inneneinrichter, *ihr* Küchenstudio und *ihr* Möbelhaus befanden. Nicht zu vergessen ihre Freundin Ingelore, die skrupellos unentwegt von Edeltraut für irgendwelche Botengänge zwischen den Beteiligten eingespannt wurde. Edeltraut liebte es, alle zu beschäftigen. Darin war sie eine wahre Meisterin. Und Edeltraut liebte es, abgelenkt und in Bewegung zu sein. Was ihr nicht so lag, war das Innehalten und Nachdenken. Trotzdem schwante es ihr, dass das mit dem Hausprojekt in der Wasserstraße nicht so ganz in die Richtung lief, die sie sich ursprünglich einmal ausgemalt hatte. Doch zugeben würde sie das auf keinen Fall. Von den 160 Quadratmetern Wohnfläche blieben wegen des Fahrstuhles und dem ganzen Rattenschwanz, den dessen Einbau nach sich zog, ganze 80 Quadratmeter übrig. Gut, und die winzige Einliegerwohnung im Erdgeschoss neben dem Hauswirtschaftsraum. 80 Quadratmeter auf vier Etagen. Im Grunde war das pro Stockwerk ein Zimmer … Ganz oben Schlafzimmer mit Bad und winziger Dachterrasse. Darunter das Wohnzimmer, dann die Küche und im 1. Stock das *Arbeitszimmer*. Ganz so viel Verkleinerung aufs Alter hatte ihr dann doch nicht vorgeschwebt. Der Ausblick auf die vielbefahrene Wasserstraße ging auf einen *Spiel-Salon* und eine Kneipe. Rückseitig blickte sie aus der Küche auf einen völlig nichtssagenden Hinterhof mit Fahrradständer. Aber Edeltraut hatte einen Fries aus originalen Jugendstil-Kacheln sowohl im eigenen wie im Gästebad der Einliegerwohnung anbringen lassen. Alles farblich aufeinander abgestimmt. Und Edeltraut hatte gegen allen Rat und alle Bedenken der Profis darauf bestanden, dass »für alle Fälle« im Gäste-WC auf der Küchen-Etage eine dritte Dusche eingebaut wurde. Das Kabuff mit dem Gäste-Klo war jedoch so winzig, dass man dort nun im Sitzen duschen konnte. Und auch der zusätzlich als Raumteiler angebrachte Duschvorhang machte eigentlich keinen Sinn. Für die Handwerker war Edeltrauts Gästebad hingegen eine Attraktion, die immer mal wieder Kollegen vorgeführt wurde und diese sich mit hochgezogener Augenbraue ratlos das Haupt kratzen ließ.

Insgesamt entwickelte das gesamte Projekt eine Eigendynamik, die keiner der Beteiligten je erwartet hatte. Und wirklich zufrieden mit dem Ergebnis war am Ende auch keiner. Nur hätte Edeltraut Dost das – wie gesagt – nie zugegeben, nicht einmal in einer stillen Stunde sich selbst gegenüber. Ingelore als beste Freundin würde sich hüten, hierzu etwas anzumerken. Was man nicht aussprach, das war auch nicht wahr. Und alle anderen waren im Grunde nur froh, dass es endlich vorbei und die Schlussrechnung bezahlt war. Aber da hatten sie die Rechnung ohne den Wirt beziehungsweise ohne Edeltraut Dost gemacht: Um sich für ihren diffusen Frust zu entschädigen, entdeckte Edeltraut das Zauberwort *Gewährleistung* für sich. Irgendwer musste schließlich schuld sein. Und das war bestimmt nicht Edeltraut Dost! Nacheinander behelligte sie jeden der beteiligten Handwerker mit im Vergleich wenigen tatsächlichen und sehr viel mehr eingebildeten und konstruierten Mängeln. Schon seit geraumer Zeit drehte Ines Hübner nur noch mit den Augen, wenn sie die Rufnummer ihrer *Lieblingskun-*

din auf dem Display erblickte. Es nützte auch nichts, darauf zu verzichten, Lachspangen einzusetzen und stattdessen dezidiert zu werden. Das focht eine Frau Dost aus Darmstadt nicht im Geringsten an. Die liebte es, die Puppen tanzen zu lassen. Und das bis zum Ende ihres Lebens, bis zum Sanktnimmerleinstag.

Das Neueste war, dass sie sich einen Rechtsbeistand gesucht hatte, einen windigen Kerl, der in der Stadt dafür bekannt war, ein elender Prozesshansel zu sein und jedes noch so aussichtslose Mandat anzunehmen, wenn nur genug für ihn dabei heraussprang. Ines Hübner hatte den Konsorten schon ein paar Mal vor Gericht erlebt. Die zwei hatten sich in der Tat gesucht und gefunden. Die zweite Front, die Edeltraut Dost aufmachte, war die Verkehrssituation in der vielbefahrenen Wasserstraße vor ihrem Haus. Die Gute musste nämlich feststellen, dass der Verkehrslärm trotz der schweren Mehrfach-Isolierverglasung straßenseitig arg ins Haus drang. Also nicht direkt der Verkehrslärm, sondern mehr die Vibrationen von Bussen und LKWs. Da klapperten dann mitunter die Gläser im Regal, als ob es ein Erdbeben gab. Daran, die Fenster zu öffnen, mochte die Hausbesitzerin an manchen Tagen gar nicht denken. Nicht nur wegen des Lärms, sondern auch wegen der Abgase. Besonders leid tat es ihr um die Dachterrasse im Obergeschoss, auf deren Einbau sie mit Vehemenz bestanden hatte. So schön hatte sie es sich vorgestellt, dort in der warmen Abendsonne ein Glas Weißwein zu genießen und im Hintergrund vom Hafen die Rufe der Möwen und das Plätschern der Wellen zu hören. Dumm war nur, dass es dort oben gerade an schönen

Tagen vor Lärm und Abgasen kaum auszuhalten war. Wenigstens war es im schattigen Treppenhaus angenehm kühl. – Was hatte sie doch in ihrer schönen Jugendstil-Villa in Darmstadt komfortabel und ruhig gelebt! Aber die eigenen Entscheidungen infrage zu stellen, kam einer Edeltraut Dost nicht in den Sinn.

Stattdessen legte sie, nachdem es kaum noch einen ihrer Handwerker gab, den sie mit ihren Liebenswürdigkeiten bedenken konnte, ihre ganze Energie in einen von missionarischem Eifer getragenen Kreuzzug für eine Verkehrsberuhigung der Wasserstraße. Sie ließ Flugblätter drucken und steckte diese eigenhändig in sämtliche Briefkästen der Altstadt. Eigentlich sollten das die jüngeren Nachbarn links und rechts übernehmen, aber deren Engagement und Hilfsbereitschaft erwiesen sich als nicht unbedingt nachhaltig: alles Weicheier! Ingelore, die zu Besuch in der Einliegerwohnung weilte, hatte ebenfalls keine Lust, Stralsund beim Verteilen von Flugblättern bis in den letzten Winkel zu erkunden. Sie saß dann doch lieber bei einem Stück Käsesahne und einem großen Latte Macchiato im Café am Hafen und fragte sich, ob es für Edeltraut nicht mehr Sinn gemacht hätte, hier immer mal wieder Urlaub zu machen – denn schön war es in Stralsund allemal – statt gleich ein Haus zu bauen und das ganze Leben hierher zu verlegen. Wenn man wo Urlaub machte und ganz bei sich war, wollte man schließlich manches auch gar nicht so genau wissen. Dann doch lieber Käsesahne statt Kreuzzug und Kriegspfad. Was ging sie der Verkehrslärm in der Stralsunder Wasserstraße an? – Edeltraut stopfte unterdessen – ihre Mission für die bildende Kunst musste warten – ihre selbst verfassten Pamphlete mit Inbrunst in jeden erreichbaren Briefschlitz. Die *Ostsee-Zeitung* berichtete über ihren Kampf und sie hatte einige Auftritte mit ihren Anfragen bei der Bürgerschaft und deren Ausschüssen, bevor sie schließlich mit Hilfe ihres Rechtsbeistands die Hansestadt wegen der Verkehrsführung in der Wasserstraße verklagte. Ihrer Freundin Ingelore berichtete sie, dass sie sich in Stralsund »so lebendig wie seit Jahren schon nicht mehr fühle«. Hier könne man sich noch für ein Gemeinwesen einsetzen, sich einbringen, Dinge bewegen. Hier sei alles viel »kleinteiliger«. So etwas sei im Westen schon lange nicht mehr möglich. *Gut, wenn sie das meint,* dachte Ingelore für sich und ließ es dabei bewenden.

Bei Sabine Prehn, der Buchhändlerin aus dem Museumshaus, klang das aus dem Munde von Edeltraut Dost alles schon ein wenig anders: Einmal abgesehen vom übermäßigen Autoverkehr in der Altstadt, hatten denn die Stadtväter den Wandel der Zeit nicht mitbekommen? Ja, wo lebten die denn? Waren die in den 80ern stecken geblieben? Man brauchte sich doch nur mal anzusehen, mit was für Riesenkisten die selber unterwegs waren … Edeltraut, red' dich nicht schon wieder in Rage, das ist nicht gut für deinen Blutdruck. Aber mal ehrlich, apropos Blutdruck: die hausärztliche Versorgung – eine Katastrophe. Der Zahnarzt: Sie sei Angstpatientin und der sei darauf überhaupt nicht eingegangen. Das fange schon mit den mauligen Bäckereifachverkäuferinnen am Morgen an. Und überhaupt: Der Begriff Dienstleistung sei ja wohl in Stralsund immer noch ein Fremdwort. Hochpreisiges Shoppen: komplette Fehlanzeige. Kein Wunder, dass die Wirtschaft hier nicht auf die Beine käme. Die Handwerker! Der Architekt! Und erst die Behörden! Was man dort für Auskünfte erhalte – haaresträubend! Die Bürgerschaft: allesamt Ignoranten! Was bildeten die sich ein, als ob die Stadt ihnen persönlich gehören täte und nicht allen Bürgern! Sie sei von Stralsund schon ein wenig enttäuscht, gab sie gegenüber der Buchhändlerin auf deren Nachfrage, ob sie denn den Umzug an die Ostsee mittlerweile bereut habe, zu. Sabine Prehn wollte wissen, ob sie und ihr Lädchen denn auch zu diesen Enttäuschungen zählten. »Aber nein!«, versicherte Edeltraut Dost: »Sie machen das mindestens so gut wie meine Buchhandlung in Darmstadt!« Sabine Prehn nahm das als Kompliment und tat weiterhin ihr Bestes, um nicht doch noch in die Schar der Enttäuschungen eingereiht zu werden.

Nun war Edeltraut Dost bei Ines Hübner angelangt: »Nun stellen Sie sich vor: Diese Maklerin, die sich an mir ja wahrlich eine goldene Nase verdient hat, jetzt weigert die sich, meine Flugschriften gegen die Verkehrsbelastung in der Wasserstraße bei sich im Büro auszulegen. Unerhört, nicht wahr? Keinen Gemeinsinn und keine Zivilcourage. Was sagen Sie dazu?« Sabine Prehn sagte lieber nichts. Vielleicht sollte sie sich das mit der Weitergabe von Visitenkarten doch noch einmal überlegen. Abgang Edeltraut Dost mit allgemeinem Kopfschütteln.

Es traf sich, dass Frau Prof. Geiger zufällig die Szene mitbekommen hatte. Als Edeltraut Dost in das Lädchen gerauscht kam, hatte die sich ziemlich unvermittelt und mit gekonntem Schwung um ihren

Gehstock von der Buchhändlerin ab- und dem Tisch mit den aktuellen Neuerscheinungen am Schaufenster zugewandt. Sabine Prehn hatte augenblicklich verstanden und ihre ganze Aufmerksamkeit ungeteilt der Kundin aus Darmstadt zukommen lassen. Als die in ihrem heiligen Zorn hinausgesegelt war, sahen sich die beiden Frauen an und waren sich einig: Manche Leute konnte man nur ihres Weges ziehen lassen.

»Dabei hat sie ja mit manchem nicht einmal unrecht«, gab Sabine Prehn zu bedenken.

»Gewiss, gewiss, meine Liebe«, pflichtete Prof. Geiger der Buchhändlerin bei, »doch ist es schließlich der Ton, der die Musik macht, nicht wahr?« Dieses Mal konnte die Buchhändlerin nur zustimmen.

»Stellen Sie sich vor,« fuhr Frau Professor fort, »vergangene Woche in der Pause vom Philharmonischen Konzert, da standen wir Stammtischweiber bei einem Gläschen Sekt und einem Lachsbrötchen zusammen, als sich doch die Kundin von gerade eben mit ihrer Unterschriftenliste zur Verkehrsberuhigung der Wasserstraße in unsere Runde drängte, um uns zu agitieren, dass wir da unterschreiben sollten. Ich für meinen Teil konnte ihr ja glaubhaft versichern, dass ich da bereits unterschrieben hatte. Aber stellen Sie sich mal vor, die Wiebke, die vor ihr flüchten wollte, die hat sie bis in die Toilette verfolgt. Und erst von ihr abgelassen, als sie unterzeichnet hatte.«

»Nein.«

»Ja, doch. So wahr ich Geiger heiße.«

Sabine Prehn blieb der Mund offen stehen.

»Haben Sie denn schon unterschrieben, Frau Prehn?«, wollte Prof. Geiger wissen.

»Ich? Äh, ja, schon.«

»Und haben Sie auch eine Unterschriftenliste hier im Laden ausliegen?«

»Äh, jaaa. Hier in meinem schwarzen Buch. Wenn einer danach fragt.«

»Aha. Löblich, löblich. Aber kommen wir doch lieber zu etwas Erfreulicherem: Was macht denn die Bestellung meiner Faulkner-Neuübersetzung? Wie versprochen heute geliefert? Sehr schön. Jaja, die Menschenwelt ist doch tatsächlich noch bunter als die Vogelwelt, nicht wahr?« Da hatte Prof. Geiger als passionierte Hobby-Ornithologin den Nagel auf den Kopf getroffen.

»Sehr geehrte Frau Hasenkopf, sehr geehrte Damen und Herren, mehrfach hatten wir seit dem 22. des vorvergangenen Monats um eine Klärung bezüglich der beiden oben genannten Rechnungen gebeten. Leider haben wir noch keine Rückinformation von Ihnen, wie Sie mit der Rechnungslegung umgehen werden. Wir möchten dem Eigentümer, Herrn Rummler und Ihnen gegenüber bei der Lösung dieser Problematik Hilfestellung geben, benötigen dazu aber auch Ihre Kooperation. Zu unserer Entlastung senden wir Ihnen die Rechnungen nunmehr im Original zurück. Für Rückfragen stehen wir Ihnen unter der oben genannten Telefonnummer oder auch per E-Mail gerne zur Verfügung. Mit freundlichem Gruß, Ines Hübner; Anlage 1, Anlage 2« Ines Hübner hatte gerade das Schreiben an die Heizungs- und Installationsfirma Hasenkopf diktiert, als ihr Telefon sich meldete. Sie brauchte gar nicht erst aufs Display zu schauen, sie hörte schon am Klingeln, wer am Apparat war: »Frau Dost, was kann ich heute für Sie tun?«, flötete sie mit sehr betonter Freundlichkeit. »*Heute* können Sie mit flinken Hufen zu mir in die Wasserstraße kommen und sich persönlich vom neuesten Skandal überzeugen. Man möchte es nicht für möglich halten!« Ines Hübner versuchte, die aufgebrachte Edeltraut Dost, die heute noch eine Spur schriller als sonst rüberkam, etwas von ihrer Palme zu holen.

Wie sich herausstellte, hatte die Bauherrin ein Problem mit ihrem Fahrstuhl, der Spezialanfertigung aus Spanien. Ihre Freundin Ingelore hatte sie halb im Scherz gefragt, ob sie denn keine Angst habe, womöglich im Fahrstuhl stecken zu bleiben, der habe die letzten Tage doch einige Male so verdächtig geruckelt. Sie sei doch zumeist allein im Haus. Und wenn etwas sei, wer würde das dann so schnell merken, wenn sie zurückgefahren sei. Sie komme frühestens in sechs bis acht Wochen wieder nach Stralsund, brauche ein wenig Urlaub und Erholung von Edeltrauts Umzug und dem ganzen Stress drumherum. Und dann hatte sie doch tatsächlich gesagt: »Nicht, dass ich dich dann so finde ...« Und dazu eine üble Grimasse geschnitten. Und die Arme wie gebrochene Flügel vorn und hinten abgeknickt, die Zunge heraushängend, die Augen nach oben verdreht.

»I wo«, hatte Edeltraut daraufhin gemeint, »das ist ein High-Tech-Produkt, installiert und gewartet von einer Profi-Firma aus Berlin, ausgestattet mit einem Notfall-Knopf und angeschlossen an ein bundesweites 24-Stunden-Notrufsystem, das Soforthilfe vor Ort organisiert. Das bezahle ich alles teuer und das wird dann ja wohl auch funktionieren.«

»Wenn du meinst. Hast du das denn schon mal ausprobiert?«

»Wie? Was jetzt?«

»Na, den Notfallknopf.«

»Der ist doch nur für den Notfall.«

»Aber du musst doch wissen, ob der auch funktioniert. Wenn du mit dem Fahrstuhl stecken bleibst und das funktioniert nicht, kannst du lange rufen, bis dich hier jemand hört.«

Da war etwas dran. »Ich bin noch nie mit einem Fahrstuhl stecken geblieben. Andererseits: Die Monteure meinten, die meisten Probleme mit neuen Fahrstühlen würden in den ersten beiden Jahren auftreten, aber das sei dann ja auch ein Fall für die Gewährleistung. Was können die nur mit *Problemen* gemeint haben? Mach mir keine Angst, Ingelore.«

»Das nützt jetzt nichts, wir müssen das ausprobieren.«

»Aber wir können doch nicht …«

»Natürlich können wir. Wer bezahlt denn den ganzen Zinnober? Also bitte. Und wenn sich am anderen Ende einer meldet, sagst du einfach, das wäre ein Versehen, du hättest nur den falschen Knopf gedrückt. Na los. Ich fahr nicht eher, ehe ich nicht sicher bin, das das funktioniert.«

»Wenn du meinst, …«

»Ja, ich meine.« Mit diesen Worten drückte

Ingelore den Knopf und rief den Fahrstuhl. Sie zwängten sich beide mit einem Wäschekorb hinein. Ingelore fand das Innere scheußlich. Die düstere Tapete und das kalte Licht waren erbarmungslos. Sie sahen aus wie zwei alte bleiche Gespenster, wie zwei richtig üble räudige alte Eulen mit sooolchen Ringen um die Augen. Hätte Edeltraut nicht wenigstens auf den Spiegel verzichten können? »Halt, stop!«, rief diese plötzlich, als sich die Türen gerade hinter ihnen geschlossen hatten: »Und was ist, wenn wir jetzt beide hier drin stecken bleiben und der Notruf tatsächlich nicht funktioniert? Eine von uns muss draußen bleiben, um Hilfe zu holen.«

Ingelore verdrehte die Augen, drückte den Türöffner und trat nach draußen. Drinnen wartete Edeltraut eine Weile und betätigte dann kurzentschlossen den Notfallknopf. Nichts passierte. Ingelore rief von draußen: »Vielleicht muss der Fahrstuhl erst fahren.« Edeltraut presste auf der Fahrt in den ersten Stock abermals den roten Knopf. Ingelore auf der Treppe hinterher. Nichts. So kamen sie bis nach ganz oben. Nichts rührte sich.

Ingelore meinte: »Lass mich mal!«

»Willst du damit andeuten, dass ich zu blöd bin, einen Knopf zu drücken?«

Aber auch Ingelore konnte auf der Rückfahrt nach unten dem ganzen hochtechnologischen System keine Reaktion entlocken. Da kam Edeltraut die rettende Idee. Sie zückte mit großer Geste ihr Smartphone, das sie immer bei sich trug. »Ich habe doch die Nummer von der 24-Stunden-Hotline der Aufzugsfirma gespeichert, die rufe ich jetzt mal an.«

Edeltraut arbeitete sich durch die Anweisungen, die ihr von der Stimme der Hotline erteilt wurden, drückte allerhand Ziffern, die ihrem Anliegen, ihrem Begehr und ihrer aktuellen geographischen Verortung entsprachen. Dann geriet sie in die telefonische Warteschleife und wurde minutenlang mit schwer erträglichen Gitarrenklängen beschallt, bevor das Gespräch mit dem Hinweis, sie solle es später noch einmal versuchen, derzeit seien alle Mitarbeiter mit Kundengesprächen befasst, abgebrochen wurde. Kundengespräche am frühen Samstagabend? Waren das alles etwa Havarien, derer sie nicht Herr wurden? Edeltrauts Skepsis wuchs. »Warte mal, ich geh jetzt noch mal da rein und versuch es von drinnen. Du weißt ja, wie das ist mit dem Empfang hier im Haus. Das haben die doch von Anfang an nicht richtig in den Griff bekommen. Ich fahr jetzt nach oben und versuch zu telefonieren und du läufst die Treppe.«

Ingelore machte sich befehlsgemäß an den Aufstieg. Keuchend oben angelangt, wartete bereits eine kreidebleiche Edeltraut Dost auf sie: »Ich steig nie wieder in dieses Ding! Nie wieder!«

Ines Hübner war es unter Aufbietung all ihrer Geduld und all ihrer Erfahrung im Beruhigen und Beschwichtigen aufgebrachter Kunden schließlich doch gelungen, Edeltraut Dost von der Palme zu holen, auf die sie sich verstiegen hatte. Diese verstockte Person wollte doch partout nicht akzeptieren, dass es sich um einen technischen Defekt handelte, wie er nun einmal vorkam. Und vielleicht um menschliches Versagen. Auch das konnte passieren. Sollte selbstverständlich nicht, aber konnte durchaus. Aber das wollten diese Leute eben nicht begreifen. Die ganze Welt war ihnen gegenüber in der Bringepflicht, alles hatte ihnen rund um die Uhr zu Diensten zu sein. Und das alles nur, weil sie – woher auch immer – eben Geld hatten. Damit machten sie sich die Welt, wie sie ihnen gefiel. Das war einer der Gründe, warum Ines Hübner Pippi Langstrumpf auf den Tod nicht ausstehen konnte. Eine grässliche Figur! Die, die ihr Geld selber verdient hatten, stellten sich zumeist nicht so an. Das war zumindest die Erfahrung, die Ines Hübner in all den Jahren im Immobiliengeschäft gesammelt hatte. Ihr selber lag eine derartige Anspruchshaltung jedenfalls vollkommen fern.

Edeltraut Dost hatte erst Ruhe gegeben, als Ines die gesammelte Handwerkerschar inklusive eines Serviceteams der Fahrtstuhlfirma aus Berlin in der Wasserstraße versammelt hatte und alle um sie herum ihr im Chor versicherten und demonstrierten, dass nun alles wieder in Ordnung sei, so etwas gewiss nicht wieder vorkomme. »Aber stellen Sie sich nur vor, was hätte passieren können. Ich ganz alleine im Haus, steige nichtsahnend in den Fahrstuhl, bleibe stecken und der Notruf funktioniert nicht und kein Handyempfang. Ich hätte tot sein können!«

»Aber du warst doch nicht alleine, Edeltraut, meine Liebe, ich war doch dabei. Reg dich doch nicht so auf. Das ist nicht gut für deinen Blutdruck!«

»Aber du bist doch nicht immer da und stehst daneben, wenn ich dieses Ding benutze.«

Da hatte die anstrengende Frau Dost zweifelsohne nicht unrecht, dachte Ines Hübner bei sich. Die Maklerin und Hausverwalterin ließ sich von den Technikern alles noch einmal bis ins Detail zeigen und erläutern, machte sich Notizen für den Fall der Fälle. Schließlich war sie es, bei der im Zweifelsfall alle Fäden zusammenliefen, bei der Edeltraut Dost zuerst anrufen würde. Sie würde wieder den Kopf für alles Mögliche hinhalten müssen. Gut, das war Teil ihres Jobs. Es waren stets dieselben Kunden, mit denen es Ärger gab. Denen stand es schon irgendwie auf der Stirn geschrieben: *Vorsicht schwierig!* Erst waren sie von allem begeistert und alles war gut. Dann kippte die Stimmung meist ebenso unvermittelt wie schnell: Nichts war ihnen mehr recht, sie schienen mit sich und der Welt unzufrieden. Diesen Teil ihres Jobs mochte Ines Hübner überhaupt nicht. Das war dann in der Tat sauer verdientes Geld.

Die Funktionsstörung in der Wasserstraße hatte ihre wesentliche Ursache in einem schlichten Wackelkontakt in der Bedieneinheit vom Lift. Ines Hübner hatte schon von ihrem Vater einiges gelernt über die Funktionsweise von Hauselektrik, im Physikunterricht aufgepasst und über die Jahre im Beruf so allerhand vom Fach mitbekommen. Immer, wenn Handwerker merkten, dass sie es mit jemandem zu tun hatten, der ungefähr verstand, wovon sie sprachen, waren sie kaum mehr zu bremsen, so froh waren sie darum. So ein Fahrstuhl war schon ein komplexes System, bedurfte einer regelmäßigen teuren Wartung, wurde vom TÜV geprüft. Das Ganze war mit einem 24-Stunden-Notdienst verbunden. Sollte es zumindest sein. All das wiederum produzierte Abrechnungen, da musste gebucht und versteuert werden, im Zweifelsfall wollte das Finanzamt noch zehn Jahre später die Rechnungen sehen. Was war das früher doch einfach gewesen, als die Leute schlicht Treppen benutzt hatten. Und wenn sie dann alt wurden, hatten sie es irgendwann gelassen und sich etwas Ebenerdiges gesucht. Aus irgendwelchen Gründen ging das heute nicht mehr, und zum *seniorengerechten Wohnen* gehörte plötzlich ein Fahrstuhl mit dazu. Es gab kaum noch mehrstöckigen Wohnungsbau ohne Fahrstuhl. Und wer durfte das alles dann bewirtschaften, abrechnen und wer musste als Erstes herhalten, wenn mal was nicht so funktionierte, wie es sollte? Eben. Die Hausverwaltung. Also Ines Hübner. *Wenn kein Krieg kommt, können wir uns alles leisten.* Vielleicht war das das Problem dieser Republik. Oder eines der Probleme. Oder das Problem mit einer ganz bestimmten Generation, die sich immer alles leisten konnte und das auch tat. Warum nur kam Ines Hübner an dieser Stelle ihrer Überlegungen immer Edeltraut Dost in den Sinn? Probleme waren da, gelöst zu werden. Falls die Gute abermals mit ihrem Fahrstuhl ankommen würde – und damit war fest zu rechnen – war sie vorbereitet und konnte ihr das alles haarklein erläutern.

Dass es im Fahrstuhl keinen Handy-Empfang gab, konnte Ines Hübner natürlich nicht ändern. Es kostete sie einige Überzeugungsarbeit, dass Edeltraut Dost sich zwei, drei Wochen nach diesem Vorfall schließlich in ihrem Beisein wieder in den Fahrstuhl wagte, statt nur die Wäsche und die Einkäufe damit zu befördern. Edeltraut Dost hatte einen Hang zum

Drama. Sie klammerte sich an die betroddelte Haltestange und auf der Fahrt nach oben mit Sicherheitshalt in jedem Stockwerk – Tür auf, Tür wieder zu – blickte sie beständig bange in den Spiegel. Hatte nur noch gefehlt, dass sie nach ihrer Hand gegriffen hätte, schauderte es Ines Hübner auf dem Rückweg zum Büro auf der Kronlastadie. Sie hatte ihrer schwierigen Kundin lieber nicht erzählt, was ihr die Fahrstuhlfachleute aus Berlin berichtet hatten: Dass nämlich *Aufzüge hierzulande prinzipiell ein zuverlässiges Stück Technik*, Havarien allerdings gar nicht so selten seien, wie man gemeinhin annehme. Und ja, es könne durchaus ein bis zwei Jahre dauern, bis sich so eine neue Anlage *eingeruckelt* habe.

Dafür hatte Ines Hübner der Hausbesitzerin bei einem anderen Problem weiterhelfen können. Und zwar bei der Suche nach einer guten und zuverlässigen und freundlichen *Zugehfrau*. Edeltraut Dost war beim *Reinigungsservice Roserita Radünzel* aus der Ravensberger Straße gelandet, nachdem sie sich auf eigene Faust auf die Suche nach einer Perle für ihr neues Heim gemacht hatte. Sie hatte sich das in Stralsund einfacher vorgestellt: »Wie kommt das nur? Hier im Osten hat es doch immer noch viele Arbeitslose, wieso sind die Anzeigenblätter dann nicht voll mit Arbeitsgesuchen? Ich mein, saubermachen kann doch fast ein jeder! Bei uns in Darmstadt ist das umgekehrt, da gibt es kaum Arbeitslose, aber jede Menge Reinigungskräfte, die putzen wollen. Ich versteh das nicht.«

Mit Roserita Radünzels Truppe war Edeltraut auch nicht wirklich unzufrieden. Was sie vor allem störte, war deren Zahnstatus (»Ich kann da gar nicht hinsehen. Nein, das geht gar nicht.«). Ines Hübner hatte einen Geistesblitz: »Haben Sie es denn schon einmal mit Firma *Stubenrein* probiert? Die sollen wirklich gut sein, habe ich gerade wieder von einem Kunden, einem sehr kultivierten Herrn, der unlängst aus München hier heraufgezogen ist, gehört. Der meinte, das Team 5 von *Stubenrein* sei besonders zu empfehlen ... Aber den Tipp haben Sie nicht von mir. Wenn diese Reinigungsunternehmen etwas von Immobilien und Hausverwaltung hören, langen sie gerne noch kräftiger zu, als ohnehin schon.« Edeltraut Dost tippte in ihr Smartphone: »*Stubenrein*, Team 5«. Es fügte sich perfekt. Manchmal stellte tatsächlich das Leben die Weichen.

Ines Hübner spürte dieses Kribbeln, als sie in die Wasserstraße bog. Zum ersten Mal hatte sie dieses Kribbeln gehabt auf der Autofahrt von Stralsund nach Berlin. Damals, als die Datsche ihrer Eltern in Devin mitsamt eben ihren Eltern in die Luft geflogen war. Es war dieses Kribbeln, wenn man alles in Gang gesetzt hatte und es nicht mehr aufhalten konnte. Wenn man es nicht mehr beeinflussen konnte. Wenn der erste Dominostein gefallen war, konnte man nur noch beobachten, wie dann alle anderen der Reihe nach umkippten. Man hatte es nicht mehr wirklich in der Hand. Hatte man wirklich an alles gedacht? Man konnte nicht an alles denken. Aber das machte ja gerade den Reiz aus. Der Zufall spielte immer mit.

Wie im richtigen Leben. Vielleicht konnte man noch das eine oder andere Steinchen ein wenig richten. Es gab niemanden, der nicht mal etwas übersah. Auch deshalb zog es sie in die Wasserstraße. Sie wollte an Ort und Stelle noch einmal alles Schritt für Schritt durchgehen. Ganz alleine in der Stille des Hauses, wo kein Telefon und keine Handy-Nachrichten sie störten. Und sie wollte dieses Kribbeln richtig deutlich spüren: Sie war es, die das Ganze in Gang gesetzt hatte. Es war nicht mehr aufzuhalten. Nur eine Frage der Zeit, bis der Sturm losbrach. Da durfte nichts schieflaufen. Sie war das Mastermind in dem Spiel. Auf sie kam es an. Und obendrein diente sie einer guten Sache. Nichts geschah ohne Grund. Ursache und Wirkung. Man musste nur alles vom Ende her denken.

Ines Hübner huschte durch die Pforte in den Innenhof des Hauses von Edeltraut Dost in der Wasserstraße, das dunkel und verlassen in der Häuserzeile stand. Eine unscheinbare Passantin auf dem abendlichen Heimweg. Die Maklerin hielt kurz auf dem kleinen Hof inne und lauschte im Schutze der Finsternis um sie herum auf die Geräusche in der Nachbarschaft. Nichts, alles ruhig. Den Bewegungsmelder für die Lampe neben dem Hintereingang hatte sie ausgeschaltet. Ines Hübner ertastete in ihrer Hosentasche den richtigen Schlüssel. Das war der große mit der abgeschrägten Ecke. Leise schloss sie auf, schlüpfte hinein und schloss mit einem Klicken die Türe hinter sich. Sie lauschte. Stille.

Sie war diejenige, die den Fachleuten zugehört hatte, als es um den Wackelkontakt am Notrufknopf des Fahrstuhls im Hause Dost ging. Sie hatte zugehört und nachgefragt, bis sie begriffen hatte. Es war gar nicht schwer. Man musste nur eine kleine Luke abschrauben und die Platine lockern, die dahinter steckte. Im Grunde ein Kinderspiel.

Nichts als Stille. Gut. Sie durfte nicht vergessen, nachher die Zeitungen aus dem Postkasten zu entfernen.

EIN TAG
ANFANG NOVEMBER

X

Ein Ort der Stille und Einkehr

»Die Beschlusssammlung wurde nachgereicht. Nach erster Durchsicht haben die bevollmächtigten Eigentümervertreter festgestellt, dass nicht alle Beschlüsse umgesetzt wurden. Die Beschlusssammlung müsste nochmals vor der ordentlichen Eigentümer-Versammlung im laufenden Geschäftsjahr kontrolliert und gegebenenfalls müssten Beschlüsse entsprechend neu gefasst werden, wie zum Beispiel das Thema Rauchwarnmelder (Installation und Wartung).«

»Sehr geehrter Herr Rummler, bei einem Vorort-Termin wurde unserer Mitarbeiterin, Frau Klingschat, durch Familie Keller mitgeteilt und gezeigt, dass die Duschtür defekt und völlig ausgehängt ist sowie sämtliche Silikonfugen in einem schlechten Zustand sind. Familie Keller sagte, dass dies schon beim Einzug so gewesen sei und der Hausmeister bereits alles versucht habe, aber auch keine Abhilfe schaffen konnte. Des Weiteren läuft der Spülkasten ständig durch, wenn der Deckel geschlossen wird. Im Anhang fügen wir Ihnen die von den Mietern zugeschickten Bilder zur

Ansicht bei. Bitte teilen Sie uns kurz mit, wie Sie hier weiter vorgehen möchten. Bei Rückfragen stehen wir Ihnen gerne unter der oben genannten Rufnummer zur Verfügung. Mit freundlichem Gruß, Ines Hübner«

Ines Hübner unterzeichnete die Schreiben, die heute rausgehen sollten. Sie mochte den November. Die Mittagsstunden hatte sie sich freigenommen für ihren alljährlichen Spaziergang über den Stralsunder Zentralfriedhof. Sie hatte dort ein paar Besuche zu machen, wie sie es für sich nannte. Das traf es eigentlich recht gut, sie besuchte quasi alte Bekannte. Dies gab ihr stets ein gutes Gefühl, denn sie hatte sie alle auf die eine oder andere Weise überwunden. Das war ihre ganz spezielle *Insektensammlung*, von der niemand anderes auch nur eine Ahnung hatte. Ein bestimmtes Datum hatte sie nicht für ihre jährliche November-Visite. Das Wetter musste stimmen. Sonnenschein war in Ordnung, Nebel war besser, Regen ging überhaupt nicht. Bei Regen saute man sich nur über Gebühr die Schuhe ein.

Ines Hübner steuerte den Firmenwagen auf den Parkplatz des Zentralfriedhofs an der Prohner Straße. Die schwache Mittagssonne drang nicht wirklich durch die allgemeine neblige Diesigkeit. In der Kaufhalle hatte sie ein Totensonntagsgesteck für das Grab ihrer Eltern gekauft. Das war angemessen. Schon auf dem Parkplatz begegneten ihr die ersten bekannten Gesichter und sie grüßte nach links und rechts. Was tat man nicht alles fürs Geschäft. Da waren Gestalten dabei, die kannte sie so seit ihrer Kindheit: die gleichen Ballon- und kunstledernen Schirmmützen. Oder waren es gar dieselben? Unfassbar. Wie alt wären ihre

Eltern jetzt? Ines mochte das nicht wirklich ausrechnen, noch sich vorstellen, wie es gewesen wäre. War ja auch egal. Mit solcherlei Gedanken befasst, erreichte sie das schlichte Urnengrab und legte ihr Gesteck ab. Der Ordnung halber hielt sie mit verschränkten Händen inne. Stralsund war ein Dorf und hinter irgendeinem Baum stand bestimmt irgendeine Krähe mit Ballonmütze, die sie von irgendwoher kannte, und beobachtete sie. Das Wichtigste war, nie Gerede aufkommen zu lassen.

Ines rechnete während ihrer stillen Andacht aus, wann die Nutzungsdauer für die Grabstelle endlich ablaufen würde. Ein Anflug von einem Lächeln breitete sich über ihr Gesicht: Die Zeit rannte, das war ja gar nicht mehr so lange hin. Und wenn die Grabstelle erst einmal planiert war, dann war endlich richtig Schluss. Aus und vergessen. Der allerletzte Dominostein sozusagen.

Ines Hübner machte sich auf zu ihrem Rundgang. Sie mochte den Zentralfriedhof nicht wirklich. Für ihre Eltern war das zwar genau der richtige Ort für deren *letzte Ruhe*, aber ihre Katzen würde sie hier nie begraben. Da war der St. Jürgen-Friedhof viel schöner, ruhiger und überhaupt stilvoller. Von Jahr zu Jahr stellte Ines Hübner mit Schaudern fest, welche Stilblüten der zeitgenössische Individualisierungswahn nicht nur im Bauwesen, sondern selbst noch auf dem Friedhof trieb. Jeder musste auf Teufel komm raus *besonders* sein. Es gab in Stralsund ganze Siedlungen für *Besserverdienende*, die kaum zu ertragen waren: Auf winzigen Grundstücken prangte dort eine architektonische Scheußlichkeit neben der nächsten. Mediterran neben mexikanisch neben bauhausmäßig. Mit Säulen und ohne. Dunkler Klinker mit Schießschartenfenstern neben bodentiefen Einblicken in fremder Leute Leben. Alles per se besonders – und besonders scheußlich. Und mutmaßlich von Heerscharen ganz besonders besonderer Leute bewohnt. Auf dem Friedhof gab es Grabsteine, die mit echten Swarowski-Kristallen, eingelassen in schwarzen Granit prunkten. Und dann dazu der Spruch: »Schlicht und einfach war dein Leben, viel hast du uns gegeben.« Ines Hübner kam an Grabsteinen vorbei, auf denen prominent marmorgefasste Portraits der lieben Verblichenen prangten. Es gab da diese Aufnahme von ihrer Mutter anlässlich der Silberhochzeit. Das Foto hatte ihre Mutter immer gehasst. Zu Recht, wenn Ines allein an die Frisur dachte. Und dazu ein Foto von ihrem Vater, auf dem er mit seinen Zähnen kämpfte und gerade besonders mürrisch in die Kamera schaute. Schöne Vorstellung eigentlich. Ines Hübner konnte sich erneut den Anflug eines Grinsens nicht verkneifen. Sie schalt sich, unverzüglich wieder eine angemessene novemberliche Miene aufzusetzen.

Es war schon erstaunlich, was die Leute mittlerweile auf den Friedhof schleppten und was mittlerweile offenbar alles erlaubt war. Gab es da niemanden, der hier Einhalt gebot? War das alles durch die Friedhofsordnung gedeckt? Oder setzte die bloß keiner durch? Nicht zu übersehen war, dass immer mehr Angehörige ihre eigenen – leider zumeist reichlich scheußlichen – Sitzgelegenheiten aus dem Baumarkt auf den Friedhof schleppten. *Baumarkt* war überhaupt das Stichwort, das Ines Hübner in den Sinn kam, wie sie so gemächlich durch die weitläufige, landschaftsgärtnerisch abwechslungsreich gestaltete Anlage spazierte. Wenn das hier ungebremst so weiterging, sah das bald aus wie bei der Datsche ihrer Eltern. Insofern passte das vielleicht sogar, aber trotzdem: ein Grabstein mit roten Herzchen aus Acryl, bei Dunkelheit mit LEDs beleuchtet! Ines besah sich das näher. Wenigstens mit Solar. Aber keineswegs irgendwie ästhetisch. Kopfschüttelnd zog Ines Hübner weiter.

Hinter der nächsten Biegung wartete Sonja Salewski. Oder das, was von ihr übrig war. Sonja Salewski war Ines Hübner schlicht auf die Nerven gegangen. So eine richtige kleine miese Hackenbeißerin, deren einziges Vergnügen im Leben offenbar darin bestand, anderen selbiges möglichst schwer zu machen. So eine ewig Zukurzgekommene, ein graue Maus, die jeder stets übersah. Allein schon diese immer gleiche Pottschnitt-Frisur mit den leicht fettigen ungepflegten Strähnen. Diese unsäglichen selbstgestrickten Pullover sommers wie winters. Im Sommer blassrosa, im Winter hellgrau. Jahrein, jahraus. Gewiss war Sonja Salewski unentbehrlich für ihre Firma, eines der großen Stralsunder Wohnungsunternehmen, gewesen. Fleißig, verlässlich, genau. Zu genau. Jedenfalls für Ines Hübner. Das Rabenaas war nämlich tatsächlich hinter das kleine Darlehen gekommen, das Ines Hübner sich während einer kurzen finanziellen Durststrecke während der ersten Jahre ihrer Firma in Stralsund von den Hausgeldkonten einiger gemeinsam verwalteter Wohnanlagen ausgezahlt hatte. Es war tatsächlich nur ein Darlehen gewesen. Und auch nur für kurz. Das hätte auch keiner bemerkt. Wer sah sich denn schon jeden einzelnen Auszug an, wenn diese bereits ihren hübschen Prüfungsvermerk trugen. Die waren doch heilfroh, wenn ihnen jemand bereits die Arbeit abgenommen hatte. Alle tickten auf die Weise, bis auf Sonja Salewski. Der machte so etwas Spaß. Die hatte kein anderes Hobby gehabt. Sonja Salewski hatte Ines Hübner tatsächlich *zur Rede stellen* wollen.

Ines war darauf eingegangen. Sie hatte improvisieren müssen. Ines hasste es zu improvisieren. Sie mochte lieber die ausgeklügelten Pläne, bei denen nach einiger Planung und Vorarbeit ein kunstvoller Mechanismus angestoßen wurde, der dann zu dem gewünschten Ergebnis führte. Aber dieses Mal musste es schnell gehen. Ihr guter Ruf in der Stadt stand auf dem Spiel. Sie hatte Sonja Salewski mit deutlichen Worten versichert, dass sich alles aufklären werde und sie vorsichtig mit dem sein solle, was sie an haltlosen Vorwürfen äußere und dass dies gewiss auf sie zurückfallen würde. Da war die schon etwas zurückgerudert und redete was von *Vermutungen* und *Hinweisen* statt von *Beweisen*. Und dann hatte sie sich bereiterklärt, noch einmal gemeinsam zu recherchieren. Und dann hatten sie sich nach Feierabend im Akten-Archiv der Wohnungsbaugesellschaft treffen wollen. Und dann war Sonja Salewski tragischerweise just an dem Abend in eben demselben Keller tödlich verunglückt. Buchstäblich erschlagen von einem tonnenschweren Aktenregal bzw. von mehreren Regalen, die wie die sprichwörtlichen Dominosteine um- und auf die arme Rechnungswesen-Angestellte der Wohnungsgesellschaft draufgefallen waren.

Im Grunde ein passendes Ende, befand Ines Hübner. Von Akten erschlagen. Wo die Gute Akten doch so liebte. Aber was musste sie auch der letzten Abrechnung hinterher in die hinterste Ecke des Archivs kriechen. Morgens immer die Erste im Büro und abends die Letzte. Keiner hatte das Krachen der Regale mitbekommen. Und im Zweifelsfalle hatte Ines Hübner ein Alibi. Die alte Duttke von gegenüber luscherte alle Viertelstunde aus ihrem Fenster, um zu kontrollieren, was sich in ihrer Nachbarschaft so tat. Auf Frau Duttke war Verlass. Wie ein Uhrwerk lüpfte sie vier Mal die Stunde ihren Vorhang. Ganz vorsichtig, damit es auch ja keiner mitbekam ... Frau Duttke würde zweifelsohne bestätigen, dass bei Ines Hübner den ganzen Abend über der Fernseher gelaufen habe.

Die Traueranzeige der Firma für Sonja Salewski – Familie hatte sie augenscheinlich keine, das hätte Ines Hübner auch gewundert – war denn auch des Lobes voll für die teure Verblichene, die ihr Leben im Dienst der Wohnungswirtschaft gelassen hatte. Ines Hübner hatte sich die Annonce ausgeschnitten. Sie war ehrlich empört: Alle hatten sie von den fragilen, kippeligen Metallregalen, die sich unter der Aktenlast bogen, gewusst. Und das bei einem Wohnungsbau-Unternehmen! Ines Hübner wappnete sich, aber über irgendwelche polizeilichen Ermittlungen drang nichts durch. Offenbar hatte niemand bemerkt, dass man der guten Frau Salewski erst den Schädel eingeschlagen hatte, ehe jemand unter Aufbietung aller Kraft das Aktenregal auf sie gekippt hatte. Wer sollte es auch auf die arme Sonja Salewski abgesehen haben? Und warum? Es gab schlicht kein Motiv. Schade eigentlich um das schöne Alibi.

»Und die Papiere hat Ines Hübner,
der man nichts beweisen kann.«

Davon hatte sie eine ganze Zeit einen Ohrwurm gehabt, kam Ines wieder in den Sinn. Und schon wieder musste sie grinsen. Es hatte seinerzeit nicht einmal jemand versucht, ihr etwas zu beweisen. Das hatte sie fast ein wenig gekränkt. Es hatte wohl im Nachgang noch jede Menge Huddeleien gegeben mit der Berufsgenossenschaft und den Versicherungen. Aber es traf mit der Wohnungsbaugesellschaft schließlich keine Armen. Sollten sie ruhig in den Arbeitsschutz und die betriebliche Sicherheit ihrer Angestellten investieren: Man sah ja, was passieren konnte, wenn man hier am falschen Ende sparte.

Sie war sogar noch zur Beerdigung gegangen, man kannte sich schließlich. Da brach sie sich keinen Zacken aus der Krone. Bis auf die Vorgesetzten und Kollegen aus der Firma und ein paar Nachbarn war niemand weiter Auffälliges zugegen. Ines hatte sich immer wieder einmal umgesehen. Aber nichts, keine auffällig unauffälligen Polizisten, die unter den Trauernden Verdächtige ermitteln und womöglich des Mordes überführen wollten. Sie hatte vermutlich zu viele schlechte Fernsehkrimis geschaut. In denen funktionierte das stets so. Und dafür hatte sie sich die Trauerrede mit den Schilderungen aus dem langweiligen Leben einer Sonja Salewski anhören müssen … Ein kleines langweiliges Rabenaas, das beinahe alle ihre Pläne, für die sie so große Opfer gebracht hatte, zunichtegemacht hätte.

Inzwischen war das alles lange her und vergessen. So wie das Urnengrab von Sonja Salewski, das ihr der Arbeitgeber aus schlechtem Gewissen spendiert hatte. Der Stein mit der Namensinschrift von Flechten überzogen, die seit Jahren ausgeschossene Bepflanzung von einer dichten Schicht alten und neuen Laubs bedeckt. Um dieses Grab kümmerten sich allenfalls die »Nachbarn« links und rechts, wenn es allzu arg wurde mit Bewuchs und Verwahrlosung. Ines Hübner zuckte mit den Schultern und zog weiter. Gräber erzählten ganz eigene Geschichten.

Sie bog in den nächsten Hauptweg ein. Unvermittelt sah sie sich einem grünspakigen Schamanen-Kraal gegenüber, den die Besucher einer Grabstelle quasi um diese herum errichtet hatten: Da baumelten Voodoo-Püppchen und Knöchelchen neben Hühnergöttern an Schnüren, die sie um die umstehenden Bäume gebunden hatten. Es gab LED-Solar-Laternen in den unmöglichsten Ausgestaltungen, es gab Traumfänger und es gab die obligatorische Sitzgelegenheit. Alles verbunden mit ineinander verschlüchterten algengrünen Tauen und Schnüren, an denen Muscheln und irgendwelche kleinen Eulen aus Peddigrohr hingen. Und es gab tatsächlich einen Strauch mit Ostereiern, den man offenbar vergessen hatte wegzuräumen. Ines waren bei anderer Gelegenheit auch schon kleine, mit Kugeln geschmückte Weihnachtsbäume auf einzelnen Grabstellen, die von besonders engagierten Zeitgenossen gestaltet wurden, aufgefallen. Mitunter war dort Weihnachten und Ostern gleichzeitig. Zuweilen kam noch ein verblichenes Totensonntagsgesteck aus dem Vorjahr hinzu. Nein, eine solche Nachbarschaft hätte Ines Hübner ihren Katzen nie zugemutet. Die waren auf St. Jürgen fürwahr besser aufgehoben. Sie hatte bei diesen Überlegungen nicht nur die ungebremste Dekorationswut der Friedhofsnutzer im Sinn, sondern auch manche der hier Bestatteten.

Trotzdem fühlte sie sich seltsam angezogen von dem kunterbunten Gerümpelhaufen. Mittendrin stand ein Holzkreuz – augenscheinlich handgedrechselt mit allerhand Verschnörkelungen. Und darauf nun endlich auch ein Name: Patricia Prüssel-Prehn. Schau an, war Ines' erster Gedanke, da hatte Stralsunds bekannteste Schamanin ihre ganz persönliche *Identiätssuche nach Packebusch* also beendet. Das zauberte ein hämisches Lächeln auf das Gesicht von Ines Hübner. Ihr zweiter Gedanke hingegen sorgte für ein Stirnrunzeln: Warum hatte niemand den Mietvertrag der Prüssel-Prehn für die Praxisräume gekündigt? Wie lange ging da schon keine Miete mehr ein? Oder hatte sich irgendein Nachfolger aus der Fangemeinde der Esoterik-Queen eingenistet, um weiterhin *ritualisierte Sinnfindung nach Wachtel-Schmock* anzubieten? Dem müsste sie morgen unverzüglich auf den Grund gehen. Am besten mit einem Besuch vor Ort. Wie konnte sich die Prüssel-Prehn einfach so aus dem Leben stehlen? Also aus ihrem Leben als Vermieterin? Und ganz ohne ihr Zutun? Nicht nur schade, sondern eigentlich eine Frechheit. Aber so waren diese besonders lauten, besonders ärgerlichen, besonders besonderen Mieter eben.

Ines Hübner schüttelte den aufkeimenden Ärger ab und schlenderte in die Richtung der nächsten Station ihres Rundganges: Beate Schöbel-Scheuerarm. Pardon: Frau Dr. Dr. h.c. Beate M. Schöbel-Scheuerarm, so viel Zeit musste sein. Der Gegensatz zur vernachlässigten Grabstelle von Sonja Salewski hätte nicht größer sein können. Der ebenso schlichte wie mächtige Grabstein aus schwarzem Granit – perfekt proportioniert und genau auf der Grenze zwischen *Statement* und Zurückhaltung – glänzte frisch geputzt selbst in der Diesigkeit dieses trüben Novembermittags. Darauf in sattem Gelbgold der vollständige Name der Hingeschiedenen. Kein einziges Laubblatt verunzierte die großzügige Grabstelle. Ein wagenradgroßer Kranz als Totensonntagsgabe zeugte von Wohlhabenheit und Verbundenheit der Familie über den Tod hinaus. Wie im Leben, so im Tode … War das Leben tatsächlich so platt? Die frischen langstieligen roten Baccara-Rosen, die in der Vase neben dem Stein prunkten, waren schon fast zu viel. Aber auch das hätte Frau Dr. Dr. h.c. Beate M. Schöbel-Scheuerarm gewiss gut gefallen.

Ines Hübner klaubte ein großes, feuchtes, leuchtend gelbes Ahornblatt vom Friedhofsweg auf, drehte es bedächtig in Händen, sah sich in alle Richtungen um. Dann ließ sie es mit langem Arm fallen auf die frisch geharkte Freifläche des Schöbel-Scheuerarm'schen Erbbegräbnisses. Das wiederum hätte der werten Schöbel-Scheuerarm gewiss gar nicht gefallen. Da das eine Ahornblatt dort so für sich allein fast schon wieder poetisch aussah, mochte es Ines Hübner dabei nicht bewenden lassen: Es mussten schon ein paar mehr sein. Niemand schien sie zu beobachten. Und sie liebte den Kick, bei etwas Verbotenem erwischt werden zu können. Es musste diese Möglichkeit des Erwischtwerdens geben. Zumindest theoretisch. In der Vergangenheit war das nie passiert. Und es würde auch künftig nicht geschehen. Aber so als Möglichkeit … Wäre ja langweilig sonst. Sie durfte nur nicht übermütig werden.

Mit der Schöbel-Scheuerarm war das ganz einfach gewesen. Sie hatte sie nur zu schubsen brauchen. Das war ganz spontan passiert. Nun ja, ganz spontan mit etwas Vorplanung, wenn man denn so wollte. Aber ja, irgendwie schon spontan. Sie hatte einfach die Gelegenheit wahrgenommen. Und ihrem inneren Impuls nachgegeben. Sie hätte auch stillhalten können und sich an der bloßen Möglichkeit erfreuen. Nein, hätte sie nicht. Die Schöbel-Scheuerarm hatte es verdient. Es war dieser eine Augenblick, der alles entschied. – Ines Hübner wusste, dass Beate Schöbel-Scheuerarm jeden Samstagnachmittag noch einmal *ihre* Baustelle kontrollieren kam. Eigentlich war es die Baustelle der »Schöbel-Scheuerarm & Schöbel-Scheuerarm GbR«, die sie zusammen mit Ihrem Gatten für die Verwaltung ihres Immobilienvermögens gegründet hatte. Sie Internistin mit eigener Praxis für Allgemeinmedizin, er der führende Radiologe der Stadt mit Praxis in der Poliklinik und bundesweiter Reputation in Fachkreisen. Beide mit Geld von Hause aus gesegnet und beide ebenso begeisterte Natur- wie Kulturmenschen. Privat bewohnten sie eine Gründerzeit-Villa in einer ruhigen Seitenstraße in der Nähe des Moorteichs. Ein Schnäppchen aus den wilden Nachwende-Jahren. Die beiden

Kinder waren aus dem Haus und studierten irgendwo in der weiten Welt. Herr Dr. Schöbel-Scheuerarm hatte seit ein paar Jahren die Jagd für sich entdeckt und verbrachte jede freie Minute auf seinem komfortabelst eingerichteten Jagdstand in der weitläufigen Natur hinter Zimkendorf und Pütte. Dort hatte er eine repräsentative Jagd gepachtet. Der Jagdstand war ein mobiles Trumm, das extra von schwerem Gerät an die beste Stelle weit und breit gerückt worden war. Eine stabile Metalltreppe führte nach oben in die Kabine, die von innen zum Schutz gegen die Kühle komplett mit dickem grünen Casinofilz ausgeschlagen war. Durchsichtige Plexiglasklappen erlaubten freie Sicht auf das Schussfeld. Ein ausgedienter lederner Chefsessel machte das Warten auf die Beute bequem. Dieser Moment, wenn das Wild aus der Deckung trat und er das Zielfernrohr anlegte … Das war archaisch, das war das wahre Leben!

Nach Pütte zur Jagd fuhr Dr. Schöbel-Scheuerarm standesgemäß in seinem in dunkelgrünmetallic lackierten Range Rover, der auch vor der Poliklinik und auf den Parkplätzen der Kongress-Hotels ein vortreffliches *Statement* abgab. Am besten noch mit ein paar dekorativen echten Schlammspritzern aus der Zimkendorfer Natur. Immer das aktuellste Modell mit dem größten Motor, alle zwei Jahre neu. Das war mann sich schuldig. Wenn Dr. Schöbel-Scheuerarm nicht arbeitete oder jagte, dann verschlang er Zeitschriften wie »Wild und Hund«, »Hund und Jagd« oder »Jagd und Wild«, die er allesamt abonniert hatte und die dann ausgelesen dekorativ auf der Hutablage vom Range-Rover oder im Zeitschriftenregal seines Wartezimmers landeten, wo sie immer mal von einem Patienten zur Hand genommen, dann aber schnell zur Seite gelegt wurden. Oder er kümmerte sich um den Irish Setter Onno, seinen treuen Begleiter auf allen Wegen außerhalb der Poliklinik. Oder um Evelyn, die gut gebaute Tochter des Pächters der benachbarten Jagd. Aber das war ein anderes Thema. Auch dafür war dicker grüner Casinofilz gut.

Frau Dr. Dr. Schöbel-Scheuerarm hatte ihr Herz an das Bauen und ihr *Immobilien-Imperium*, wie sie es nannte, gehängt. Während Herr Dr. Schöbel-Scheuerarm seiner Jägerei eher mit Bedacht und im Sinne eines ausgleichenden Hobbys frönte, nahm die *Immobiliensucht* seiner Gattin, wie er es zuweilen nannte, wenn sie wieder ein neues Projekt aufgetan und sich dann Hals über Kopf hineingestürzt hatte und über Wochen und Monate kein anderes Thema mehr kannte, ihrer Grunddisposition gemäß beinahe manische Züge an. Aber er ließ sie gewähren. Geld war schließlich nicht das Problem. Hauptsache, sie störte seine Kreise nicht über Gebühr.

Erst war es Tennis gewesen, dann *das Theater*. Gott, er durfte nicht daran zurückdenken, wie seine Frau die gesamte Familie über Jahre mit ihrer Theaterleidenschaft tyrannisiert hatte. Was hatte er in irgendwelchen unsäglichen Aufführungen in den führenden Theatern der Republik Lebenszeit gelassen! Und immer diese elend langen Anreisen und Übernachtungen in irgendwelchen Stadthotels, in denen angeblich auch *die Künstler* nächtigen sollten. Nein, dann doch lieber Zimkendorf und Pütte.

Begonnen hatte der Immobilien- und Einrichtungswahn mit der Villa am Moorteich, die sie selbst bewohnten. Beate hatte gleich nach dem ersten Rundgang gewusst, wo nach der Sanierung welches Möbelstück stehen sollte. Sie hatte für so etwas tatsächlich ein Händchen. Der Wintergarten, die Sauna und der Fitnessraum im Keller, der Staudengarten … Eigentlich hatte sie schon immer derlei Projekte gehabt, wenn es ihr im richtigen Leben zu langweilig wurde. Nie hätte man Frau Dr. Dr. Schöbel-Scheuerarm mit einem Besen oder einem Feudel in der Hand angetroffen. So etwas war nicht *ihr Ding*, ganz und gar nicht. Ihr Ding war *das große Ganze*, die Planung, die Konzeption. Für die Ausführung hatte man dann seine Leute, die *guten Geister*, die alles richteten, reinigten, verwalteten und überhaupt in Ordnung hielten. Wichtig war gewiss, dass man die Ausführung sowie die erbrachten Dienstleistungen auch kontrollierte, insbesondere auf die Reinigungsunternehmen und deren Mitarbeiter war da nicht immer hinreichend Verlass. Das gehörte schon mit dazu, dass man sich darum kümmerte.

Nach der Villa war ein Mehrfamilienhaus in der Fährstraße hinzugekommen. Als Geldanlage. Dann das Ferienhaus auf dem Zingst, jottwede Richtung Sundische Wiesen raus, noch hinter der riesigen Rindermastanlage. Ebenso abgelegen wie runtergekommen. Eigentlich ein Wahnsinn, aber Beate Schöbel-Scheuerarm wollte *auch mal rauskommen*, wie sie es nannte. Stillstand in jedweder Form war für sie überhaupt das Allerschlimmste und kaum zu ertragen. Mit dem Objekt, ihrem Geld und eisernem

Willen und der extra dafür importierten Karakul-Schafherde hatte sie es tatsächlich bis in eines dieser einschlägigen Hochglanz-Magazine geschafft, die in den Zeitschriftenregalen der Republik auslagen und das schöne Landleben priesen. Leider vertrugen die Karakul-Schafe das doch eher feuchte Klima auf dem Zingst nicht so gut und die Wolle für die Ferienhaus-Filz-Kurse musste fortan zugekauft werden.

Das Dumme war, dass Dr. Dr. Schöbel-Scheuerarm mit ihren Projekten finanziell durchaus effektvoll war und Herr Dr. Schöbel-Scheuerarm kaum tragfähige Einwände gegen die Unternehmungen seiner Gattin vorbringen konnte. Getreu ihrem Motto von Karl Lagerfeld: »Man muss erst oben das Geld zum Fenster rauswerfen, damit es unten wieder zur Tür hereinkommt«, war die umtriebige Medizinerin auch mit ihrem zweiten Standbein überaus erfolgreich. Die niedrigen Zinsen und steuerrechtliche Vergünstigungen spielten ihr in die Hände. Zudem war Frau Dr. Dr. sehr geschickt darin, Fördermittel jedweder Art für ihre Immobilien an Land zu ziehen. Da war für sie kein Formular zu umständlich, kein Behördenweg zu lang. Hierfür stellte sie ihre notorische Ungeduld gerne hintan. Um am Ende dann sich selbst in der Zeitung zu sehen in einem Bericht über die »engagierte, uneigennützige Ärztin«, die »erneut ein unwiederbringliches Stück Vorpommern vor dem Verfall gerettet und für die Zukunft bewahrt« hatte.

Das war denn auch so in etwa die Motivlage, die Beate Schöbel-Scheuerarm dazu bewogen hatte, ihr neuestes Vorhaben in der Stralsunder Altstadt in Angriff zu nehmen: eines der letzten großen Bürgerhäuser mit historischem Kemladen in der Frankenstraße, das bisher aufgrund jahrelanger Erbauseinandersetzungen noch nicht saniert worden war. Ein Objekt mit etlichen erhaltenen historischen Details, Malereien und Einbauten, die die Konservatoren und Restauratoren erfreuten, für deren Erhalt großzügige Fördergelder ausgeschüttet wurden und die schließlich eine einmalige Wohnatmosphäre schufen. Und ein Objekt, das die Maklerin Ines Hübner ihr vermittelt hatte, die auch schon das Haus in der Fährstraße verwaltete. Ines Hübner begleitete denn auch die Sanierungsarbeiten in der Frankenstraße und sollte späterhin wieder die Vermietung und Verwaltung übernehmen. Das war der Plan. Alles notariell beglaubigt, vom Architekten mit endlosen Sonderwünschen und Änderungen der Bauherrin geplant und bereits einen Gutteil in die Tat umgesetzt. – So weit, so gut.

So weit, so schlecht: Beate Schöbel-Scheuerarm hatte nämlich diese unnachahmlich herablassende Art an sich, alle und jeden um sie herum wie Domestiken zu behandeln. Alle hatten nur für sie da zu sein. Und zwar hier und jetzt und auf der Stelle. Und wehe, wenn nicht. Darauf konnte Ines Hübner nun entschieden gar nicht. Immer wieder kam es vor, dass Frau Dr. Dr. die Handwerker und Ines Hübner auf *ihre* Baustelle zitierte, um ihr Missfallen wegen diesem und jenem auszudrücken und auf sofortige Abhilfe zu dringen. Alles musste protokolliert und zügig abgearbeitet werden. Wogegen ja grundsätzlich nichts einzuwenden war, aber diese Art und Weise … wie ein Haar auf der Zunge, das man nicht loswurde.

Ines Hübner wusste von den regelmäßigen Kontrollgängen der Schöbel-Scheuerarm an den Samstagnachmittagen. Dann wieselte sie in ihrer lodengrünen englischen Wachstuchjacke – Herr Dr. und Frau Dr. Dr. Schöbel-Scheuerarm gingen darin im Partnerlook, er auf die Pirsch und sie auf die Baustelle – bis in die hintersten Abseiten, um den Baufortschritt zu überwachen. Zufällig war Ines Hübner an einem ruhigen Samstagnachmittag mit einem Eis in der Hand vom Hafen auf dem Weg nach Hause zur Abwechslung die menschenleere Frankenstraße entlanggebummelt, als auf Höhe der Baustelle urplötzlich und rattengleich die Schöbel-Scheuerarm aus der Kellerluke gekrochen kam. Natürlich wieder ohne Bauhelm. Wegen der ondulierten und mit Unmengen an Haarspray fixierten Locken. Vor Schreck hatte Ines ihr Eis auf den Gehweg fallen lassen. Was aber Frau Schöbel-Scheuerarm in keiner Weise davon abhielt, sie auf der Stelle mit einer umfangreichen neuen To-do-Liste zu konfrontieren und auf die Baustelle zu zerren, um ihr zu zeigen, wo es wieder haperte. Wochenende ade.

Ines Hübner hatte für sich beschlossen, dass es mit Frau Dr. Dr. Schöbel-Scheuerarm reichte. Irgendwann war das Maß voll. Sie entschied, sich am nächsten Samstag noch einmal selber ausgiebig Zeit für die Baustelle in der Frankenstraße zu nehmen und holte sich den Schlüssel vom Bauleiter, ganz offiziell. Bereits am frühen Vormittag huschte sie mit Aktentasche und Bauhelm bewaffnet durch die metallene Baustellentür in den schummerigen Hausflur. Hinter dicken hölzernen Verschalungen warteten hier üppige Barockmalereien darauf, gegen Ende der Bauarbeiten von den Restauratoren wieder zum Leben erweckt zu werden. Aber bis dahin würde es noch einige Monate dauern. Zurzeit stand das ganze Haus wie ausgehöhlt da, nachdem alle nicht mehr brauchbaren Teile entfernt worden waren. Stützen, Gerüste, Leitern und Behelfstreppen bildeten ein Labyrinth, das allenfalls eine Ahnung davon vermittelte, wie es hier einmal aussehen sollte. Es wehte einen beim ersten Betreten noch immer unterschwellig ein wenig übel nach jahrelangem Leerstand, nach feuchtem Putz und morschen Balken an. Doch es roch auch bereits nach frischem Holz, seitdem die Zimmerleute damit begonnen hatten, nach und nach neue Balken zu verlegen.

Ines Hübner machte sich bedächtig und systematisch an ihren Rundgang durchs Haus. Diensteifrig und beflissen. Selbst am Wochenende. Mit gutem Beispiel voran. Am Wochenende hatte man seine Ruhe auf der Baustelle. Frau Schöbel-Scheuerarms eigene Worte. Wo sie recht hatte, hatte sie recht. Ines Hübner machte sich Notizen und fotographierte mit ihrem Handy. Sie wollte gut vorbereitet in die Baustellenbesprechung am Montag gehen. Stück für Stück arbeitete sie sich voran, kletterte über Stiegen, Planken und Leitern immer weiter in das ausgeweidete alte Giebelhaus hinein. Als sie ganz oben im Kemladen angekommen war, hielt sie inne und überlegte. Die Höhe war gewiss ausreichend. Aber nein. Zu plakativ. Und überhaupt: Wie bekäme sie sie hierhergelockt? Nein, das ging nicht. Ines Hübner kletterte vorsichtig zurück ins Vorderhaus. Zum Glück hatte sie kein Problem mit Höhen. Sie sah sich gründlich um, wog ab und legte sich schließlich fest.

Gutes Gelingen erforderte zunächst eine Entscheidung. Hatte man sich erst einmal entschieden, folgte alles Weitere zumeist von selbst.

Ines Hübner sah auf die Uhr: Es würde noch eine Weile dauern, bis die Schöbel-Scheuerarm auf der Baustelle auftauchte. Vorfreude war die schönste Freude. Obwohl: War es *Freude*? Schon auch. Aber es war vor allem der Kick, dass sie, Ines Hübner, es in der Hand hatte, was passieren würde. Sie entschied. Und niemand sonst. Wenn es heute geschehen sollte, dann geschah es heute. Und wenn nicht heute, dann in einer Woche oder in vierzehn Tagen. Sie hatte es in der Hand. Die Wartezeit vertrieb sie sich auf ihrem Handy in der *Candy Crush*-Welt mit *Tiffi* und *Mr. Toffee*. Ines Hübner mochte *Candy Crush*. Bis auf die immer neuen Leben, die man sich dort kaufen konnte. Das ging im richtigen Leben zum Glück nicht. Auch nicht, wenn man noch so viel Geld oder Beziehungen oder Durchsetzungswillen oder sonst was hatte. Irgendwann musste doch mal Schluss sein. Da hatte das richtige Leben doch wieder einmal etwas für sich.

Ines Hübner horchte auf. Jemand fingerte an der Baustellentür herum, betrat das Vorderhaus und verriegelte diese wieder von innen. Die Bauherrin hatte sich einen eigenen Schlüssel ausbedungen, um zu jeder Tag- und Nachtzeit den Baufortschritten hinterherzuschnüffeln. Dieses Mal war es an Ines Hübner, die geschätzte Bauherrin zu überraschen: »Mein Gott, haben Sie mich jetzt aber erschreckt! Musste das sein?« Dann ließ sich Beate Schöbel-Scheuerarm jedoch dazu herab, den Fleiß ihrer Bediensteten *löblich* zu finden. Dieses *löblich* und die Art und Weise, wie die Schöbel-Scheuerarm es betonte, bestätigten Ines Hübner abschließend in ihrer Entscheidung.

Zielstrebig dirigierte sie ihre Auftraggeberin vor das provisorische Holzlatten-Geländer, das nur auf den ersten Blick stabil wirkte. Sie zeigte unter irgendwelchen Ausführungen aufs Geratewohl nach schräg oben. Der Blick ihrer Klientin folgte ihr brav. Und dann stieß sie zu. Es war dieser eine Augenblick, in dem sich alles entschied und den Ines Hübner nicht missen mochte. – Schubs! –

Beate Schöbel-Scheuerarm hatte einen unverhofften, schnellen Tod. Den wünschten sich doch die meisten Menschen – und die wenigsten bekamen ihn. Vermissen würde sie kaum jemand. Im Fallen schenkte sie Ines Hübner noch einen letzten fragenden Blick. Dann der dumpfe Aufprall auf dem Steinboden. Dann Stille.

Ines Hübner verharrte eine Weile regungslos. Nichts. Alles ruhig. Ines hörte ihr Herz heftig schlagen, zwang sich ebenfalls zur Ruhe. Dann machte sie sich an den Abstieg. Die Höhe war gewiss ausreichend gewesen. Der Anblick war nicht schön. Sie stieß den Körper der Schöbel-Scheuerarm mit dem Fuß an. Nichts, keine Reaktion. Sie horchte. Absolute Stille. Kein Heben und Senken der Brust. Sie horchte wieder. Nichts. Auch um das Haus herum rührte sich niemand. Mit spitzen Fingern vergewisserte sie sich schließlich, dass in dem Körper vor ihr kein Puls mehr schlug. Ihr Blick fiel auf die Handtasche der Verunfallten. Darin blitzte etwas verführerisch.

Von Frau Schöbel-Scheuerarm hatte Ines Hübner ihren goldenen Lieblingsfüllhalter. Wenn sie jemand danach gefragt hätte, wie sie in den Besitz eines solchen wertvollen Schreibgeräts mit der Gravur »Schöbel-Scheuerarm« gekommen sei, hätte sie geantwortet, dies sei ein Geschenk für jahrelange ertragreiche Dienste gewesen und sie würde es in Ehren halten, indem sie es täglich benutze. Was ja zum Teil auch stimmte. Da brauchte sie nicht einmal rot zu werden oder ins Stottern zu geraten.

»Und ein Mensch geht um die Ecke,
den man Ines Hübner nennt.«

Als es draußen vernehmlich dunkelte und weiterhin alles ruhig blieb, wagte sich Ines Hübner an den Heimweg. Unbeobachtet entwich sie aus dem Haus und erreichte nach ein paar Schritten den Neuen Markt.

XI

Souvenirs, Souvenirs

Wie viele Jahre war das nun schon wieder her? Ines Hübner musste rechnen und vergewisserte sich mit dem Sterbedatum auf dem Grabstein. So lange war das schon?! Die Zeit rannte. In Tat. Aber wenn sie sich die Grabstelle hier als Resultat anschaute, konnte sie zufrieden sein.

Die Zusammenarbeit mit Herrn Dr. Schöbel-Scheuerarm gestaltete sich doch um einiges angenehmer als die mit Frau Dr. Dr. h.c. Der hinterbliebene Witwer hatte die Anstandsfrist abgewartet und daraufhin seine Geliebte geehelicht, deren Namen er nur zu gerne gleich mit angenommen hatte. Und die Nachbarjagd seines neuen Schwiegervaters als Morgengabe ebenso. Eben ein moderner Mann.

Mit einem warmen Gefühl dachte sie an den eleganten goldenen Federhalter, der im Terminplaner in ihrer Handtasche steckte. In der Zwischenzeit waren noch einige Souvenirs der einen oder anderen Art hinzugekommen. Ines Hübner hatte überhaupt ein Faible für Souvenirs. Es mussten ja nicht immer gleich goldene Füllhalter oder teurer Schmuck sein. Auch einer der Vorteile, den ihr Beruf so bot. Insgeheim schwärmte Ines Hübner nämlich für Bauarbeiter. Das durfte sie nur nie zugeben. Kaum, dass sie es sich selbst gegenüber je getan hätte. Was hätte sie auch mit einem tatsächlichen Bauarbeiter anfangen sollen!? Gott bewahre! Man stelle sich nur die bemühte Konversation beim gemeinsamen Frühstück danach vor. Oder die indignierten Blicke ihrer Katzen! Die mochten sowieso aus unerfindlichen Gründen keine Männer. Hatte wohl etwas mit Pheromonen und Rasierwasser zu tun. Oder mit Revierverhalten oder wusste der Schinder mit was. Katzen waren bisweilen eigen und nicht zu durchschauen. Da reichte schon der Schornsteinfeger, der alle Jahre zur Kontrolle in die Wohnung kam. Oder mal ein Monteur, der etwas zu überprüfen oder zu richten hatte. Ganz schlimm war es bei den Malern gewesen, die die Fenster gestrichen hatten. Entweder pissten die Biester den armen Handwerkern in die Schuhe oder in die Taschen. Eins so schlimm wie das andere. Das musste sie sich privat nicht antun. Und überhaupt: Sex mit Katzen in der Wohnung, wenn die Viecher zuguckten? Oder wenn man sie aussperrte und sie ausdauernd an der Tür scharrten? Mit dem Bauarbeiter ins Hotel? *Für 150 Mark*? Nein. Außerdem enttäuschte die Realität diesbezüglich ohnehin zumeist. Diese Erfahrung hatte Ines Hübner hinlänglich gemacht. Also beließ sie es nur zu gerne bei der Phantasie und ersparte sich Konversation und Komplikation.

Am liebsten waren ihr die Gerüstbauer, deren Ballett konnte sie stundenlang zusehen. Besonders im

Sommer: durchtrainierte, muskulöse Kerle. Braun gebrannt und manchmal auch tätowiert. Maler in ihren farbbespritzten weißen Outfits waren auch nicht schlecht, aber da sie nicht unentwegt mit Gewichten hantierten, Gerüste hinauf- und hinabstiegen, Holzplanken schleppten, waren sie selten so durchtrainiert wie die Gerüstbauer. Das konnte man auch nur bis zu einem bestimmten Alter machen. Und für die ganz jungen Sprilligen war das auch nichts. Maurer und Zimmerleute in ihren Zimmermannshosen waren Ines zu *rustikal*. Auch bekam man diese Berufsgruppen selten verschwitzt und mit entblößtem Oberkörper zu Gesicht. Heizungsbauer, Elektriker und Techniker im Allgemeinen standen völlig außerhalb ihres Interesses. Erotisches Fußvolk bestenfalls. Ines Hübner freute sich jedes Jahr von Neuem auf die Sommersaison, in der es galt, auf Baustellen insbesondere den Aufbau und die Errichtung von Gerüsten zu überwachen. Das war eine Aufgabe, die sie unbedingt persönlich übernahm. Auch wenn es eine solche Aufgabe mitunter offiziell gar nicht gab. Aber egal. Schon allein, um zu sehen, ob die neue Saison ansprechendes neues *Material* brachte und in welcher Kondition ihre Favoriten durch den Winter gekommen waren.

Es gab da diese magischen Momente, in denen das Gerüstbauer-Ballett zu wahrer Hochform auflief. Das war dann fast wie damals in der legendären *Cola-Light*-Werbung, wo immer pünktlich um 12.30 Uhr dieser unglaublich sexy Typ ins ausschließlich von Damen besetzte Büro kam, um eine neue Lieferung eisgekühlter kalorienarmer koffeinhaltiger Limonade in Dosen reinzureichen. Nach dem Typen konnte frau die Uhr stellen. Und nicht nur das … Da wurden Blusen aufgeknöpft, die Fotos der biederen Ehemänner vom Schreibtisch geräumt und dem sexy Typen hinterhergegeifert, was das Zeug hielt. Schließlich gönnte sich der sexy Kerl vom Lieferservice selbst einen großen Schluck aus einer Cola-Light-Dose, bevor er seinen weiteren anstrengenden Arbeitstag bestritt. Und die zurückgelassene leere Getränkedose wurde dann von einer der Damen abgeschleckt. Also jetzt nicht abgeschleckt: Mit spitzem Finger wurde sich ein Tropfen Kondensflüssigkeit vom Dosenrand einverleibt. Solche Werbung gab es schon lange nicht mehr. Verboten-verboten-verboten. War wahrscheinlich politisch-moralisch verwerflich und überhaupt böse, aber Ines Hübner musste bei ihren Gerüstbauern stets daran denken …

Für ganz kurze Zeit nur war eine Saison über einmal einer dabei gewesen, der hatte dem Darsteller aus der Cola-Light-Werbung sogar ein bisschen ähnlichgesehen. Ines hatte seinen Trupp – und ihren Favoriten insbesondere – schon eine ganze Weile zugesehen, wie sie Stück für Stück die Fassade eines Mietshauses abgerüstet hatten. Es ging auf die Mittagszeit zu, es wurde warm und wärmer. Es wurde heiß. Die Burschen und die Männer trugen kurze Arbeitshosen, in denen ihre gebräunten kräftigen Waden prächtig zur Geltung kamen. Die Arbeit ging ihnen gut von der Hand, mit selbstverständlicher Leichtigkeit reichten sie die schweren Gerüstteile nach unten durch, riefen sich Scherzworte zu und spielten mit ihren Muskeln. Es war Freitagmittag, die letzte Arbeit des Tages, das Wochenende lag strahlend vor ihnen, was die Laune hob. Ines Hübner registrierte sehr wohl, dass immer mal wieder Passantinnen auf ihren Wegen innehielten, um ebenfalls mit verstohlenen Blicken dieses Schauspiel zu genießen. Sie fragte sich gerade, ob die Männer wohl um ihre Wirkung wussten und es auch darauf anlegten, als diese sich wie auf Kommando allesamt ihrer verschwitzten T-Shirts entledigten und mit bloßem Oberkörper weitermachten. Was hätte sie jetzt für eine Dose eisgekühlter Cola-Light gegeben! Nein, lieber doch nicht. Erstens schmeckte ihr Cola-Light nicht wirklich. Und zweitens bekam sie von dem Süßstoff darin Blähungen. Also besser keine Cola-Light. Aludosen waren ohnehin mittlerweile ein Unding. Aber es passierte etwas viel Besseres: In einem unbeobachteten Moment gelang es Ines Hübner, sich das graue T-Shirt des Cola-Light-Gerüstbauers zu schnappen und in ihre Aktentasche zu stopfen.

Wie gesagt: Ines Hübner liebte Souvenirs. Und sie wusste um das Mittel der Wahl für solche Fälle: In einem Gefrierbeutel mit luftdichtem Druckverschluss bewahrte die kostbare Reliquie ihr prickelndes Odeur über einen gewissen Zeitraum. Aber nichts hielt ewig. Daraufhin hatte Ines Hübner den Fehler begangen, mit einem Eau de Toilette das Ganze wieder auffrischen zu wollen. Sie schnupperte sich durch die Stralsunder Kaufhallen und Drogerien und entschied sich für einen angeblich besonders männlichen Duft, der als *Hommage an den Matrosen* beworben wurde. Sie meinte, der Duft kam dem Duschbad und dem Deo nahe, das der Kerl von der Baustelle benutzt hatte. In der Parfümerie in der Ossenreyerstraße hatte das alles noch einen Sinn ergeben – zuhause dann nicht mehr. Wahrscheinlich nahm der Gerüstbauer irgendein Billigzeugs, wenn überhaupt. Jedenfalls roch das T-Shirt nach dem Aufbringen der Auffrischung einfach nur penetrant, teuer und süßlich nach Lavendel und Vanille. Alle Faszination perdu. Wenigstens die Katzen konnten dem Stück Stoff noch etwas abgewinnen und kuschelten intensivst damit, bis auch sie schließlich das Interesse daran verloren.

Mit solcherlei Reminiszenzen gelangte Ines Hübner zur nächsten Station: Bei Elfriede Knaak gab es nichts Neues. Der hatten die Angehörigen nach ihrem Treppensturz – unschöne Sache, aber solche Dinge passierten eben, bedauerlich, aber da konnte man nichts machen – eine massive Marmorplatte spendiert. Vermutlich, damit sie auch ganz gewiss fortan endlich tatsächlich Ruhe gab. Das war nur zu verständlich. Außerdem sparte es die Bepflanzung. Man konnte ja Blumen niederlegen. Hatte hier allerdings in den letzten Jahren keiner gemacht. Zu Lebzeiten hatte Elfriede Knaak mal eine Acht-Parteien-Mietergemeinschaft gegen sich aufgebracht. Also sieben Parteien, sie war Nummer acht. Hatte allen regelmäßig an Briefkästen und Wohnungstüren aufgelauert und mit weinerlicher Stimme um kleine Hilfestellungen in ihrer Wohnung gebeten. Und hinterher behauptet, man habe sie beklaut. Mal war die Tomatenpflanze vom Fensterbrett in der Küche weg, mal die Fernbedienung vom Fernseher, mal ihr Kellerschlüssel vom Schlüsselbrett neben der Tür. Und immer sollten das die bösen Nachbarn getan haben, weil sie ihr Übles wollten. Aus Rache versenkte Elfriede Knaak Fischgekröse in den Mülltonnen der Nachbarn, bis der ganze Mülltonnen-Stellplatz gen Himmel stank und sich auf dem blanken Beton die Maden krümmten. Nun tummelten sich die Maden unter Elfriede Knaaks massiver Marmorplatte.

Weiter zu Herrn Schlimmermann. Hugo Schlimmermann. Der Name war Programm gewesen. Der mit Abstand übelste Mieter, der ihr je untergekommen war. Herr Schlimmermann und die Sache mit dem Stromschlag. Dass selbst da keiner intensiver nachgeforscht hatte, verwunderte sie bis heute. Oder war sie einfach nur so gut? Vielleicht war es tatsächlich das. Egal. Hugo Schlimmermann ruhte verdientermaßen in seinem kleinen ungepflegten Urnengrab, auf das jemand mit Sinn für Humor, verschrobenem Geschmack oder ausgeprägtem Geiz tatsächlich Küchenkräuter gepflanzt hatte. So, wie die Grabstelle inzwischen ausschaute, tippte Ines Hübner auf Verschrobenheit. Die Kräuter waren inzwischen tüchtig ausgeschossen und wucherten nach allen Seiten über die genauso wie der Grabstein sand- und vogelkotbespritzte Umrandung. Thymian und Oregano. Wer kam nur auf solche Ideen? In der inzwischen kahlen Mitte der Grabstelle hatte ein Maulwurf unlängst einen tüchtigen Hügel aufgeworfen. Vielleicht hätte der Herr Schlimmermann im Leben etwas umgänglicher und netter zu seinen Mitmenschen sein sollen, dann hätte sich vielleicht auch jemand für die Grabpflege gefunden. Aber machte das einen Unterschied? Ines Hübner sah sich wieder einmal bestätigt, als sie Hugo Schlimmermann nach Jahresfrist besuchte. Die Streitigkeiten mit diesem Mieter – vor Schiedsstellen und Amtsgerichten ausgetragen – füllten ganze Aktenordner. Hugo Schlimmermann stritt sich zum Beispiel um die Erstattung von Kleinstreparaturen, für die er horrende Materialkosten und aberwitzige Stundenabrechnungen vorlegte, obwohl er die Sachen selbst repariert hatte, was laut Mietvertrag auch in seine Verantwortung fiel. Und mit Vorliebe stritt er um seine Betriebskostenabrechnung. Alljährlich schloss Ines Hübner mit sich selbst eine Wette ab, wie lange es wohl dauern würde, bis sein Widerspruch zu ihrem Zahlenwerk einging. Im letzten Jahr vor seinem Ableben hatte es nur Stunden gedauert – er musste das Schreiben schon vorbereitet haben, ohne die Zahlen zu kennen. Einfach nur, um sich zu streiten. Die Auseinandersetzungen vor höheren Instanzen zeugten dann stets von ihrer Kompetenz und seiner Ignoranz. Seine Streitsucht beendete dann erst ein Stromschlag am Zählerkasten, den er täglich ablesen ging. Ines hatte ein bisschen gebraucht, um die technischen Voraussetzungen dafür zu schaffen. Aber ihre persönliche Weiterbildung in Sachen Strom, Ladung, Kontakt, Erdung und Ähnlichem hatte sich letztendlich bezahlt gemacht. Jetzt hatte Hugo Schlimmermann Ruhe. Und sie vor ihm.

Ach, was war so ein Spaziergang auf dem Stralsunder Zentralfriedhof doch entspannend! Natürlich verlor man auch den einen oder anderen Mieter, wenn man so viele Einheiten wie sie verwaltete. Unfälle passierten, die Alten starben irgendwann, ein Kommen und Gehen in den Wohnungen. Es gab so viele brave Leute, die pünktlich die Miete überwiesen, sich ein bisschen um alles kümmerten, damit es hübsch aussah in dem Haus, das sie bewohnten, die rücksichtsvoll und freundlich waren. Aber die blieben Ines Hübner nie in Erinnerung. In Erinnerung blieben die, die permanent Probleme machten. Und Ines Hübner war eine Meisterin darin, Probleme aus der Welt zu schaffen. Leise schwang eine Melodie in ihrem Kopf.

»Und im Hain geht Ines Hübner,
die von allem nichts gewusst.«

XII

Janina Kiekbusch und Cindy Bigalke sind blass um die Nase

Ines Hübner freute sich bereits auf das Theater heute Abend: »Annie Get Your Gun« von Irving Berlin an der vorpommerschen Provinzbühne … Nun denn. Einen Versuch war's wert. Sektchen, Schnittchen und *kulturinteressiertes Publikum*. Gut, auch *kulturinteressiertes Publikum*. Stralsunder *kulturinteressiertes Publikum*. Auch das. Sehen und gesehen werden. Grüßen und gegrüßt werden. Don Brözel nebst Gattin. Und hoffentlich ohne Enkelin. Doktor Soundso und Frau. Die Dame vom Bauamt. Und die von der städtischen Kämmerei. Die ganzen üblichen Verdächtigen. Was tat man nicht alles für's Geschäft.

Sie würde nachher gleich in der Firma anrufen und sich den Nachmittag frei nehmen. Das hatte sie sich verdient. Außerdem kroch ihr die feuchte Kälte doch allmählich in die Glieder, Mantel, Schal und Handschuhen zum Trotz: Ein heißes Bad wäre jetzt hilfreich. Eine gute Idee!

Doch bevor sie sich für dieses Jahr auf den Heimweg machen konnte, war erst der Höhepunkt ihres Rundgangs über den Zentralfriedhof an der Reihe, den hatte sie sich für ganz zum Schluss aufgespart: Die gute Edeltraut Dost war nun buchstäblich letztendlich, ein für alle Mal in Stralsund angekommen. Bestimmt ganz anders, als sie sich das jemals hatte vorstellen mögen, aber dennoch. Und Ingelore, die treusorgende Freundin aus Darmstadt und Alleinerbin der erklecklichen Dost'schen Vermögensansammlung, hatte offenbar eine etwas manische Vorliebe für Engel. Engel in den verschiedensten Variationen zierten das Dost'sche Grabareal. Ingelore hatte sich nicht lumpen lassen. Mit irgendwas musste man die üppige Fläche schließlich füllen. Bis die Bepflanzung so weit war, würde es noch Jahre dauern. Und ein bisschen persönlich sollte es schließlich auch sein. Den Grabstein hatte sie als Ausstellungsstück mit ordentlich Rabatt beim Steinmetz erworben. Das Meisterstück der Steinmetzkunst hatte eine vergoldete Engelsfigur in der Mitte, flankiert von zwei stilisierten Engelsflügeln aus weißem Marmor. Und dazu ein hübscher Spruch in eingelassenen Goldlettern. Auch irgendwas mit *Engeln* und *aufgefahren*. Ingelore konnte sich das nicht merken. Aber egal. Jedenfalls hatte sie das auf die Idee mit den Engeln gebracht. Wetter- und frostfest mussten sie sein. Sie hatte dann die Baumärkte und Gartencenter der Region abgeklappert und alles eingesammelt, was diese beiden Kriterien erfüllte. Das Resultat mutete an wie früher die Vorgärten, die von Ansammlungen von Gartenzwergen bevölkert wurden. Gartenzwerge in vielerlei Größen und bei den unterschiedlichsten Verrichtungen. Nur, dass diese Gartenzwerge Flügel hatten und keine roten Mützen. Es war auch eine Art Faun darunter, aber der fiel nicht weiter auf.

Ingelore war nach dieser Aktion auch durch mit dem Thema Grabgestaltung. Sie hatte die Anlage bei einem Stralsunder Gärtner in die Bewirtschaftung gegeben. Komplett-Service mit Blumenstrauß zum Festpreis zum Geburtstag und zu Weihnachten, Gesteck zum Totensonntag. Sie hatte nicht vor, ausgerechnet wegen der Grabstelle öfter nach Stralsund zu kommen als unbedingt nötig. Das war ihr so schon alles aufwendig und lästig genug. Wenn Ingelore gewusst hätte, dass ihre beste Freundin Edeltraut eigentlich vorgehabt hatte, sie wieder aus ihrem Testament zu streichen und an ihre Stelle das Stralsunder Tierheim zu setzen, hätte sie wohl auf den ganzen Engel-Zinnober verzichtet. Nicht, dass Edeltraut es besonders mit Hunden, Katzen und ähnlichem Kleingetier gehabt hätte, aber sie hatte Ingelore eins auswischen wollen, die sich nicht mehr so wie früher um sie kümmerte, der Stralsund viel zu weit weg und die Anreise zu anstrengend war. Sollte sie doch sehen, was sie davon hatte, dass sie sie derart sträflich ignorierte … Musste sie ihr ja auch nicht gleich stecken, dass sie sie enterbt hatte. Ärgerlich eigentlich, dass die Bombe dann überhaupt erst dereinst in ferner Zukunft platzen würde und sie das dann nicht mehr miterlebte … Aber das Wissen darum und das Wissen, dass Ingelore eben nicht wusste, das hätte Edeltraut das Leben durchaus versüßt. Und das Tierheim als Erbe war der Klassiker, der das längste Gesicht garantierte.

Eigentlich hatte Ingelore ja selber genug Geld – ihr verstorbener Gatte hatte sein Vermögen mit der

Vermietung von mobilen Baustellen-Toiletten im gesamten Rhein-Main-Gebiet gemacht, wo er es zum uneingeschränkten Marktführer und schließlich zum allseits geachteten Träger des Bundesverdienstkreuzes am Bande brachte. Mit der genüsslichen Vorstellung, Ingelore doch noch zu enterben, obwohl dies nun nicht mehr möglich war, war Edeltraut in einen gnädigen Dämmerzustand geglitten, bevor sie vollkommen dehydriert wieder einmal das Bewusstsein verlor. Jedenfalls war es mehr als fraglich, ob sich Ingelore in Kenntnis der vorletzten Gedanken ihrer Busenfreundin die Mühe mit den Engeln gemacht hätte.

Ingelore war heilfroh, als Ines Hübner ihr die *Immobilienangelegenheiten* in Stralsund abnahm. Und Ines Hübner war ihrerseits durchaus zufrieden, wie es sich ergab mit der Zweitverwertung des Objektes in der Wasserstraße. Das war zwar keineswegs Bestandteil ihres *Planes*, hatte sich aber mehr oder weniger ergeben. Umso besser. Das Objekt als solches war zwar vollkommen verbaut und – nunja – mit einer gewissen Vorgeschichte belastet, aber sie hatte da schon jemanden aus ihrer Interessentenkartei im Hinterkopf: den Betreiber eines Tattoo-Studios aus Greifswald, der eine ausgeprägte Vorliebe fürs Düstere hatte … Dann würde doch noch ein Gewerbeobjekt draus werden. Machte ohnehin mehr Sinn.

Ja, der Plan von Ines Hübner war aufgegangen. Und ja, Edeltraut Dost hatte ihr verdientes Ende gefunden. Befand zumindest die Maklerin und Hausverwalterin. Worüber sich Ines Hübner allerdings immer noch prächtig amüsieren konnte, war der kolossale Einlauf, den ihre beiden speziellen Freundinnen vom

Reinigungsteam Nummer 5 bei dieser Gelegenheit erhalten hatten. Dieser – na, sie kam jetzt gerade nicht auf den Namen – ach ja, Schmidt hieß er wohl, Bastian Schmidt – Bastian, was für ein alberner Name, wer nannte sein Kind denn Bastian!? Aber egal. – jedenfalls dieser Kriminalhauptmeister oder Kriminalhauptkommissar hatte sich die beiden Trinen ordentlich zur Brust genommen. Es war gekommen, wie es hatte kommen müssen und wie sie es vorausgesehen hatte: Janina Kiekbusch und Cindy Bigalke hatten sich gedacht, sie könnten sich die allwöchentlichen Reinigungsarbeiten bei Edeltraut Dost für eine Zeit sparen. Die hatte doch überall erzählt, sie müsse für ein paar Wochen verreisen, nach Darmstadt. Daran konnten sich die beiden Damen von der Gebäudereinigung noch gut dran erinnern. Weil sie sich über *Darmstadt* so amüsiert hatten, dass sie sich beinahe nicht mehr einkriegten und fast erstickt wären vor Lachen. Woraufhin sie sich einen wirklich bösen Blick von Kriminalhauptkommissar Schmidt einfingen, der sie zum Verhör in sein Büro des Stralsunder Kommissariats einbestellt hatte. Die Dickfelligkeit der beiden Frauen regte ihn wirklich auf. Immerhin war hier ein Mensch auf ziemlich scheußliche Art und Weise ums Leben gekommen. Die beiden Konsorten hatten sie zwar nicht direkt auf dem Gewissen, aber sie hätten Edeltraut Dost vielleicht retten können, wenn sie nur ihrer verdammten Pflicht nachgekommen wären. Doch sie hatten es aus Bequemlichkeit beziehungsweise aus Faulheit vorgezogen, genau dies eben nicht zu tun, wie es offenbar schon länger ihre Art war. Nun saßen erst Cindy Bigalke und dann mit dazu Janina Kiekbusch reichlich bedröppelt vor ihm und versuchten immer noch, sich wie die Aale aus der Verantwortung zu winden: »Aber nein, aber ja … aber nein, aber ja …« Das war jetzt doch eine ganz andere Kiste als seinerzeit, wo sie den umgekippten chemischen Reiniger mit der Leibwäsche der Hausfrau aufgewischt hatten, weil gerade nichts anderes zur Hand war. Und das, wo doch ihr Arbeitgeber groß damit geworben hatte, keine aggressiven Reiniger zu verwenden. Aber mit diesem ganzen *biologischen* Zeug bekam man nichts weg. Verstand denn das keiner?

Sie hatten die vertraglich vereinbarte wöchentliche Reinigung des Hauses von Edeltraut Dost für die Zeit von deren mutmaßlicher Abwesenheit schlichtweg ignoriert. Während sie in den Reinigungsprotokollen von *Stubenrein* deren Durchführung mit Datum und Unterschrift bestätigten, hatten sie nach eigener Aussage im vor dem Haus von Edeltraut Dost geparkten Firmenwagen gesessen, Kaffee getrunken, eine oder zwei Zigaretten geraucht und *handyphoniert*. Währenddessen hatte das Opfer der bizarren Havarie keine zehn Meter Luftlinie entfernt im stecken gebliebenen Fahrstuhl gekauert und wahrscheinlich inständig auf den Reinigungsdienst gewartet: auf die einzigen Menschen, die es hätten retten können. Edeltraut Dost hatte ihr Handy im Fahrstuhl mit sich geführt. Sie dürfte also zeitlich orientiert gewesen sein und alles darangesetzt haben, ihre einzig realistische Chance auf Hilfe nicht zu verpassen. Den genauen Todeszeitpunkt von Edeltraut Dost festzustellen, war jedoch laut Bericht der Gerichtsmedizin nach der langen Zeit, die das Opfer im Fahrstuhl gelegen hatte, nicht mehr möglich. Es war überhaupt eine sehr unschöne Angelegenheit gewesen. Janina Kiekbusch und Cindy Bigalke hatten sich nämlich nicht nur eine Woche die Hausreinigung in der Wasserstraße gespart. Auch nicht zwei, sondern drei. Das Haus hatte stets unbewohnt ausgesehen. Sie hatten nur die Anzeigenblätter aus dem überquellenden Briefkasten entsorgt, die Briefe in den Schlitz gestopft und es dabei bewenden lassen. Sie hatten sich eben *keinen unnötigen Stress* machen wollen: Wem hätten sie denn damit geschadet, wenn sie darauf verzichteten, ein unbewohntes Haus zu reinigen? Hätten sie denn ahnen können, dass da drin jemand im Fahrstuhl feststeckte? Und überhaupt: Fahrstühle hätten einen Notruf. Das sei Vorschrift, das wüssten sie genau. Und der Notruf, der werde geprüft. Jawollja.

Kriminalhauptkommissar Bastian Schmidt sah die beiden wieder mit einem strafenden Blick an. Im Grunde war es hoffnungslos, da gab es keine Rille auf der Platte. Völlig vergebliche Liebesmüh, hier irgendeine Einsicht zu erwarten. Er rückte mit seinem Sessel vom Tisch ab, faltete die Hände über seinem Bauch und besah sich das Reinigungsteam Nummer 5 noch einmal in der Totalen. Wahrscheinlich war den beiden tatsächlich strafrechtlich nicht beizukommen. Jeder halbwegs blickige Strafverteidiger würde ausführen, dass das Opfer mit hoher Wahrscheinlichkeit bereits tot gewesen sei, als die beiden zur Hausreinigung anrücken sollten. Er konnte nur hoffen, dass zumindest der Arbeitgeber Konsequenzen aus der Sache zog und die beiden rauswarf.

Das Schärfste war, dass die nicht müde wurden, sich darüber zu beschweren, was sie mitgemacht hätten. Ein *Trauma fürs Leben* sei das, ob denn keiner auch nur ein klein wenig Mitgefühl für sie aufbringen könne? Es war in der Tat ein wohl unvergesslicher Anblick gewesen, der sich Janina Kiekbusch und Cindy Bigalke geboten hatte, als sie schließlich den Knopf gedrückt hatten, um herauszufinden, ob der widerliche süßliche Gestank von dort käme. Da hatten sie bereits geahnt, dass es keine so gute Idee gewesen war mit den verlängerten Kaffeepausen in den vergangenen drei Wochen. Aber als sich dann die Fahrstuhltüren gegen einen Widerstand langsam, in mehreren Anläufen und mit diesem eigenartigen Schurren öffneten, hatten sie der Gestank und der Anblick mit voller Wucht getroffen. Instinktiv retteten sie sich nach draußen: »Ach du Scheiße!« Mehr war ihnen dazu nicht eingefallen.

»Ach du Scheiße!«, sagten auch die beiden jungen Polizeibeamten, die sie übers Handy an den Unglücksort gerufen hatten.

»Ach du Scheiße!«, entfuhr es ebenfalls deren Kollegen von der Kriminalpolizei und von der Spurensicherung, als sie vor Ort eintrafen, um die genaueren Todesumstände der Leiche im Fahrstuhl zu untersuchen.

»Ach du Scheiße!«, kam es vom Staatsanwalt, vom Bestatter und von der Gerichtsmedizin, die allesamt *so etwas* noch nicht zu Gesicht bekommen hatten.

»Achherrjee«, meinte indes Ines Hübner, die Hausverwalterin, als sie nach einiger Zeit das Haus in der Wasserstraße wieder betrat. Da waren die ganzen Behörden gerade in bestem Gange mit ihren Untersuchungen, die Leiche aber schon abtransportiert. Der Gestank war neu, den hatte sie bei ihrem letzten »Besuch« noch nicht bemerkt. Draußen drucksten doch – tatsächlich reichlich blass um die Nase – rauchend und wie stets mit dem Handy zugange Janina Kiekbusch und Cindy Bigalke herum und hatten sie im Vorübergehen übelst angepliert: Auf die beiden war Verlass!

Ines Hübner hatte zugesehen, dass sie schnellstmöglich wieder ins Freie gelangte, sonst hätte sie sich in den Hausflur übergeben. Der Gestank war in der Tat bestialisch. Sie hatte allen und zu allem Auskunft geben können in den folgenden Tagen, war nach Kräften behilflich gewesen. Das war ihre Aufgabe als Maklerin und Verwalterin und ihr Selbstverständnis. So blieb sie auf Höhe der Ermittlungen und konnte sich mit einem Seitenblick hier und einem Seitenblick da nochmals vergewissern, dass sie nichts übersehen hatte.

Am Ende hatte alles ausgesehen wie ein schreckliches Unglück, wie ein technisches Versagen, das ja bereits einen Vorläufer gehabt hatte. Ines Hübner musste sich bremsen, damit sie sich nicht durch allzu viel technisches Know-how verdächtig machte. Sie hatte seinerzeit gut zugehört und offenbar alles richtig gemacht. Selbst die armen Monteure der Aufzugfirma aus Berlin, die Prüfer, die die Anlage abgenommen hatten und auch die Mitarbeiter der Herstellerfirma aus Spanien, die extra eingeflogen und in die alte Stadt im äußersten Nordosten der Republik gefahren kamen, konnten nur bestätigen, dass es sich um ein – wenn auch zugegeben seltenes – technisches Versagen handelte. Um eine verhängnisvolle Verkettung unglücklicher Umstände. Der Kriminalhauptkommissar Schmidt, der die Ermittlungen leitete, befragte alle, die mit Edeltraut Dost zu tun gehabt hatten, aufs Gründlichste. Ines Hübner war ihm nur zu gern behilflich. Ein angenehmer Mensch. Sie durfte nur nicht zu hilfsbereit erscheinen und sich womöglich auf den letzten Metern noch verdächtig machen. Aber: Sie hatte ja nicht einmal auch nur den Anflug eines Motivs …

»In der Menge Ines Hübner,
die man nicht fragt und die nichts weiß.«

Das Begräbnis der armen Edeltraut Dost erinnerte Ines Hübner ein wenig an das ihrer Eltern vor etlichen Jahren. Die *Ostsee-Zeitung* hatte berichtet und die Anzeigenblätter ebenfalls. Der *Fall Dost* war Gesprächsstoff allenthalben in der Stadt: auf dem Wochenmarkt, beim Friseur und auch in der Buchhandlung von Sabine Prehn. Man schwankte zwischen Mitgefühl mit der armen Verblichenen und dem schönen schaurigen Schauder. Wie stets in solchen Fällen kochte die Gerüchteküche hoch, jeder hatte so seine eigene Mutmaßung und viele Stralsunder beschlich bei der Benutzung eines Fahrstuhles ein eigenartiges Gefühl. Jedenfalls war es für eine Weile DAS Thema in der Stadt. Entsprechend groß war der Andrang in der Trauerhalle auf dem Zentralfriedhof. Die Sache versprach Unterhaltung.

Ingelore hatte eine öffentliche Trauerfeier organisiert. Sie meinte, das wäre gewiss im Sinne der Verstorbenen gewesen. Und sie selber wollte für alle Fälle einen guten Eindruck bei den Menschen in Stralsund hinterlassen. Zur Verstärkung hatte sie sich ein paar ihrer Tennis-Freundinnen aus Darmstadt mitgebracht, die allesamt noch nie *im Osten* gewesen waren und die ihrerseits allein schon die schiere Neugier hatte zusagen lassen, den weiten Weg an die Ostsee auf sich zu nehmen. Das schöne Grauen lockte doch ungemein. Sie alle hatten Edeltraut gekannt, schließlich war sie eine Dame der Darmstädter Gesellschaft gewesen. Und hatte nun ihr Ende als Leiche in einem Fahrstuhl in der ehemaligen DDR gefunden: Wer hätte so was je für möglich gehalten?

Etwas enttäuscht war die Darmstädter Delegation schon, als sie Stralsund und die Menschen hier so vertraut *bundesdeutsch* vorfanden. Es gab kaum noch irgendwo eine Ruine und in der Innenstadt die gleichen Ladenketten wie bei ihnen in Hessen. Weniger Ausländer hatten sie hier augenscheinlich. Weniger Leerstand in der Fußgängerzone. Und auch weniger Graffiti. Vielleicht konnte man hier nicht ganz so hochpreisig shoppen, aber eine hübsche Bernsteinkette als Mitbringsel fanden sie allemal. Entschädigt für so viel Normalität wurden sie von Ingelores Schilderungen des Vorfalls. Die erwähnte tunlichst mit keinem Wort, dass sie bei ihrem letzten Besuch in der Stadt von ihrer Busenfreundin keineswegs im allerherzlichsten Einvernehmen geschieden war. Ingelore hatte es nicht mehr eingesehen, immer nur nach Stralsund zu reisen, um Edeltraut zu betüddeln. Sie wollte verständlicherweise auch noch etwas anderes von der Welt sehen. Gerade Edeltrauts trauriges Schicksal gemahnte doch daran, dass alles auch ganz schnell vorbei sein konnte. Es hatte nicht direkt Streit darum gegeben, aber Ingelore hatte Edeltraut doch durch die Blume zu verstehen gegeben, dass es jetzt an ihr sei, sich in ihrer neuen Heimat um neue zwischenmenschliche Kontakte zu bemühen. Sie wusste schon, dass Edeltraut nicht unbedingt ein einfacher Charakter war, aber nun war es an der Zeit, auch einmal an sich zu denken. *Hilfe durch Nichthilfe.* So hatte sie ihre beinahe wortlose Abreise nach einer flüchtigen und wenig herzlichen Umarmung für sich gerechtfertigt.

Tatsächlich plagte Ingelore nun doch ein wenig das schlechte Gewissen. Aber wie hätte sie Edeltraut über die Distanz hinweg retten können? Konnte man es ihr zum Vorwurf machen, dass sie nach alldem, was sie für Edeltraut und deren verrückten Stralsund-Flitz in jüngster Zeit auf sich genommen hatte, auch einmal an sich dachte und eben nicht mit ihr telefonieren mochte? Sie hatte es doch nur gut gemeint. Und außerdem hatte das Handy im Fahrstuhl keinen Empfang. Und es hätte sie auch gar nicht verwundert, wenn Edeltraut ihre Anrufe ignoriert hätte. Da hätte sie ohnehin niemals Verdacht schöpfen und Rettung rufen können … So versuchte Ingelore denn nun wenigstens alles in ihrer Macht stehende, um im *Sinne der teuren Verstorbenen zu verfahren*, wie sie es nannte.

Ines Hübner stand ihr dabei als treue Seele mit Rat und Tat zur Seite. Die hatte zu Ingelores großer Erleichterung in Hamburg eine Reinigungsfirma aufgetan, die sich auf *Tatortreinigung* spezialisiert hatte.

Zwar hatten die schweren Brandschutztüren die Ausbreitung des penetranten Odeurs in die Wohnräume zuverlässig verhindert, aber im Treppenhaus hatte er sich trotz aller Leere übelst festgesetzt. Vom Fahrstuhl ganz zu schweigen. Doch die Hamburger Spezialisten leisteten ganze Arbeit und hinterließen einen blitzblanken »Tatort«, der intensiv und nachhaltig nach *Polynesischer Frangipani* duftete. Ingelore erwarb zur Sicherheit gleich eine Nachfüllpackung des eindrucksvollen Raumduftes. Nun konnte sie das Haus ihren Darmstädter Freundinnen vorführen. Die hatten kein Auge für Backsteingotik oder landschaftliche Reize, die wollten im Grunde nur den Fahrstuhl sehen, in dem … nunja.

Die Trauerfeier war für die Damen ein weiterer Höhepunkt ihrer gewagten Expedition. Der Menschenauflauf sowie der direkte Kontakt mit den Einheimischen, die sie von ihrem Platz in der ersten Reihe neben der trauernden Ingelore als nächster und überhaupt einzigen Angehörigen aus neugierig beäugten, hinterließen bleibenden Eindruck.

Ines Hübner war im Anschluss an die Feier als Quasi-Vertraute vor Ort mit zur Damen-Kaffeerunde im Café *Ventspils* geladen. Die Trauerrede hatte die Maklerin köstlich amüsiert. Die Vita einer Edeltraut Dost musste ihren Leuten hier aus Stralsund wie eine Erzählung aus 1001-Nacht vorgekommen sein. Viele Tränen hatte es nicht gegeben. Neben den Neugierigen aus der Stadt hatte Ines Hübner ein paar bekannte Gesichter ausgemacht: Nachbarn sowie die üblichen Verdächtigen von der Bürgerinitiative gegen den Verkehrslärm in der Wasserstraße, die Edeltraut Dost ins Leben zu rufen versucht hatte, die aber nach kurzem Aufflackern wieder im Nirgendwo verschwunden war. Das waren stets dieselben, die sich mit großer Begeisterung und wenig Ausdauer für oder gegen dies oder jenes engagierten, was ihnen über den Weg lief. Meistens handelte es sich um Bäume oder Biotope, die vor einem allzu gierigen Zugriff bewahrt werden mussten. Da hätte eine Edeltraut Dost mit ihrem Geld und ihrer *starken Persönlichkeit* gewiss gut dazu gepasst. Hätte, wäre, wenn. War aber nicht. Nun nicht mehr.

Ines Hübner hatte sich das ferner wieder einmal so vorgestellt, dass vielleicht auf der Beerdigungsfeier verdeckte Ermittler unterwegs waren, um unter den Trauergästen nach Verdächtigen zu forschen, die sich durch ihre Mimik oder Gestik als solche verrieten. So kannte sie das aus Filmen. Das war ihre fixe Idee. Dementsprechend verhielt sie sich möglichst unauffällig und genoss das Kribbeln der eingebildeten Gefahr. Aber sie konnte mit unauffälligen Seitenblicken genauso wenig wie mit viel Phantasie etwaige verdeckte Ermittler ausmachen. In welche Richtung sollte die Polizei auch ermitteln? Sie würde sich zurückhalten und nicht weiter nachfragen. Auch wenn es sie Überwindung kostete. Die Einzige, die von Edeltraut Dosts Tod profitierte, war schließlich die Alleinerbin. Aber Ingelore hatte ein wasserdichtes Alibi: Sie weilte die ganze Zeit in Darmstadt, was sich lückenlos mit Terminen im Tennisclub, beim Friseur, auf einer Modenschau ihrer Lieblingsboutique, Saunabesuchen etc. etc. nachweisen ließ. Vergebliche Arbeit, die Polizeihauptkommissar Bastian Schmidt seinen Kollegen in Darmstadt per Amtshilfeersuchen da aufgebürdet hatte.

Als Ines Hübner nun so vor der Grabstelle von Edeltraut Dost stand und das ganze Engels-Szenario betrachtete, das Ingelore darauf errichtet hatte, musste sie schnauben. Definitiv: Das Leben war komisch! Sie schüttelte den Kopf und riss sich los von dem Resultat ihres Tuns und Lassens. Außerdem fröstelte sie inzwischen nicht nur in der Nebelfeuchte, sie fror. Zuhause würde sie sich ein richtig heißes Bad gönnen. Und eine Doppelpackung Badesalz *Winterglück* aus der Drogerie reinschütten. Und sie würde für den Nachmittag das Telefon ausschalten. Und nach dem Bad einen ausgiebigen Mittagsschlaf machen, um abends fit fürs Theater zu sein. Das hatte sie sich schließlich verdient. Oder etwa nicht? Und nach dem Mittagsschlaf einen heißen Tee. Und vielleicht gönnte sie sich dazu die ersten Lebkuchen des Jahres. Dann noch ausgiebig und in aller Ruhe die Katzen bespaßen und sich hübsch machen. Das war ihr Plan. Mit kalten Füßen, aber beschwingten Schrittes hielt Ines Hübner in derlei erfreuliche Überlegungen vertieft auf den Friedhofsparkplatz zu.

XIII

Showbusiness

Nachdem Ines Hübner ihr Tagesprogramm Punkt für Punkt in Angriff genommen und mit Hingabe genossen hatte, stand sie vor dem großen Spiegel im Flur ihrer geschmackvoll eingerichteten Wohnung am Martinsgarten und begutachtete ihr Theater-Outfit. Das neue kleine Schwarze aus der hübschen Boutique in der Mönchstraße passte ihr *wie angegossen*. Sie wusste um ihre Problemzonen, da machte es sie stutzig, wenn etwas wie angegossen passte. Irgendwo hatte sie vor Jahren aufgeschnappt, dass Getränke mit Süßstoff einen dicken Hintern machen sollten. Ines Hübner drehte sich vor dem Spiegel hin und her. Sie zog ein dunkelrotes Tuch mit Fransen von der Garderobe und befand es für geeignet, ihre Silhouette ein wenig zu strecken. Ines trat nochmals dicht an den Spiegel heran, korrigierte abschließend den Lidstrich. Ein letzter Blick … Irgendetwas fehlte noch …

Schmuck. Richtig. Die Maklerin ging zurück ins Wohnzimmer und schaltete zunächst die Maria Callas-CD aus. Nach der Callas sollte sie jetzt raus in die

Novemberkälte ins *Theater Vorpommern* zu »Annie Get Your Gun«? Sie dachte an all die vornehmlich alten Nebelkrähen, die sie dort erwarteten. Musste das jetzt wirklich sein? Sie könnte sich auch auf dem heimischen Sofa in eine Decke einrollen, bei einem Glas Rotwein weiter der Callas lauschen und ihre Katzen beschmusen … Nein, sie war diszipliniert. Und wer diszipliniert war und ein Theater-Abonnement besaß, der ging auch hin. Außerdem war sie schon gestiefelt und gespornt. Verdammt! Wo eben noch Maria Callas logiert hatte, machte sich gestiefelt und gespornt ungefragt und ungebeten *Annie* breit:

»Alles, was du kannst,
das kann ich viel besser,
ja, ich kann alles viel besser als du!
Kannst du nicht!
Kann ich doch!
Kannst du nicht!
Kann ich doch!
Kannst du nicht!
Kann ich doch!
Doch, ich kann's!«

Jetzt hatte sie einen Ohrwurm. Und der würde den ganzen Abend über nicht weggehen … Sie kannte das. Ines Hübner stieg auf den kleinen Tritt, holte ihr Kästchen für *spezielle Dinge* vom Regal. Zielsicher griff sie einen schweren Ring aus sattem mattem Gelbgold heraus und setzte ihn sich auf den linken Ringfinger. Passte perfekt. Wie für sie gemacht. Ein prachtvoller Rutilquarz mit schönen goldenen

Nadeln, links und rechts flankiert von zwei richtig großen Altschliff-Diamanten, die gehörig Feuer in alle Himmelrichtungen versprühten. Ein Meisterwerk der Goldschmiedekunst, in der Tat. Auffällig allemal. Ein Handschmeichler. Ein Hingucker. Ein Lieblingsstück. Das Teil gab ihrem Outfit den nötigen Pep. Ines Hübner fragte sich, ob sie es wagen sollte. Auf der Stelle meldete sich dieses Kribbeln, nach dem sie wohl süchtig war. Ja, sie würde es tun und den Ring im Theater tragen. Die Stralsunder hielten ihn ohnehin bestimmt für Modeschmuck.

Beschwingt schaltete sie das Licht im Wohnzimmer aus, schüttete den Katzen noch etwas Trockenfutter in die Näpfe, griff sich Mantel und Handtasche und machte sich auf den Weg ins Theater. Maria Callas war vergessen.

»Alles, was du dir kaufst,
das krieg' ich bill'ger,
ich kann es billiger kaufen als du!
Fünfzig Cents!
Vierzig Cents!
Dreißig Cents!
Zwanzig Cents!
Kannst du nicht!
Kann ich doch!
Doch ich kann's!«

Gut gelaunt betrat Ines Hübner das Theaterfoyer. Das Abonnement-Publikum strömte aus der feuchten Novemberkälte in die hell erleuchtete Kulturstätte. An der Garderobe entledigten sich die Herrschaften ihrer Mäntel, Jacken und Schals. Es kam zu einem ersten Gedränge. Ines Hübner grüßte mit automatisiertem Lächeln nach links und rechts. Um dem Gewusel erst einmal wieder zu entkommen, strebte sie dem Souterrain mit den Feuchträumen für Damen entgegen. Die Feuchträume im Stralsunder Theater hatten wirklich Niveau und entschädigten mitunter für manches. Nachdem sie sich frisch gemacht und ihr Outfit überprüft hatte, strebte Ines Hübner nunmehr mit sauberen Händen (»Vor dem Essen Händewaschen nicht vergessen!«) und durchgedrücktem Kreuz nach oben zum Tresen des Theaterbuffets. Inzwischen verspürte sie doch ein leichtes Hüngerchen. Und es gab kaum etwas Peinlicheres, als wenn sich während der Vorstellung der eigene Magen mit einem auch für die Sitznachbarn deutlich vernehmbaren Knurren meldete. Da ging nur noch ein unbezwingbarer Hustenreiz drüber, der stets umso unbezwingbarer wurde, je mehr man versuchte, ihn zu unterdrücken. Ines Hübner meinte sogar, sie könne diesen Theaterhusten heraufbeschwören, indem sie nur daran dachte. Das war wie verhext. Sie kramte beim Treppensteigen in ihrer Handtasche nach den Hustenbonbons. Die waren das Einzige, was in so einem Fall Abhilfe versprach. Zu ihrer Erleichterung wurde sie nach ein wenig Kramen und Sortieren fündig. Der Abend war gerettet.

Bevor sie das obere Foyer mit dem Buffettresen betrat, richtete sie noch schnell ihr dunkelrotes Fransentuch und setzte die Lachspangen ein. An den Tischchen rundherum standen bereits die ersten Krähen bei Schnittchen und Sekt. Sie würde sich wohl oder übel irgendwo dazugesellen müssen, es gab keinen freien Tisch mehr. Ines Hübner bestellte sich zwei Schnittchen mit Lachs und ein Glas *Rotkäppchen halbtrocken.* Rotkäppchen halbtrocken war doch das einzig Wahre. Champagner, Prosecco und das ganze andere Zeug wurden völlig überbewertet. Mit Glas, Schnittchenteller, Papierserviette und Handtasche balancierend, steuerte sie den nächstbesten Stehtisch an: »Darf ich? Ist bei Ihnen noch Platz?«

Frau Professor Geiger, die sich den Tisch bereits mit zwei weiteren Damen ihres Ex-und-Hopp-Stammtisches teilte, machte ihr bereitwillig Platz und deponierte ihren schwarzen Ausgeh-Spazierstock mit dem fein ziselierten Silbergriff kurzerhand auf der breiten Fensterbank. »Aber gerne doch. Wir freuen uns immer über gute Gesellschaft.«

Erst jetzt wurde Ines Hübner bewusst, an wen sie da geraten war. Musste es ausgerechnet die Geiger sein, die ihr ihre *Lieblingswohnung* vergällt hatte? Die Geiger, der so gar nicht beizukommen war? Die die Wohnung wahrscheinlich so lange blockieren würde, bis man sie mit den Füßen zuerst dort raustrug? Wenigstens war sie nicht maulfaul und recht unterhaltsam.

Prof. Geiger machte die Frauen miteinander bekannt und führte souverän durch die Konversation, so dass Ines Hübner kaum Gelegenheit für ihren Imbiss fand. Professor Geiger fiel der massive goldene Ring an linken Ringfinger der Maklerin ins Auge. Die Geiger konnte bei allem Geplauder den Blick nicht davon lassen. Wer sie kannte, wusste, dass bei ihr die Rädchen im Gehirn ratterten. Sie hatte dann dieses Zucken um das rechte Auge.

Der Gong erklang und rundherum verbreitete sich Aufbruchstimmung. Prof. Geigers Stammtischgenossinnen huschten nochmals schnell auf die Toilette, während sie selber die Immobilienfachfrau kurz am Arm fasste und diese fragte: »Frau Hübner, nichts für ungut. Würde es Ihnen etwas ausmachen, in der Pause kurz zu mir nach oben in die Loge zu kommen? Ich habe da ein Anliegen, also mehr eine Frage …«

Ines Hübner sah ihr Gegenüber erstaunt an: »Könnte ich Ihnen die gewünschte Auskunft nicht gleich hier und jetzt geben?«

Mit Blick auf ihre Stammtischweiber, die gerade munter schwatzend zurück aus den Feuchträumen kamen, entgegnete Prof. Geiger: »Lieber nicht. Die beiden müssen das nicht unbedingt mitbekommen, Sie verstehen?«

Ines Hübner verstand nicht ganz, nickte aber erst einmal zur Sicherheit: »Gut, ich komme dann in der Pause rauf zu Ihnen.« Was mochte die Alte nur von ihr wollen, was so geheim war? Sicher was mit ihrer Wohnung. Ines Hübner hasste es, in ihrer Freizeit mit geschäftlichen Dingen behelligt zu werden. Manche Leute kannten da keine Verwandten. Schrecklich. Und was hatte die Geiger da für ein Zucken in dem einen Auge? Egal. Sie würde sich jedenfalls nicht den Abend verderben lassen. Würde sie sich in der Pause oben eben noch einen zweiten Sekt gönnen.

Prof. Geiger schickte die Damen mit einem geflöteten »Auf geht's, girls: There's no business like showbusiness!« in die Vorstellung und folgte ihnen auf ihren Stock gestützt nach, während Ines Hübner sich beeilte, ihren Platz im Parkett aufzusuchen. Sie fischte in ihrer Handtasche erfolgreich nach Kleingeld für das Theaterprogramm und zwängte sich durch zu ihrem Sitz. Gerade gelang es ihr noch, einen kurzen Blick in das Heftchen zu werfen, da wurde auch schon die Beleuchtung für die Aufführung heruntergefahren, die sie in die Welt der schießwütigen Helden aus *Buffalo Bill's Wild West Show* in das Amerika der 1880er-Jahre entführte.

Die Pause nach dem ersten Akt kam, ohne dass Ines Hübner auf die Uhr gesehen hatte, was sonst selten der Fall war. Sie blätterte noch ein bisschen im Programmheft, um nicht den Eindruck aufkommen zu lassen, allzu diensteifrig zu erscheinen. Schließlich war sie hier lange nach Feierabend im Theater. Was bildete die Geiger sich eigentlich ein? Sie hätte sie knutschen mögen. Aber die Alte war bestimmt derart hartnäckig, die würde sie an ihrem Stöckchen durch das halbe Foyer verfolgen. Weglaufen hatte wenig Zweck.

Inzwischen hatte sich das Publikum im Parkett zerstreut und war während der Pause im Haus unterwegs. Die Raucher standen draußen in der Kälte auf dem halbrunden Balkon und wurden fürs Frieren mit dem Rundumblick auf die geschickt angestrahlte Altstadt entschädigt. Ines Hübner erhob sich mit einem Seufzen und machte sich wohl oder übel an den Aufstieg in den ersten Rang zur Schwalbennest-Loge von Professor Geiger.

Diese stand mit ihrem Stock in der Logentür und wartete bereits auf sie. Niemand sonst war zu sehen. Professor Geiger bat die Immobilienmaklerin herein. Ines Hübner schaute nach unten in den Theatersaal auf die leeren Stuhlreihen. »Was kann ich denn für Sie tun, Frau Professor, das so dringlich ist?«, begann sie mit leicht gereiztem Unterton.

»Sie können mir eine Frage beantworten.«

»Und welche?«

»Woher haben Sie diesen Ring?« Prof. Geiger zeigte auf den goldenen Ring mit dem Rutilquarz und den großen Altschliff-Diamanten an Ines Hübners linker Hand. Sie betonte jedes einzelne Wort ihrer Frage und zog dabei süffisant die rechte Augenbraue hoch.

»Den – äh – den Ring? Woher ich den habe?«

»Ja, genau! Den Ring, woher haben Sie den? Das möchte ich gerne wissen«, insistierte Prof. Geiger.

Ines Hübner überlief es siedend heiß am ganzen Körper. »Und ich möchte wissen, was Sie das angeht«, entgegnete sie übertrieben gereizt, was sie bereits im nächsten Augenblick gereute. »Soll ich Ihnen den Juwelier verraten, bei dem ich dieses schöne Stück erworben habe?«, versuchte die Maklerin zurückzurudern.

»Nein, meine Liebe. Um es kurz zu machen: Ich denke, ich kenne diesen Ring.« Prof. Geiger blickte Ines Hübner herausfordernd direkt ins Gesicht.

»Ach ja?«, gab diese kurz angebunden zurück. »Da bin ich aber gespannt.«

»Sie stimmen gewiss darin mit mir überein, dass es sich bei diesem Ring um ein wirklich außergewöhnliches Stück mit hohem Wiedererkennungswert handelt, nicht wahr?«

Ines Hübner ließ Prof. Geiger reden.

»Vermutlich ist es ein Einzelstück. Zumindest dürfte es hier in Stralsund keinen zweiten davon geben. – Ich sehe, Sie widersprechen nicht.«

Nun blickte Ines Hübner ihrerseits herausfordernd in Richtung Prof. Geiger. Sollte sie nur weitermachen, sie würde schon sehen, was sie davon hatte.

»Und ich kenne diesen Ring. Und zwar gehörte er Edeltraut Dost. Sie erinnern sich an Frau Dost? Das ist die arme Frau, die auf so fürchterliche Art und Weise in ihrem eigenen Fahrstuhl zu Tode gekommen ist.«

»Und? Was wollen Sie mir damit sagen?«, entgegnete Ines Hübner.

»Dass da was nicht stimmt, meine Liebe. Die arme Edeltraut Dost hat mir nämlich genau diesen Ring bei einer Begegnung hier im Theater mit dem allergrößten Besitzerstolz unter die Nase gehalten und wurde nicht müde zu betonen, dass das ihr absolutes Lieblingsstück sei, das sie unter gar keinen Umständen jemals wieder hergeben werde und mit ins Grab nehmen wolle.«

»Ja und?«

»Nun, ich hätte gerne von Ihnen erfahren, wie dieser Ring von Frau Dost ausgerechnet in Ihre Hände gelangt ist. Mir scheint, dass da etwas ganz und gar nicht mit rechten Dingen zugegangen ist.«

Nun war es raus. Ines Hübner musste das hier irgendwie bereinigen. Was wusste die Geiger noch? Was konnte sie überhaupt wissen? Verdammt, warum war sie dieses unnötige Risiko mit dem Ring eingegangen? *Übermut tut selten gut.* Hatte schon ihre

Großmutter immer gesagt. Warum kam die ihr jetzt in den Sinn? Wie sich jetzt rausreden? Die Geiger würde nicht locker lassen, die nicht. Die konnte man nicht mit einer 0815-Ausrede abwimmeln. Ines Hübner sah sich um, biss sich auf die Lippe.

Prof. Geiger setzte nach: »Frau Dost schwor übrigens auf die heilsame Wirkung des Rutilquarzes, der ihren Chakren auf so unnachahmliche Weise guttue. Und dass sie dessen Wirkung auf keinen Fall jemals wieder missen wolle. Ich habe dazu ja innerlich noch mit dem Kopf geschüttelt und so für mich gedacht, bitte, jedem Tierchen sein Pläsierchen. Und dann meinte sie noch, der Rutilquarz sei ein *Wahrheitsstein*. Vielleicht versuchen wir es einmal in dem Sinne, Frau Hübner?«

Was quatschte die Geiger da? Ines Hübners Gedanken rasten. Sie musste irgendwie die Oberhand zurückgewinnen. Nur wie?

»Was wollen Sie von mir hören?«, zischte sie Prof. Geiger an. »Dass ich die schreckliche Nervensäge in ihren eigenen Fahrstuhl gesperrt habe? In der Hoffnung, dass sie da drinnen jämmerlich krepiert? Und dann ihren Ring habe mitgehen lassen? Ja? Meinetwegen. Sie haben ja recht. Es war ganz einfach, nur ein paar Handgriffe bei der Technik. Und dann brauchte ich nur noch abzuwarten. Bin sogar einige Male vorbeigeschlendert und habe mich überzeugt, dass niemand dazwischenfunkt und sie noch lebend rausholt. Jeder bekommt das, was er verdient. Was gucken Sie so? Das ist es doch, was Sie hören wollten, nicht wahr? Reicht Ihnen das als Auskunft? Ja?«

Prof. Geiger wich einen Schritt zurück und

bekam mit der Linken das Geländer zu fassen. Ines Hübner drängte nach. Unten im Saal und auch in den anderen Logen und auf den Rängen war niemand zu sehen. Es hatte seinen Vorteil, dass das Stralsunder Theater mitunter nicht so gut besucht war.

»So, Sie Schlaumeier, sind Sie nun zufrieden? Und was machen Sie jetzt mit der Information? Weiter haben Sie nicht geplant, geben Sie es zu«, fauchte Ines Hübner verhalten und fuhr in verächtlichem Ton fort: »Und nun scheiden wir im Bewusstsein unserer eigenen Dummheit von dieser Welt, Frau *Professor*. Wie schade.«

Ines Hübner setzte unvermittelt nach vorne auf Prof. Geiger zu, um diese kurzerhand vom Balkon der Loge nach unten in die Tiefe zu stürzen. Prof. Geiger hatte dieses Manöver instinktiv vorausgeahnt, das Adrenalin tat ein Übriges. Mit einer knappen Bewegung nahm sie dem Vorstoß der Maklerin die Wucht und brachte dabei geübt ihren Gehstock zum Einsatz. Er sorgte für eine Armeslänge Abstand zwischen ihr und der Angreiferin. Das jedoch stachelte die Wut der Maklerin nur noch mehr an. Sie holte gerade Schwung, um sich zum finalen Stoß auf die Professorin zu werfen.

Doch es blieb bei der Absicht: Aus der Logentür kamen zwei Frauen hinzugestürzt und griffen beherzt ins Geschehen ein. Wiebke und Henriette vom Ex-und-Hopp-Stammtisch eilten ihrer Freundin in Not mit Entschlossenheit und vollem Körpereinsatz zu Hilfe. Sie hatten auf Prof. Geigers Geheiß draußen gewartet, sich in Bereitschaft gehalten und alles mit angehört. Es entstand ein wüstes Gerangel, ein Geschiebe und Gezerre in der Loge. Die Frauen stöhnten vor Anstrengung. Ines Hübner entwand sich jedoch den greifenden Händen und versuchte erneut, Prof. Geiger über die Balustrade zu drängen. Die Professorin wurde jedoch von ihren beiden kräftigen Freundinnen mit einem Ruck in das sichere Innere der Loge zurückgerissen, so dass die Maklerin nach vorne über den Rand geriet. Überrascht vom eigenen Schwung, ruderte sie noch einige Sekunden mit den Armen in der Luft, die Oberschenkel krampfhaft gegen das Logengeländer gepresst. Dann verlor sie das Gleichgewicht und stürzte in die Tiefe.

Irgendwo unten schrie jemand vor Entsetzen laut auf. Es gab ein unschönes Geräusch, als Ines Hübner auf die Stuhlreihen im Parkett aufschlug. Sie hatte sich das Genick gebrochen und war auf der Stelle tot. Einen Moment lang herrschte tiefe Stille. Dann rief jemand nach einem Arzt, nach einem Krankenwagen und ein anderer nach der Polizei. Nachdem sich Prof. Geiger und ihre Freundinnen ein wenig gefangen hatten, traten sie an die Brüstung und betrachteten die Szenerie, deren Mittelpunkt der verdrehte Leichnam der Ines Hübner bildete. Eine Frau zeigte nach oben und rief: »Die da oben, die haben sie runtergeschubst. Ich habe es genau gesehen.« Prof. Geiger zitterte am ganzen Körper, was sie aber nicht davon abhielt, mit den Augen zu drehen ob einer derartigen Verkennung der Umstände. Da würde sie wieder einmal allerhand erklären müssen.

XIV
Und zum Schluss ein gutes Buch

»Ja, meine Liebe, so war das«, beendete Professor Geiger ihre Schilderung des denkwürdigen Abends im Stadttheater, von dem nicht nur Stralsund sprach, »gaaanz große Oper, das kann ich Ihnen sagen.« Professor Geiger wandte den Blick ab vom Tisch mit den Neuerscheinungen, die sie nebenbei überflogen hatte und schwang sich auf ihren Gehstock gestützt mit kokettem Augenaufschlag herum zu Sabine Prehn.

Die Buchhändlerin entgegnete: »Da kann kein sterbender Schwan mithalten.«

»Sie nun wieder …« Beide konnten ein leises Kichern nicht unterdrücken. In weiser Voraussicht hatten sie mit ihrer Unterhaltung gewartet, bis sie allein miteinander im Buchlädchen waren. Sabine Prehn hatte sich extra beeilt mit ihren anderen Kunden, um sich ganz Professor Geiger widmen zu können. Wann bekam man denn auch schon sonst Gelegenheit, Informationen aus erster Hand zu einem solch spektakulären Fall zu erhalten.

Professor Geiger ihrerseits genoss es offensichtlich, die Geschichte zu erzählen. Und das bestimmt nicht zum ersten Mal. Aber die Gute hatte ja auch tatsächlich etwas zu berichten. »Und ich sage Ihnen, Frau Prehn, da ist noch mehr! Wer so kaltblütig handelt, der macht das nicht aus irgendeinem Affekt heraus, der hat da Übung drin. Das habe ich auch dem Kriminalkommissar gesagt. ›Herr Schmidt‹, habe ich gesagt, ›da ist noch mehr! Sie haben nicht dieses böse Funkeln in den Augen der Hübner gesehen. Da müssen Sie weiter ermitteln.‹ Darauf hat er nur gemeint, dass ich die Ermittlungsarbeit getrost ihm überlassen solle. Böses Funkeln hin oder her. ›Herr Schmidt‹, habe ich dann gesagt, ›sehen Sie doch mal ...‹

›Frau Professor‹, hat er mich sofort unterbrochen, ›wir haben lediglich das Geständnis der Frau Hübner. Und seien Sie bloß froh, dass es Zeugen für dieses Geständnis gibt. Sonst würde ich jetzt gegen Sie ermitteln müssen.‹

›Aber Herr Schmidt‹, habe ich dann gesagt – und weiter kam ich nicht, da hat er mich schon wieder unterbrochen. So in dem Sinne: ›Beweise haben wir keine. Seien Sie versichert, dass wir im Umfeld der Frau Hübner alles abklopfen werden, was auch nur im Entferntesten an eine weitere Straftat, in die die Verstorbene verstrickt sein könnte, denken lässt. Allerdings hat sie sich der Strafverfolgung durch ihr Ableben entzogen. Das ist jetzt nur eine Bekundung guten Willens meinerseits, denn wo kein Täter mehr haftbar zu machen ist, da gibt es auch keine zielführenden Ermittlungen mehr.‹

›Ja aber, Herr Schmidt, das ist doch ungeheuerlich, wer weiß, wie viele Menschen diese Frau noch auf dem Gewissen hat, also hatte …‹, konnte ich noch sagen, da hat er mich abermals unterbrochen und aus seinem Büro hinauskomplimentiert. Nun: Was sagen Sie dazu?«

Sabine Prehn überlegte eine Weile. Und meinte dann: »Die Frau Hübner war ja mehr so eine Unauffällige, eine graue Eminenz. Gehörte seit Jahr und Tag zum Stadtbild. War auch mal Kundin bei mir im Laden, man hat sich halt gegrüßt, wenn man sich begegnete. So was hätte ich natürlich nie für möglich gehalten. Aber ich hatte ja schon einmal eine mutmaßliche Mörderin als Kundin bei mir in der Buchhandlung, über die hätte ich viel mehr sagen können. Also, was ihre Lesegewohnheiten betraf. Wir hatten hier eigentlich gute Gespräche.«

Professor Geiger riss die Augen auf: »Nein!«

»Ja, doch, diese Beatrix, ich komm jetzt nicht auf den Nachnamen, diese Praktikantin, die damals mit diesem Nürnberger Antiquar das Stralsunder Stadtarchiv geplündert hat, Sie erinnern sich?«

Selbstredend erinnerte sich Professor Geiger an den Stralsunder Archivskandal, einen der Tiefpunkte in der Geschichte der alten Hanse- und Weltkulturerbestadt. Das Ganze trieb ihr wie jedem nur halbwegs kulturell interessierten Bürger auch nach Jahren noch die Zornesröte ins Gesicht.

»Die war auch Kundin hier. Hat sich dann abgesetzt und ist bis heute nicht wieder aufgetaucht«, fuhr die Buchhändlerin fort und meinte: »Muss ein ziemliches Biest gewesen sein, wenn man dem Glauben schenken soll, was der Antiquar ihr alles an

Schandtaten unterstellt hat, damals in der Verhandlung.« Sie machte eine Pause und sagte nach einem Moment der Besinnung: »Aber was ich eigentlich sagen wollte: Man sieht es ihnen wohl nicht direkt an, den Verbrechern. Da bin ich jetzt mehr denn je von überzeugt. Vielleicht einmal abgesehen von einem bösen Funkeln in den Augen, wenn so jemand einen gerade aus der Theaterloge schubsen will …«

»Ich sage Ihnen, meine Liebe, diesen Blick vergesse ich mein Lebtag nicht. Als ob sie einen Schalter umgelegt hätte, binnen Sekundenbruchteilen verwandelte sich da Dr. Jekyll in Mrs. Hyde. Als sie begriffen hatte, dass ich sie am Kanthaken habe, hat sie augenblicklich alles auf eine Karte gesetzt und stürzte auf mich zu wie ein wildes Tier, um mich über die Brüstung in die Tiefe zu befördern. Wären nicht meine Stammtischweiber gewesen … Andere Zeugen hat es nicht gegeben, von den übrigen Besuchern hat das sonst keiner direkt mitbekommen. Die waren alle noch im Foyer mit Sektchen und Schnittchen und auf Toilette gehen beschäftigt und kamen erst angerannt, als der Tumult schon vorbei und die Hübner bereits im Fallen war beziehungsweise unten über dem Gestühl – nunja – ähm – lag.«

Sabine Prehn wog bedächtig den Kopf.

»Ja, meine Liebe, so schnell kann es gehen«, fuhr Professor Geiger fort, »carpe diem!«

Die Buchhändlerin unterbrach ihre Kundin: »Was mir Kunden erzählt haben: Die Eltern der Hübner sind ja seinerzeit – muss irgendwann in den Neunzigern gewesen sein – bei einer Gasexplosion in der Datsche in Devin ums Leben gekommen. Das hatte ich ganz vergessen, aber das war damals auch Stadtgespräch. Danach ist sie dann zurück nach Stralsund gekommen und hat ihr Geschäft aufgebaut. Jetzt so im Nachhinein …«

»Ja, davon habe ich auch schon läuten hören. Und das habe ich natürlich auch dem Herrn Kommissar Schmidt von der Kriminalpolizei erzählt. Und der hat auch gemeint, er werde das alles selbstverständlich nochmals genauestens prüfen und jedwedem Verdacht nachgehen, was vielleicht dabei helfen könne, die Akten zu schließen. Aber ich vermute mal, da wird nicht viel kommen. Nach all den Jahren. Wie wollen sie da wem etwas tatsächlich nachweisen? Trotzdem – ich bleibe dabei: Die Hübner hat noch mehr auf dem Kerbholz. Aber: Kommt das je ans Sonnenlicht? Wohl kaum. DAS wäre doch mal Stoff für einen anständigen Stralsund-Krimi! – Apropos Krimi: Ich gebe es ungern zu, aber ich spüre nach dem Ganzen doch das Bedürfnis nach etwas Leichtem für zwischendurch zur Ablenkung. Ich glaube zwar kaum, dass es jemals der Fiktion gelingen wird, die Realität zu übertreffen, aber ich möchte es trotzdem einmal versuchen und gebe mich vertrauensvoll in Ihre Hände, Frau Prehn. Gibt es womöglich einen guten Krimiautor, den Sie mir empfehlen können? Er sollte aber mit F anfangen, Sie wissen schon …«

Sabine Prehn überlegte kurz und schritt dann mit zielsicherem Griff ans Regal. Ein lautes Autohupen ließ die beiden zusammenzucken und den Blick wenden. Draußen vor der Schaufensterscheibe bretterte ein kleiner rosa Hundefänger-Kombi mit weißer Wolken-Beklebung und der Aufschrift »Gebäude- und Reinigungsdienst *Hanse-Wölkchen«* mit eingeschaltetem Warnblinklicht durch die Fußgängerzone und scheuchte die Passanten aus dem Weg. Aus dem geöffneten Beifahrerfenster flog eine Zigarettenkippe nach draußen.

ENDE

Quellennachweis:

Bertolt Brecht, Die Moritat von Mackie Messer, in: Die Gedichte von Bertolt Brecht in einem Band, Suhrkamp Verlag, Frankfurt am Main, 1981, 11. Auflage, 2002, Seite 1093 f.

Theodor Fontane, Am Jahrestag von Düppel, in: Sämtliche Werke, Nymphenburger Verlagsanstalt, München, 1959-1975, Band 20, Seite 233 f.

Irving Berlin (Musik und Originaltext) und Robert Gilbert (deutscher Text); Alles, was du kannst (Anything you can do), in: Annie Get Your Gun, Musical nach der Bühnenfassung im Berliner Theater des Westens, Chappell & Co. GmbH, Hamburg, 1973, Seite 22-25